U0124410

不只是「風景」的視野：

後革命時代兩岸現當代文學比較論

黃文倩 著

臺灣學生書局印行

以掌擊牆（序）

金理

為文倩新著《不只是「風景」的視野：後革命時代兩岸現當代文學比較論》作序，這是我根本預想不到的。終於還是應承她的這番囑託，除了恭敬不如從命之外，也是想借此表達我對老友的祝賀與敬意。

書名中的關鍵字「風景」，其理論資源自然是柄谷行人，「只有在對周圍外部的東西沒有關心的『內在的人』那裡，風景才能得以發現。風景乃是被無視『外部』的人發現的」。作者借此想要表達的是「在兩岸互為他者的凝望下，雙方的文學、歷史與主體，不僅僅只是對方旁觀與靜態審美的『風景』，更應該是相互介入與督促進步的人文精神資源」。其實，「風景」一詞有過耐人尋味的詞義遷變過程，據小川環樹先生考證，「風景」一詞最早見於晉文，其初義「本來並非單指目中所見之物而已，還包含有溫暖的感覺這層意義」，據《說文》，「景」字本義原是「光」。但中唐以後，「風景」的詞義發生變化，「景」字完全失掉了光明的涵義，僅僅成為景象、景致的同義詞，當時的詩人們使用「清景」、「詩境」、「幽景」等詞，「這意味著和外界隔絕而自成範圍的一個孤立的世界。這裡所稱的外界就是官場、塵俗的世界。這一群詩人把自己關閉在這孤立的世界裡，與此同時，也就不管世間俗務，獨來獨往，專從大自然挑選自己喜愛的『景』並以此構築詩章」[1]。這群關閉在孤立世界裡的詩人，是不是就是柄谷所謂「內在的人」呢，我不敢肯定。不過，上面這番考證倒也提醒我們切莫忘了，在「風景」的源頭，是一片光明輝映和「溫暖的感覺」。

這番意思或許是文倩所喜歡的，「風景」不僅是凝視下的客觀外物，成為「風景」理應包含著主體的投入與互動。這個意義上的「風景」，也成為我理解文倩為人為文的關口。近些年來，我知道她早已不安於書齋裡的坐而論道，轉而成為有實踐力的知識分子（見賢思齊，這是我對照自身最感慚愧的地方）。這本新著的意義非止於文學現象的辨析，它誕生於更為立體的「風景」，字裡行間「溫暖的感覺」，來自作者對文學的熱愛、對現實的責任；來自初心的溫情與行動中的熱力，簡言之，來自心與行的合致。

本書研討的內容，有些是我熟悉的（甚至是我本人近年來用力的對象），有些是我陌生的。不過在內容之外，我更關注此書中所灌注的方法論。在緒論中，文倩有如下說明：「較清醒地節制過於實用主義與單一目的的論與傾向的文學解讀方式，但是，並不意謂著論者較不尊重實用或現實，因為兩岸現當代文學的發生與形成，關鍵部分確實是兩岸在十九至二十世紀以降，同時在深受西方影響，並將其作為發展現代民族國家的重要資源與動力之一，其出發點本身就有著一定程度的實用性與目的性，但在後革命『時代』下的文學再解讀，應該包括並嘗試超越這個層次。其三，『後革命』同時也意謂著，本書對二十世紀以降『革命』理想與歷史退隱／退燒現象／現場的焦慮——『文學』及較具有嚴肅品格的文學批評，在陷入資本主義消費文化的世俗下，究竟還能如何深入與擴充地開展。」文倩似乎有意在方法上讓自身進入某種「腹背受敵」的境地，她確認了兩種自己所不認可的情形——一是過於實用主義與單一目的論的方式，二是在「告別革命」與消費文化高漲的合圍中，不深入、不介入現實。換一種正面的表達，文倩心意中的文學與文學批評，一方面應該在有效的歷史介入和現實關聯中，成為豐富主體的安置方式，而不僅僅是個人修辭或抒情的表達工具；另一方面，超越實用性與目的性，頑強地為文學保留其所內蘊的「生命靈性餘裕」（如其所言：「我一直以來認為文學具有一種不同於社會科學的靈性特質與悟性品格……在本書中，我都自覺地保留一些混沌的、直覺的、感覺的綜合審美判斷的空間」）。

且舉一例說明，論述莫言作品在臺灣的接受流變歷程，文倩在質疑二〇〇〇年以來日漸成為主流的一種偏狹閱讀期待與接受視野（「愈來愈往後現代的虛無、解構大敘事、眾聲喧嘩，愈來愈突出『文學』的獨立、美學傾向與史觀」）之餘，指出：「在《檀香刑》中，莫言以貓腔為書寫形式，恰恰是想突破自己早年追隨的西方魔幻現實主義的路線，希望透過一種中國式的形式，挺立中國人民在經歷百年的內憂外患的歷史下，自身的鄉土主體與中國特質，其本身就具有辯證性的文化政治的意涵……」。文倩於焉提醒：形式恰是內容的肉身化，而審美根本脫離不了現實。之所以捨身進入「腹背受敵」的境地，正是希望在政治和審

1　譚汝謙等譯，小川環樹〈風景的意義〉，《論中國詩》（北京：中華書局，2017年），頁15、43。

美之間、現實和虛構之間、理性和直覺之間，決定論和能動性之間、政治經濟學和精神分析之間，文學能得到更加精緻入微的辯證。

文倩嘗試的此種文學解讀辯證法，其實對於大陸近年來的文學批評界而言，尤為顯得珍貴。她所不滿意的兩種處理文學的方案，大陸文學在自身變遷的過程中都一一遭遇、演示過，可以視作在特殊「境況中」[2]所存在的、無形中左右著文學與思想的「結構性知識」，它們一度都被當作絕對的「不言自明」而加以接受，比如文學上的種種「成規」。二十世紀以來不乏彼此對立的思想與命題，大而言之，我們所遭遇、處身的諸多傳統之間，往往充滿了鮮明的反撥與曖昧的牽連，如果研究者只是跟隨「境況中」原有的邏輯，以一種「境況」提供的視角去裁斷另一種「境況」，是其所是，非其所非，「就彼此所是非者言之，則彼此終古未由共喻，以其互局於一時間一地域故也」[3]。評價一個時期的文學，並不是將其特殊「境況中」的經驗和價值唯一化、作為固定標準，而應該在相對的歷史脈絡中看到各自嘗試的探索、存在的合理性。各「境況中」的文學會形成衝突、對抗、超越的關係，但是，「其後的對抗與超越，並不等於前此的經驗就是被埋葬的死亡的經驗，而是此後的創造性超越，總是立足於此一存在的文學現象的時代要求所做出的變革，那是它向其存在的前提的變革，也是對自身的變革，它因此才能獲得自身的存在」[4]。這也就是文倩所謂「包括並嘗試超越」的意義所在。

我還要特別強調的是，當境況變遷之後，對先前那些隱匿而不可見的「結構性知識」與

「話語裝置」作批判性反思，或許這還不算困難，因為我們占了「後見之明」的便宜，境況中的文學思潮因其反抗對象、壓抑性語境的消失，且「與今日之情勢迴殊」，所以在某些後來的研究者眼中特別容易受到輕慢而「以可笑可怪目之」[5]。後來者可以不封閉在「特殊的框架」中，從容、冷靜地討論「境況中」的思想、文學、知識的得失。但或許更為困難的是，對其所「失」這一面加以檢討的前提，是尊重、不抹殺其在「境況中」的創獲，甚或是失敗中的經驗，這正如陳寅恪指明的「對於其持論所以不得不如是之苦心孤詣，表一種之同情」之後，「始能批評其學說之是非得失」，或如章學誠所謂「知其所偏之中亦有不得而廢者」。文倩在揭示實用主義與目的論的缺陷同時，立刻補充道，這「並不意謂著論者較不尊重實用或現實，因為兩岸現當代文學的發生與形成，關鍵部分確實是兩岸在十九至二十世紀以降，同時在深受西方影響，為發展現代民族國家的重要資源與動力之一」。她在超越前人的同時，體貼到了今天看來或許顯得過時、粗糙的文學傳統在當日語境中所承擔的機能與創造性，這同時就意味著思考歷史經驗在今天的話語條件中是否具備轉化、啟動的資源與可

2 「境況中」這個說法參見賀照田〈以保守為建設，以被動為主動〉，《當代中國的知識感覺與觀念感覺》（桂林：廣西師範大學出版社，2006年），頁269-271。

3 陳寅恪〈《王靜安先生遺書》序〉，《金明館叢稿二編》（上海：上海古籍出版社，1980年），頁220。

4 陳曉明〈再論「當代文學評價」問題〉，《文藝爭鳴》（2010年4月號）。

5 陳寅恪〈馮友蘭《中國哲學史》（上冊）審查報告〉，《金明館叢稿二編》，頁247。

能。也正是這種歷史經驗的啟動，使得文倩警惕地對待莫言作品被偏狹地接受。

在拜讀文倩大作的時候，我一再提醒自己虛心接受的，就是這種耐心、辯證、包含「瞭解之同情」、嘗試「火中取栗」的文學解讀方式。我們往往習慣於輕率地從整體上判定前一個時代的價值為虛妄，對前人的生存經驗與「不得不如是之苦心孤詣」很少透徹的理解與虛心的借鑒，於是一併摒棄了恰恰是在「不得不如是之苦心孤詣」中所含藏的、前人在特殊境遇中的創造性。任何一段精神歷程都有其價值，不應當被輕易掩蓋，人類進入文明社會以後，正是因為有知識和經驗的積累，我們才不至於總是從零開始。共和國文學走過了六十年的歷程，「用後三十年否定前三十年固然是目光短淺的，但簡單地用前三十年否定後三十年也不是一個在知識上和道德上誠實的態度」[6]，而恰是這種「否定」、「顛覆」的僵硬邏輯，以及釋讀文學的簡單方法，造成了豐富的文學傳統與貧乏的資源積累相並立的困局，使得我們一再喪失打開、啟動創造性資源的契機。

該著中也有不少論述引發我討論的興趣。比如第二章論及陳映真早期小說對魯迅的國民性批判既有接受又有選擇，後者主要體現在，「不同於魯迅在『五四』新文化運動下，所開展出來的更強烈的諷刺與批判的國民性書寫，陳映真的國民性思考則更貼近臺灣早年的鄉土文化特性：有沈悶、腐朽的那一面，但更多的是對臺灣人民的一種感性和溫情的立場與態度。」也就是說，陳映真的國民意識有更多同情的理解，而相較之下魯迅的國民性批判就過於尖刻和刻板。這是不是只見「啟蒙魯迅」而未見「民間魯迅」呢？打個比方，魯迅自然是一位診斷國民性的醫生，但又不時消解醫生意識而沉浸到原先被啟蒙他者化的民間世界中。無論是〈社戲〉、《朝花夕拾》中的若干篇什，抑或早年論文中對「氣稟未失之農人」及其情感寄託與精神想像（參見〈破惡聲論〉）的辯護，無不見出魯迅對民間世界中「小傳統」及鄉村倫理的精細觀察與理解。也因此，當看到帶著生命實感而起於民間的二蕭之後，魯迅會不遺餘力地加以提攜。

第五章以作品中的主體形象為據，對讀龍瑛宗〈植有木瓜樹的小鎮〉與路遙〈人生〉，這是我尤為感興趣的議題。饒有意味的是，在解析高加林的主體特質與生存境遇之外，文倩關注到了路遙採取全知視角、「不時介入評析」這一形式特徵，「甚至到最後，作者路遙的聲音已經大過主人公高加林的聲音，路遙最後安排高加林回到農村，並且讓高加林對過去的虛榮與虛妄的『現代』追求有所反省，無論這一點從高加林的心態發展與立場來說是否合理，重點是作者路遙刻意作了這種安排的意義——路遙顯然認為，那個階段，選擇檢討讀書的虛妄，回歸黃土地與黃土地上愛他的親人們，才是較好的選擇」。也就是說，這個上帝般全知視角的出現，乃是為了自洽地給出「較好的選擇」。我的理解可能不同，在《人生》結尾，當高加林即將被政治前途與道德焦慮撕裂之際，路遙迅速強制性地讓高加林回鄉，於是黃土地接納了他，巧珍原諒了他，作家於此祭出「土地」與「女性」（多麼保守而傳統的符

6 張旭東、朱羽〈從「現代主義」到「文化政治」〉，《現代中文學刊》（2010年第3期）。

號！）作為逢凶化吉的靈丹妙藥。同樣，在《平凡的世界》結尾，孫少平回到礦山時，伴隨的是「溫暖的季風吹過了黃綠相間的山野；藍天上，是太陽永恆的微笑」，於是孫「眼裡忍不住湧滿了淚水」。作家只能用這些永恆而抽象的美學化處理來消解（我甚至想說「取消」）他對主人公出路的安排。在八〇年代以路遙為代表的小說最後，我們一再看到楊慶祥兄所謂「妥協的結局」，當然這不是路遙的問題，而是現實的複雜與困境限制、堵塞了作家的想像力。與其說全知視角是為了自洽地給出「較好的選擇」，毋寧說，作家「偏要」現身、「偏要」自我說法，恰恰暴露了這種「自洽」的無力與虛妄。與龍瑛宗刻骨的現實主義不同，路遙往往在理念與現實之間掙扎。不妨再舉一例以證此「掙扎」——當路遙在文本內部一筆將高加林打回原籍時，文本之外的作家正拼命幫助他的弟弟們進城，費盡周折，甚至不惜通過朋友去奉承地方官員[7]。恰如一位年輕的研究者所感慨的那樣：「路遙或許能給高加林的生活故事安排一個『美』與『善』的結局，卻無法在現實中貫徹他自己的道德理想，他在小說中譴責高加林通過不正當手段實現個人追求，卻不得不在現實中參與種種利益交換……」。[8]路遙的魅力，與其說是召喚出「較好的選擇」，毋寧說是暴露出某種停滯、困頓與「不解決」。當然我們反過來也可以說，現實暫時的閉合，卻並未泯滅作家瞻望遠景的意願，恰如文倩所言，「它畢竟是作者的一種文學立場的自由選擇，這終究要被尊重」，這或許才是路遙真正了不起的地方。然而我還是不免嘀咕一句，「可愛者不可信」——我認同書本中那個關乎美好承諾的世界，但是闔上書頁之後，對不起，「現實是殘酷的」。我一直在想盧卡奇所謂以

「深刻歷史性」與「驚人的藝術性」相結合所創造出來的文學形式，來展現另一個「新世界」，這樣一種文學能夠扭轉不合理的現實邏輯，同時又有充分的說服力，讓讀者心悅誠服，誠心願意為其所指示的世界而奮鬥。從路遙到今天，我們還能創造出這樣一種文學嗎？

我想，有些觀點、論述上的分歧，或許也出於大陸、臺灣兩地多年的分斷與隔膜。記得薇依在《重負與神恩》中提到過一個讓人動容的寓言：兩間相鄰的牢房，分別關押兩個囚徒，他們孤獨而無法相見，於是以掌擊牆傳遞資訊。「一道屏障，同時又是通道」，「每種分離是一種聯繫」[9]。牆將他們分開，卻又使得他們彼此交流；牆是一種障礙，也滋長出跨越障礙的希望。文倩的這部新著，不就是以掌擊牆的聲音嗎？恰如她在「後記」結尾中所說：「我們是否能一起聯手工作？我們是否能互為他者，彼此信任甚至創造緊張以為進步？我們能為未來做些什麼？」——這番以掌擊牆的「嚶鳴」之聲，不正可以回應、穿透我在上文提及的那個略顯虛無的疑問嗎？

二〇一七、七、廿六

金理，上海復旦大學中文系副教授

7 路遙〈路遙致海波信〉（1979年12月4日），《路遙全集・散文、隨筆、書信》（西安：太白文藝出版社，2000年），頁320。

8 楊曉帆〈怎麼辦——《人生》與80年代「新人」故事〉，《文藝爭鳴》（2015年第4期）。

9 吳雅淩《黑暗中的女人》（北京：華夏出版社，2016年），頁292。

目 次

第一章　緒論：為了焦慮的求索

成功的文學作品是產生焦慮而不是舒緩焦慮。經典也是一種習得的焦慮，東西方經典都不是道德的統一道具。——哈羅德・布魯姆（Harold Bloom）《西方正典》[1]

第一節　研究動機與目的

本書所謂「後革命時代」兩岸現當代文學比較論，假設與指涉的是——在上個世紀末冷戰勢力日漸消逝、大陸改革開放、台灣解嚴後的新歷史語境下，論者重新聯繫與考察魯迅、陳映真、茹志鵑、王安憶、莫言、龍瑛宗、路遙、汪曾祺、陸文夫、陳若曦、張大春、駱以軍等兩岸代表作家及重要作品，從主題影響、思潮淵源、接受典律、主體發展及想像參照等多種比較的方法，重新分析與再解讀它們互涉的國民性精神交鋒、社會主義思想辯證、抒情與人民性的典律交會，以及不同歷史語境下的類似主體的交集與差異等等。

筆者之所以近十年來慢慢形成上述的研究視域與問題意識，主要是延續與深化博士論文對第三世界國家文學的主體性和歷史困境的反思。我的博士論文研究的是中國大陸的「探求者」作家群」（論文經修改後，兩岸出版成專書《在巨流中擺渡：「探求者」的文學道路與

1　哈羅德・布魯姆（Harold Bloom）原著，江寧康譯《西方正典》（*The Western Conon*）（南京：譯林出版社，2011年），頁30。

創作困境》，台北：國立台灣師範大學出版中心，二〇一二年；武漢：武漢出版社，二〇一一年），藉由討論中國大陸的「探求者」作家群，我想綜合地叩問的是——受到世界國際社會主義思潮與革命運動的連動，二十世紀中的一些具有左翼理想主義與實踐傾向的大陸「右派」世代的作家和文學作品，跟最後的「五四」淵源，以及新中國建國後的各項政治、意識型態、經濟與文化間的生產與流變關係，兼及毛澤東文藝理論、俄蘇文藝傳統、中國民間文化的互涉與生產等淵源與聯繫。

透過整體融會與交叉分析，我長期想釐清與評述的是：為什麼在新中國建國後，帶有「五四」後期的左翼革命理想色彩的文藝青年／「右派」知識分子／作家，如何與為何在日後參與並捲入政治鬥爭，如何在勞動與「改造」過程中日漸流失生命靈性餘裕，如何吸收、消化各種外國文藝淵源，又如何面對與回應他們自身的本土經驗傳統，進而長期影響並發展出他們在文學與社會的審美傾向及其窄化，以及公共視野的擴充與弱化等整體的特質與限制。

同時，作為一個從小在台灣出生、讀書、成長的文學工作者，我在多年的閱讀與積累的台灣現代文學的視野間，慢慢發現與大陸現當代文學的互涉現象。因此，近年來也陸續透過一些較有代表性的作家與作品，分析與歸納兩岸文學相交集的思想與美學特質，這些互涉與交集並非來自於問題／意念／概念先行的尋找，或先驗式的發現與發明，大多是是筆者在閱讀與研究的過程裡，緩慢地產生出這些兩岸現當代文學在上述視野的交會，本書即是近十年的相關研究論文的再補充、糾錯的階段性結果。

有鑑於目前台灣研究大陸現當代文學的學者、視野及深度相當有限，同時對於身處「後革命時代」及其侷限的自覺者恐怕不多，因此本研究必然有著積累與闡釋上的諸多不足，但仍期望在兩岸密切互動的二十一世紀，具體地為兩岸現當代文學的學術與文化界，增加對彼此的文學、社會、文化、歷史的纏繞性與多層次性的認識。

總的來說，本書期望一方面作為擴充兩岸現當代文學的共相與特殊性的一些理解進路，二方面證成與強化在兩岸互為他者的凝望下，雙方的文學、歷史與主體，不僅僅只是對方旁觀與靜態審美的「風景」，更應該是相互介入與督促進步的人文精神資源。

第二節　概念界定與方法

本書的命名／概念的基本假設與研究方法說明如下：

一、「後革命時代」：在本書的假設與指涉中，「後革命時代」首先是論者所處的時間位置（非論述材料的歷史時間）。從國際意義上說，是在上個世紀冷戰勢力日漸消逝下的新歷史階段，對應到兩岸的實際的社會與歷史時間，之於中國大陸，是一九七八年改革開放後，之於台灣，則是一九八七年解嚴後。

其次，使用「後革命」，是論者在疏理與論述時的史觀與立場／姿態上的一種假設與發現——其一是想試圖擴充兩岸在上個世紀，由於經歷第一、二次世界大戰，衍生出來的戰爭意識型態[2]，以及後來的「革命」教條化所遮蔽的討論空間，換句話說，就是較清醒地節制過於實用主義與單一目的論與傾向的文學解讀方式，但是，這並不意謂著論者較不尊重實用或現實，因為兩岸現當代文學的發生與形成，關鍵部分確實是兩岸在十九至二十世紀以降，同時在深受西方影響，並將其作為發展現代民族國家的重要資源與動力之一，其出發點本身就有著一定程度的實用性與目的性，但在後革命「時代」下的文學再解讀，應該包括並嘗試超越這個層次。其三，「後革命」同時也意謂著，本書對二十世紀以降「革命」理想與歷史退隱／退燒現象／現場的焦慮——「文學」及較具有嚴肅品格的文學批評，在陷入資本主義消費文化的世俗下，究竟還能如何深入與擴充地開展。

二、「兩岸現當代文學」：一九四九年後，中國大陸學界基本上將「五四」新文化運動以降至一九四九年階段的文學稱為「現代文學」，一九四九年以後的文學稱為「當代文學」，台灣學界並沒有這樣以時間及政治分斷現實而來的「現當代文學」劃分，目前更多的以日據時期及戰後台灣文學為相對應的概念。然而，本書為求論述上的清晰、權宜與方便，基本上將「五四」新文化運動以降，開啟兩岸以白話文為媒介的文學書寫，均視為「兩岸現當代文學」。所以，在這個概念下，本論文具體論述到的作家包括：魯迅、陳映真、茹志鵑、王安憶、莫言、龍瑛宗、路遙、汪曾祺、陸文夫、陳若曦、張大春、駱以軍等，均是這樣範疇下的代表。同時，此中個案分析，並非隨機選擇，而是論者根據階段性的學術客觀認識作出的發現與歸納。

三、在研究與再解讀的方法上，本書大致採取了以下幾種方法以為視域融合：

（一）、比較文學方法：比較文學在台灣較多地被應用在外語學界的教學與研究上。但本研究所採取的是廣義的「對兩種，或兩種以上文學之間關係的研究」[3]的指涉。就解讀的實際技術操作來說，本書使用了包括影響、接受、類同關係的等等闡釋與建構的方法。這些方法的目的或理想，在信念上，我較傾向認同韋勒克、華倫（René Wellek & Austin Warren）的觀點，終極希望視文學為：「作為一種綜合物的文學史，基於超國家規模的文學史。……它所要求的一種更廣的視界。」[4]

（二）、歷史脈絡化解讀：在詮釋的基本史觀與立場／姿態上，除了上段所言及身處於「後革命」及「時代」的自覺外，亦較認同曹錦清這樣的理念，曹錦清在〈論中國研究的方

---

2 陳思和在〈當代文學觀念中的戰爭文化心理〉中認為：「戰爭為文學規定了過於明確的目的性，使文學的現實功利主義得到充分的肯定。抗戰中文學第一功能是宣傳，思想深度、藝術技巧、審美功能等要素都必須服務於宣傳這一客觀標準。如何使文學藝術為大眾，尤其是為戰時廣大沒有受過新文化薰陶和教育的農民所理解，成了文學作品優秀與否的關鍵。」收入陳思和《腳步集》（上海：復旦大學出版社，2010年），頁73。

3 韋勒克、華倫（René Wellek & Austin Warren）原著，王夢鷗譯《文學論》（台北：志文出版社，2000年），頁74。

4 同上註，頁79。

法〉中說：「我們一方面要向西方學習，另一方面也要考慮如何避免西方概念或者西方的價值觀念對中國經驗採取霸權者的態度。……對於中國自身的歷史經驗，包括近代以來的經驗，尤其是改革開放的經驗，必須要重新加以梳理，不能用西方的理論加以套裁，……反對以西方為中心來考察中國自身的事物。」[5]所以，本書在討論作家、作品或材料的各種面向時，對文學形象所反映、表現或作用出來的社會與歷史、美學與責任等關係，主要採取綜合參照與後設融合的判斷。這種方法看似基本，甚至可能招來「土法練鋼」之譏，但實踐在分析與詮釋上，我不覺得比較容易。儘管目前兩岸現當代文學圈的學者們，對歷史化或語境／脈絡化解讀均有自覺，但嚴格來說，這種綜合能力並非僅靠閱讀文學材料所能獲得，只能在長期交叉閱讀文學文本、社會與歷史研究等材料的同時，亦部分擴充移地研究的經驗和歷練（例如本書個案中的路遙，曾佐以大陸移地的調查，包括訪問地方鄉土人士／文史工作者等），才能節制難免的另一些意識型態先行與先驗主觀性。

（三）、在現實／真實與虛構間：本書主要處理的文類材料為小說（包含現實主義、現代主義等不同類型）。就處理小說／文本跟現實的對應分析時，本書對於現實／真實本身有著較客觀性的尊重。正如將「文學」劃分為「內部研究」和「外部研究」的韋勒克和華倫在《文學論》中亦承認：「和『虛構』相對的字不是『真理』，而是『事實』或『時間和空間的存在』。『事實』可能有更奇怪的，而文學必須配合這種可能。」[6]當然，我也充份明白，在今天兩岸現當代文學均處於「後革命」的後現代階段，我們已經不難理解，無論是看似客觀的現實或歷史，很大程度上，也生產於各種人為的建構，從這個角度上來說，文學中的「現實」帶有一定程度的虛構性確實也是事實。因此，論者在對材料的現實與虛構的解讀與判斷上，只能不斷地擴充參照材料的認識，以求豐富地靠近現實與虛構的特性，嚴格來說，不可能真正做到以現實為目的的解讀（我個人目前仍認為，文學的較高價值之一也並非止於現實及其作用），但論者亦不願先驗式地賦予虛構更高的評價，一切審美和綜合價值的發明或發現，均需落實在具體文本才能判斷。

（四）、感覺與感情移入：作為一個愛好文學的研究者，本研究的核心材料畢竟還是以文學作品為主，多年來，我一直試圖思考與反省的還包括——究竟透過文學材料，時常面對與處理的一些社會與文化式的議題，跟研究社會學、歷史學或人類學的目的與特性有何差異？這仍然是一個文學研究者需要在更長的歷史時間下，不斷建構與實踐的方法，或許只有階段性而沒有本質性的答案。因此，在本書中，我在部分個案的討論時（如陳若曦），亦嘗試援引雷蒙・威廉斯的「感覺結構」為方法，作為分析文學材料的另一種關鍵方式。因為「感覺結構」相對於意識型態，更為重視經驗性與流動性，這和我一直以來認為文學具有一

5 曹錦清〈論中國研究的方法〉，收入《如何研究中國》（上海：上海人民出版社，2010年），頁6。

6 韋勒克、華倫（René Wellek & Austin Warren）原著，王夢鷗譯《文學論》（台北：志文出版社，2000年），頁51-52。

種不同於社會科學的靈性特質與悟性品格更為契合。因此總的來說，在本書中，我都自覺地保留一些混沌的、直覺的、感覺的綜合審美判斷的空間。跟進韋勒克、華倫對文學史式評述的理念：「對『文學史』作這樣的體認要達到最精確的地步，就必須運用幻想，運用『感情移入』，運用過去時代的或不復存在的興味深深合而為一的努力。……一件藝術作品的意義不可能只用它對作者和作者同時代的人的意義來決定。它毋寧說是一種增添過程。」[7]

第三節　重要文獻評述

無論在中國大陸或台灣，以兩岸現當代文學進行比較且較具有系統性的論述，目前仍較為少見，於台灣而言，一方面是由於戒嚴時期取得與閱讀大陸相關著作／材料的不易，另一方面則是因為，解嚴後受到本土論述高漲與文化領導權移轉的影響，至今在台灣，專攻大陸現當代文學研究的學者仍非常有限。因此兩岸現當代文學的比較研究，在台灣的進行與累積就相對較為艱難。而在中國大陸恐怕亦有類似的相對現象（同時台港澳文學似乎一向不被視為有較高的價值）。基於本研究是在台灣的兩岸現當代文學比較論，以下的文獻檢討，主要仍以幾位在這方面較有自覺與努力的台灣及美國學者為評述對象：

施淑的《理想主義者的剪影》（1990）及《兩岸文學論集》（1997）[8]可以說是台灣解嚴後較早的兩岸現當代文學論述的代表作。在《理想主義者的剪影》中，施淑以胡風、端木蘋良、路翎等作家／作品為核心，縱橫地討論他們在「五四」新文學運動下的現實道路、思想特色和美學特殊性，此書雖未涉及台灣材料的參照比較，但由於施淑早年赴加拿大溫哥華求學（英屬哥倫比亞大學亞洲研究系博士班）的動機之一，就是在當年台灣白色恐怖的文化和思想檢查之外，藉由閱讀與考察大陸的左翼作家／作品，獲得更具體的理想主義的召喚與信念。此書在二十一世紀初期由台北人間出版社再版為《歷史與現實：兩岸文學論集（二）》（2012），在此版本的後記中，施淑明確地言及正是在早年考察胡風的過程中，她對應地發現了胡風所譯的楊逵〈送報伕〉、呂赫若〈牛車〉等著作，施淑說：「他的翻譯和簡短的引言，讓我第一次讀到日據時代台灣左翼作家和作品，深刻驚喜地認識和感受到社會主義文藝運動的寬闊巨大的國際主義精神。」[9]爾後在《兩岸文學論集》中，施淑以分輯的方式，分別討論了台灣及大陸的現當代文學的諸多代表作家與作品，包括呂赫若、楊守愚、陳映真、施叔青、李昂、黃凡、宋澤萊、賈平凹及張賢亮等等，雖然未正式進入兩岸比較論的層次，但從分輯論述的實際內涵來說，可以看出施淑先生綜合融會兩岸具有國際化的左翼

---

7 同上註，頁 64-65。

8 施淑《理想主義者的剪影》（台北：新地出版社，1990 年）、《兩岸文學論集》（台北：新地出版社，1997 年）。此二書後來由台北人間出版社再版為：《文學星圖：兩岸文學論集（一）》、《歷史與現實：兩岸文學論集（二）》（台北：人間出版社，2012 年）。

9 施淑《歷史與現實：兩岸文學論集（二）・後記》（台北：人間出版社，2012 年），頁 304。

視野與人道精神的品格，這也是筆者企圖跟進的批評典律之一。

呂正惠則是在上個世紀八〇年代末以降，更為積極地跟進閱讀與研究兩岸現當代文學的學者／批評家。相關的論述收錄在他的《小說與社會》（1998）、《戰後台灣文學經驗》（1995）、《文學經典與文化認同》（1995）、《台灣文學研究自省錄》（2014）等等[10]。呂正惠主要亦以作家個論的方式展開文學批評，他討論過的台灣與大陸作家包括：余光中、黃春明、王文興、白先勇、陳映真、王禎和、七等生、陳若曦、李昂、朱天心、張大春、魯迅、老舍等，也曾在解嚴後，陸續為台北新地出版社的大陸當代文學叢書寫序，在上個世紀九〇年代初期，即為台灣文化圈引薦過一些「右派」及「知青」世代的作家作品，如汪曾祺、高曉聲、陸文夫、張賢亮、張潔、王安憶等等。在《戰後台灣文學經驗》中的第三輯的「台灣文學與兩岸關係」中，呂正惠還有幾篇綜論兩岸文學、文化的概括論述，針對兩岸現當代文學的語言感覺、現實感、鄉土性甚至現代主義的印象與差異提出一些觀點，展現了出入中西文學淵源及較豐富材料參照的文學史視野。然而，由於此作中的「比較」的對象，其時間大抵在一九九五年以前，方法論上亦多採用印象評點，偶有將兩岸作家交融下的討論（如呂正惠亦討論過魯迅跟陳映真的關係，引用及討論詳見本書第二章），其論述的縫隙與沉默處，即是筆者後續補充的空間。

美國哈佛大學的王德威則是在上個世紀八〇年代末至今，影響台灣的兩岸現當代文學研究與批評朝向更為後現代化論述的學者／批評家。他在兩岸現當代文學的專書甚多，較重要的如：《從劉鶚到王禎和：中國現代寫實小說散論》（1986），《眾聲喧嘩：三〇與八〇年代的中國小說》（1988），《閱讀當代小說：台灣、大陸、香港、海外》（1991），《小說中國》（1993），《如何現代，怎樣文學？：十九、二十世紀中文小說新論》（1998），《眾聲喧嘩以後：點評當代中文小說》（2001）[11]等等，王德威曾翻譯過傅柯（Michel Foucault）的《知識的考掘》[12]，對於文學的知識與各種知性與感性可能，體現了一種百科全書式的「自由」追求特質。對應到王德威在兩岸現當代文學研究／批評的書寫，便有著一種「眾聲喧嘩」的特質，而在研究與批評的倫理與審美責任上，王德威在《眾聲喧嘩以後·

10 呂正惠《小說與社會》（台北：聯經出版公司，1988 年）、《文學經典與文化認同》（台北：九歌出版社，1995 年）、《戰後台灣文學經驗》（台北：新地出版社，1995 年）、《台灣文學研究自省錄》（台北：台灣學生書局，2014 年）。

11 王德威《從劉鶚到王禎和：中國現代寫實小說散論》（台北：時報文化出版，1986），《眾聲喧嘩：三〇與八〇年代的中國小說》（台北：遠流出版公司，1988 年），《閱讀當代小說：台灣、大陸、香港、海外》（台北：遠流出版公司，1991 年），《小說中國》（台北：麥田出版公司，1993 年），《如何現代，怎樣文學？：十九、二十世紀中文小說新論》，（台北：麥田出版公司，1998 年），《眾聲喧嘩以後：點評當代中文小說》（台北：麥田出版公司，2001 年）、《跨世紀風華當代小說 20 家》（台北：麥田出版公司，2002 年）、《後遺民寫作》（台北：麥田出版公司，2007 年）、《茅盾，老舍，沈從文：寫實主義與現代中國小說》（台北：麥田出版公司，2009 年）等等。

12 傅柯（Michel Foucault）原著，王德威譯《知識的考掘》（台北：麥田出版公司，1993 年）。

序》曾說：「落實在歷史特定情境裡，我們必須正視眾聲喧嘩不必帶來任何意見、行動的交集，也未嘗承諾任何形式或實質的超越。」[13]、「主體的自我投射分裂、主客體間的頻仍互為賓主，……人我對話衍生的繁複異同，使我們警醒意義生產過程中，永無休止的交會與錯失。……」[14]他的這些小說評述的事實根據與信念，本書無法也不可能一一檢討，但我目前傾向較粗略地認為，王德威如此「自由」與「多元」的批評實踐的有意義的結果之一，是開發並引薦了大量兩岸現當代甚至世界華文文學的作品予兩岸四地，且由於他的評述的後現代特色，較能召喚與容納後現代歷史階段的大眾讀者，在嚴肅文學的閱讀已經失去「轟動效應」的時代，姑且不論是否能進入更深刻與困難的思想、悟性的審美價值（如哈羅德・布魯姆說的「尋找一種有難度的樂趣」），王德威無疑地仍為兩岸現當代文學爭取與積累了更多的接受者，可視為一種下一輪文藝復興的歷史轉型的奠基研究。

陳建忠則是較自覺的將兩岸現當代文學中的個案，正式地進入「比較」層次的中生代學者。他的數篇代表論文都是這方面的研究成果，包括：〈私語敘事與性／別政治：陳雪與陳染的「私小說」比較研究〉（2005）、〈歷史創傷、精神危機、自我救贖／放逐：論朱天心與王安憶的都市書寫〉（2005）、〈國共鬥爭與歷史再現：姜貴《旋風》與楊沫《青春之歌》的比較研究〉（2005）、〈鄉野傳奇與道德理想主義：黃春明與張煒的鄉土小說比較研究〉（2006）、〈歷史敘事與想像（不）共同體：論兩岸新歷史小說的敘事策略與批判話語〉（2007）[15]，陳建忠的論述在比較文學的操作方法上，主要是從敘事視角下的主題學及主體論的比較切入，其論述的特色兼融文學形式與內容，在目的上較為偏向闡釋兩岸現當代文作家在精神史／心態史上的交集與差異。而除了陳建忠之外，近年亦有青年學者吳明宗開始關注兩岸戰爭文學的比較，尚未成專刊／專書的論文有：〈典律下的愛情／愛情的典律：以兩岸當代戰爭文學為觀察對象（1950s-1960s）〉及〈啟蒙與女性——論巴金與呂赫若筆下的封建家庭〉[16]，其重點大抵亦在某種主題學及主體的比較與差異的求索上。

---

13 王德威《眾聲喧嘩以後：點評當代中文小說》（台北：麥田出版公司，2001年），頁20。

14 同上註。

15 陳建忠〈歷史敘事與想像（不）共同體：論兩岸新歷史小說的敘事策略與批判話語〉，《台灣文學與跨文化流動：東亞現代中文文學國際學報》第3期（台灣號）（2007年4月），頁345-363。陳建忠〈鄉野傳奇與道德理想主義：黃春明與張煒的鄉土小說比較研究〉，《台灣文學研究集刊》第1期，台灣大學台文所，（2006年2月），頁161-189。陳建忠〈國共鬥爭與歷史再現：姜貴《旋風》與楊沫《青春之歌》的比較研究〉，《台灣文學研究學報》第1期，國家台灣文學館，（2005年10月），頁109-193。陳建忠〈歷史創傷、精神危機、自我救贖／放逐：論朱天心與王安憶的都市書寫〉，《清華中文學林》第一期，清華大學中文系，（2005年7月），頁135-164。陳建忠〈私語敘事與性／別政治：陳雪與陳染的「私小說」比較研究〉，「2005台中學研討會：文采風流」論文，中興大學中文系主辦，（2005年9月23-24日），後收入論文集。

16 吳明宗〈典律下的愛情／愛情的典律：以兩岸當代戰爭文學為觀察對象（1950s-1960s）〉「第二屆兩岸學子論壇（廈門大學）」（2015年）、〈啟蒙與女性——論巴金與呂赫若筆下的封建家庭〉「第十二屆巴金國際學術研討會（河北師範大學）」（2016年）。

本書的研究跟前述學者的差異，除了擴展一些不同的個案之外，在比較的方法使用上，再略為豐富與不同一些——除了主題學、主體論式的考察，亦包括淵源考察、接受典律及想像參照等論述。此外，本書在前述已言及，論者對於身處在「後革命時代」的時間、史觀、立場、姿態，甚至對回應處於資本主義下的世俗／市民社會的焦慮有更高的自覺，因此如果說前輩學人的主題學及主體論式的討論方式，終極地是指向對兩岸的一些精神史／心態史的共相與殊相的認識，而淵源、接受及想像參照等綜合方法，則是更多地對想對兩岸作家與文學的「內在性」與「內外融合」的可能性，能再有一些更細膩的展開與求索。無論如何，凡此種種，本書都是在前人累積的研究成果下的一些學術史上的補充。

第四節　章節重點

除了第一章緒論及第七章結論之外，本書主論有五章，分別為第二章的主題影響與衍義論，第三章思潮淵源與關係論，第四章接受視野與典律論，第五章主體比較與發展論及第六章想像參照與藝術論。主論重點略述如下：

第二章主題影響與衍義論。以魯迅為起點，疏理並闡釋魯迅對台灣的影響，同時以台灣作家陳映真的早期作品為例，分析陳映真如何接受魯迅的「國民性」主題，並在他早期的作品與思想中，產生出那些具有台灣主體與困境特質的衍義內涵。包括疏理魯迅在台灣的基本脈絡（一九二五—二〇一〇），描述日據時期至今百年來，受到世界／國際革命、大陸五四運動、二戰結束、國共內鬥、台灣戒嚴、一九八七年解嚴，以及二十一世紀初期資本主義高度擴充等條件下，台灣與魯迅的基本聯繫。透過魯迅在台灣的歷史化的積累，及魯迅與陳映真在「國民性」的主題聯繫性的綜合疏理與分析，擴充我們對於兩岸的一些進步文學的主題影響與衍義的差異化理解。

第三章思潮淵源與關係論。主要處理國際二十世紀的國際「社會主義」思潮對兩岸作家的關係研究。以兩岸的兩組個案來闡釋他們跟「社會主義」思潮的淵源與關係。其一以陳映真、茹志鵑與王安憶的淵源與文學影響考察為例，疏理與分析他們於一九八三年在美國參與愛荷華國際寫作計劃期間，對「社會主義」的對話與異見，並進一步追蹤日後回到中國的王安憶，當她陷入創作困境時，如何調取當年跟陳映真的淵源與感覺，轉化為自己文學創作的滋養，以維持她長期的創作與價值的動力。其次對台灣作家陳若曦早期文學中的「社會主義」的淵源的發生與感覺結構進行再解讀，並聯繫上她七〇年代中的「文革」代表小說來加以討論，同時略為參照蔡翔的感覺結構。本書認為，儘管陳若曦早期的「文革」小說代表作，時常被簡化地理解為一種歷史傷痕書寫，但透過重新整合陳若曦早年的台灣底層經驗與感時憂國的文化中國現場的感覺結構，一方面能看出陳若曦對「社會主義」的觀念與感覺的個人化接受起點，二方面也能說明她赴美留學後，那些相關的思潮與淵源又強化了她對「社會主義」的理解，以致於日後在她的「文革」小說中，一定程度保留了對大陸知識分子的個人與集體關係的辯證、「社會主義」實踐對工人主體性的感性與尊重，其意義實不僅僅止於簡化的「普世」及「自由」意識下的批判。

第四章接受視野與典律論。以莫言及其作品為例，疏理其人及其作在台灣解嚴後的近三十年的接受史（主要以文化圈及學術意義上的接受為討論範圍），此章有助於我們更清楚自覺地明白：為什麼是莫言，而不是大陸的其它相近世代的作家與作品——如同樣以農村為題材的作家（例如余華、閻連科、張煒、路遙等等），能長期地在台灣的文化圈及學術界受到相對更高的「文學」關注。因為終究而言，大陸作家與作品，能在台灣如此地被深入接受，事實上涉及並符合了接受地的「期待視野」（或說「接受視野」）的內涵與流變——更精確地說，深受各種接受地（台灣）的文化、社會、歷史性及讀者的品味與變化的制約。透過考察莫言在台灣的長期被接受的歷程，事實上也是疏理與重構台灣文化圈的一種隱性的典律生成的歷史。

第五章主體比較與發展論。同樣以兩組不同類型的個案，來舉例闡釋兩岸不同的歷史階段下的主體比較及發展差異。其一是以台灣日據時期的作家龍瑛宗的代表作〈植有木瓜樹的小鎮〉與大陸作家路遙的〈人生〉相比較，將他們作品中的主體，視為一種第三世界小知識分子敘事的個案來理解與再解讀，以進一步分析與闡釋，在殖民體制下（日據時期的台灣），以及更具有現代民族國家主體性下（大陸），陷入生涯與困境的底層小知識分子的主體命運差異。其二則比較兩岸在九〇年代中後，一些具有古典文人化的作家及作品內出現的一種以復古為救贖的主體。如果說，前一組個案中的主人公陳有三和高加林的主體，共同交集的是第三世界小知識分子在底層現實上昇的命運困境與發展差異，那在第二組個案的汪曾祺、陸文夫、張大春的後期作品中，我們看到的則是他們在兩岸後現代社會下，以文學與精神建構自我治理的秘密，這也是這一類的文化人在步入晚期後的一種更為兼融靈性的完整生命的嘗試。

第六章想像參照與藝術論。以台灣作家駱以軍的《遠方》為代表個案。首先疏理與整合分析台灣的「外省」小說家的大陸書寫的代表作與流變，兼談過去重要學者對此研究的文獻狀況，以說明駱以軍《遠方》一直以來被學界忽視的視角，及可能一直被遮蔽的解讀的面向——底層。其次，闡釋《遠方》中的兩岸底層的視野／書寫的視野與細節，詮釋它們的內涵、文學特質與作用，最後分析《遠方》的後現代觀中的一些新辯證／推進的嘗試，闡釋作家如何透過自覺的努力，調用大陸彼岸他者以為一種想像參照的注視，擴展了台灣後現代文學自身的寬度、包容性，同時亦開啟了文學／小說與自身流動和新生命的契機。本章最終要指出的是——對駱以軍和他的《遠方》來說，他的書寫已經難得的超越一般意義上的「文學」的審美意圖，開始有了更大格局的審美高度與責任承擔的潛能。

第二章　主題影響與衍義論

第一節　前言：如何影響、怎樣衍義

二十世紀二〇年代中期，在世界／國際革命及中國大陸「五四」運動的影響下，台灣也發生了新文學運動，陸續開始轉載「五四」重要代表作家包括魯迅、巴金、老舍、茅盾、郁達夫等人的作品，其中又以魯迅對台灣的影響最為深遠且重要。一九四九年國民黨撤退到台灣後，啟動戒嚴體制，包括魯迅在內的五四時期的左翼文學作品被視為禁書，即便如此，魯迅及其文學仍然被一些作家以更為幽微的方式繼承與接受，甚至成為他們一生的文學創作與社會實踐中，最重要的精神與思想力量。

本章以魯迅（1881-1936）為核心，疏理並闡釋魯迅對台灣的影響，同時亦以台灣作家陳映真（1937-2016）的早期作品為例，分析陳如何接受魯迅，並在他早期的作品與思想中產生出那些具有台灣主體與困境特質的衍義內涵。

第二節先疏理魯迅在台灣的基本脈絡（一九二五—二〇一〇），首先描述日據時期至今百年來，受到世界／國際革命、大陸五四運動、二戰結束、國共內鬥、台灣戒嚴、一九八七年解嚴，以及二十一世紀初期資本主義高度擴充等條件下，台灣與魯迅的基本聯繫性，以及在台灣歷史的脈絡下，產出／衍義出來的共同主題與特殊的關注面向。

第三節則進一步以陳映真為代表個案，分析魯迅作品與精神，和陳映真的早年文學主題的聯繫性（國民性）和衍義差異。陳映真（1937-2016）是深受魯迅影響的台灣代表作家之一，他曾在〈鞭子和提燈〉（1976年12月）、〈後街〉（1993）等文中提到自己受到魯迅小說集《吶喊》的影響[1]，然而，這種「影響」的效果及意義其實不容易評估，因為就陳映真實際的文學作品來看，他受到魯迅比較明顯影響的是較早期的小說（1959-1964），而這些早期小說的創作歷史條件剛好落在國民黨統治下的白色恐怖／戒嚴期間，再加上彼時台灣的文學環境以西化與「現代」主義為主導，很多作品都帶有相當高的晦澀、抽象的特質，這些條件在在都加深了理解陳映真與魯迅小說關係的差異與難度。因此本章希望透過魯迅在台灣的歷史化的積累，及魯迅與陳映真在「國民性」的主題聯繫的綜合疏理與分析，擴充我們對於兩岸的一種進步文學的影響與衍義的深度理解。

第二節　魯迅在台灣的基本脈絡（一九二五—二〇一〇）

一、日據時期的魯迅小說、翻譯與傳播（一八九五—一九四五）

魯迅的小說及翻譯文學，最早出現在一九二五年《台灣民報》的三卷第一號，根據中島利郎的整理，《台灣民報》曾陸續刊載的魯迅作品共有九篇：〈鴨的喜劇〉（1925年1月1日《台灣民報》第三卷第一號）；〈故鄉〉（1925年4月1日—4月11日《台灣民報》第3卷第10、11號）；〈犧牲謨〉（1925年5月1日《台灣民報》第3卷第13號）；〈狂人日記〉（1925年5月21日—6月1日《台灣民報》第3卷第15、16號）；〈魚的悲哀〉（愛羅先珂作，魯迅譯，1925年6月11日《台灣民報》第3卷第17號）；〈狹的籠〉（愛羅先珂作，魯迅譯，1925年9月6日—10月4日《台灣民報》第69—73號）；〈阿Q正傳〉（1925年11月29日—12月27日、1926年1月10日、1月17日、2月7日《台灣民報》第81—第87號、第88號、第91號、刊到第六章未完）；〈雜感〉（1929年12月22日《台灣民報》第292號）；〈高老夫子〉（1930年4月5日—4月19日《台灣新民報》第307—309號）。[2]

在這個階段，直接與間接受到魯迅影響的作家很多，但除去中文報刊的引介，許多日據時期的台灣作家，更多地是透過日文版的魯迅作品來接受與認識魯迅，這兩方面較具有明顯淵源且重要性的有：楊逵、賴和、鍾理和、張我軍、葉石濤等作家。楊逵因為入田春彥的關係，曾得到《魯迅大全集》，黃惠禎認為，這是楊逵之所以日後能夠翻譯《阿Q正傳》的依據[3]，而一般認為，張我軍則是日據時期台灣新文學運動時，唯一見過魯迅的台灣作家，

1 請參見陳映真《陳映真散文集》（1976-2004）（台北：洪範書店有限公司，2004年9月）。

2 中島利郎著，葉笛譯〈日治時期的台灣新文學與魯迅——其接受的概觀〉，收入中島利郎《台灣新文學與魯迅》（台北：前衛出版社，2000年），頁49-50。

3 楊逵生活困窘時，曾獲日本人入田春彥的協助，入田春彥死後，楊逵處理其喪禮，並在其遺物中，找到《魯迅大全集》。黃惠禎對這當中的淵源已作出相關分析，請參見黃惠禎〈楊逵與日本警察入田春

魯迅在其一九二六年八月十一日的日記有記載：「張我軍來贈送《台灣民報》四本」，魯迅的弟子胡風，也曾翻譯過楊逵的代表作〈送報伕〉[4]，這是一篇帶有國際革命視野及弱勢者共同扶持的作品，鍾理和則有與魯迅〈故鄉〉同名的小說，澤井律之和張良澤等學者都作過兩人（魯迅與鍾理和）之間的關聯性研究[5]，二十一世紀初期，台灣亦有一本博士論文（張清文《鍾理和文學裡的「魯迅」》[6]）深化兩者的討論，而曾經撰有《台灣文學史綱》的葉石濤也曾說：「我的魯迅經驗遠溯到太平洋戰爭末期。那時候，我是十七八歲的少年卻有旺盛的求知慾。我在坊間書店買到井上紅梅所譯的魯迅短篇小說選，裡面似乎包括了〈阿Q正傳〉、〈故鄉〉、〈孔乙己〉、〈藥〉等小說，至於代表魯迅另一個富於戰鬥性面目的眾多雜文集卻毫無所知。」[7]總的概略來說，在日據時期，台灣作家從魯迅身上所獲得的精神與行動力量，不僅僅是反帝反封建等大敘事的框架，由於彼時台灣仍處在日本殖民的環境與困境，台灣作家所要面對的問題與中國大陸也就有著微妙性的不同，例如提到與魯迅同樣有著醫學背景的賴和與其作品時，林瑞明即強調：「（賴和）面臨的是殖民地解放的問題，他的反抗精神，藉著這些作品充分表現出來，……在這方面他比魯迅表現的更為深刻」[8]。

二、戰後初期（一九四五—一九四九）的魯迅傳播與影響

一九四五年，對日抗戰結束，日本戰敗，國民黨與共產黨開始了新的國共內鬥，國民黨逐步退守台灣，許多大陸作家亦來到台灣，促成了戰後初期的新一波魯迅熱，曾健民曾指出

在一九四六年：「復歸祖國恰滿一年的台灣文化界，……熱烈刊出了紀念魯迅逝世十周年的紀念文章。包括《自強報》（基隆市）、《中華日報》（國民黨省黨部）、《台灣新生報》（台灣省行政長官公署）、《和平日報》（台中）、以及《台灣文化》（月刊、台灣文化協進會）等報刊，前後共刊出了近四十篇的紀念文章和木刻畫：可以說是台灣光復後唯一一次，如此大規模紀念魯迅的活動。」[9]而在當中最具代表性的刊物及文章是台灣文化協會發

彥——兼及入田春彥仲介魯迅文學的相關問題〉，《台灣文學評論》（1994年10月），頁116。

4 轉引自葉石濤〈台灣新文學與魯迅〉序，收入中島利郎編《台灣新文學與魯迅》（台北：前衛出版社，2000年），頁10。〈送報伕〉曾收入當時的《弱小民族小說選》（上海：生活書店，1936年），及台灣、朝鮮短篇小說選《山靈》。

5 如澤井律之著，葉蓁蓁譯〈兩個《故鄉》——關於魯迅對鍾理和的影響〉，收入中島利郎主編《台灣新文學與魯迅》（台北：前衛出版社，2000年），及張良澤〈鍾理和文學與魯迅——連遺書都相同之歷程〉，收入《台灣文學、語文論集》（彰化市：彰化縣立文化中心，1996年）。

6 張清文《鍾理和文學裡的魯迅》（國立政治大學中國文學研究所博士論文，2006年）。

7 葉石濤〈台灣新文學與魯迅〉序，收入中島利郎編《台灣新文學與魯迅》（台北：前衛出版社，2000年），頁11。

8 林瑞明〈魯迅與賴和〉，收入中島利郎主編《台灣新文學與魯迅》（台北：前衛出版社，2000年），頁88-89。

9 參見曾健民〈談「魯迅在台灣」：以1946年兩岸共同的魯迅熱潮為中心〉（《台灣社會研究》季刊，第77輯，2010年），頁264。這些紀念文章亦可參考曾健民此文後的附錄，頁275-276。

行的「魯迅逝世十週年特輯」。根據陳芳明的整理，此輯刊出了八篇懷念魯迅的文章，只有一篇是由台灣作家楊雲萍撰寫的〈紀念魯迅〉，其餘都是由中國大陸來台作家所作，包括：許壽裳〈魯迅的精神〉、高歌譯〈斯茉特萊記魯迅〉、陳煙橋〈魯迅先生與中國新興木刻藝術〉、田漢〈漫憶魯迅先生〉、黃榮燦〈他是中國的第一位新思想家〉、雷石榆〈在台灣首次紀念魯迅先生感言〉，以及謝似顏〈魯迅舊詩錄〉[10]。而在此專輯外，許壽裳仍是此階段在台發表與魯迅有關的文字最多的一位作家，曾健民統計：「在這次台灣的魯迅逝世十週年的紀念活動中，……許壽裳，發表了最多文章。他在《台灣文化》上前後共發表了四篇，另外在《和平日報》副刊「新世紀」上，也刊出了〈魯迅和青年〉以及〈魯迅的德行〉兩篇，因此有關魯迅的紀念文章前後共有六篇之多。而且，一九四七年六月，他在台灣出版了《魯迅的思想和生活》（台灣文化協進會出版，楊雲萍主編）一書」[11]這些文章最終收錄於黃英哲主編的《許壽裳臺灣時代文集》之中。[12]

而在一九四七至一九四八年間，台灣亦曾出版了五本中日文對照的魯迅小說集[13]，曾健民認為這些作品對當時台灣的意義是在於：「它使剛光復不久的台灣青年、學生，容易從閱讀中日文對照的魯迅作品中學習中文，同時在普及魯迅思想上也起了很大的作用。」[14]

除此之外，曾與魯迅有淵源的木刻版畫家黃榮燦，也以木刻板畫及相關文字來懷念魯迅[15]，黃英哲認為它們對彼時台灣的意義是：「想追求中國的『戰後民主主義』能首先在台灣實現，……他和魯迅一樣認為木刻版畫對改造人的意識十分強力有效，而魯迅的木刻思想是

10 篇目來源：參考陳芳明〈魯迅在台灣〉（1992年，原文為1991年5月19日，在日本京都向台灣文學研究會、中國文藝研究會的會員的演講），收入《台灣新文學與魯迅》（台北：前衛出版社，2000年），頁11-12。

11 參見曾健民〈談「魯迅在台灣」：以1946年兩岸共同的魯迅熱潮為中心〉（《台灣社會研究》季刊，第77輯，2010年），頁265。

12 參見黃英哲主編《許壽裳臺灣時代文集》（台北：國立臺灣大學出版中心，2010年）。其中的第一大章「魯迅研究」，即是許壽裳寫過的魯迅文章，包括《魯迅的思想與生活》（含〈自序〉、〈魯迅的人格和思想〉、〈魯迅的精神〉、〈魯迅的德行〉、〈魯迅和青年〉、〈魯迅的生活〉、〈懷亡友魯迅〉、〈關於《弟兄》〉、〈《魯迅舊體詩集》序〉、〈《魯迅舊體詩》跋〉、〈《民元前的魯迅先生》序〉，以及〈跋魯迅演講手稿——娜拉走後怎樣〉、〈魯迅的避難生活〉、〈魯迅和我的交誼〉、〈魯迅的游戲文章〉等）。而有關更具體的許壽裳與台灣的關係，亦可參見此書前黃英哲的導讀〈許壽裳與臺灣（1946-1948）〉。

13 五本書分別是：《阿Q正傳》楊逵譯，（東華書局，1947年1月）、《狂人日記》王禹農譯，（東方出版社，1947年1月）、《故鄉》藍明谷譯，（現代文學研究會，1947年8月）、《孔乙己・頭髮的故事》王禹農譯，（東方出版社，1948年1月）及《藥》王禹農譯，（東方出版社，1948年1月）。

14 曾健民〈談「魯迅在台灣」：以1946年兩岸共同的魯迅熱潮為中心〉（《台灣社會研究》季刊，第77輯，2010年），頁272。

15 黃英哲在〈黃榮燦與戰後台灣的魯迅傳播（1945-1952）〉，《台灣文學學報》第二期（2001年2月）曾作過整理，相關篇目與說明如頁107所言：「1946年10月19日是魯迅逝世十週年紀念日，黃榮燦在《和平日報》……『每週畫刊』第七期『魯迅先生逝世十週年紀念木刻專輯』（1946年10月20日），含有『反帝』、『反封建』、『反侵略』、『爭民主』的因子在內，不只適合中國，也適合戰後的台灣」[16]。

三、戒嚴時期（一九四九—一九八七）下的魯迅「研究」與影響

儘管戰後初期曾有過魯迅熱，但隨著一九四七年的二二八事件爆發，一九四八年許壽裳在台北被暗殺，再加上一九四九年起，國民黨認為失去大陸政權的關鍵原因，乃在於左翼文藝當中的反抗資源與精神作用，因此為了加強對台灣民眾意識形態的控管，於是在一九四九年五月十九日由當時的台灣省政府主席兼台灣省警備總司令陳誠頒佈「戒嚴令」，宣告自同年五月二十日零時起在台灣省全境實施戒嚴，至一九八七年七月十五日由蔣經國宣佈解嚴為止，共持續了三十八年，同時也正式開啟了近四十年的禁絕大陸左翼相關書籍及日據時期左翼文學的歷史。魯迅作品自然是其大宗，曾健明指出，一九四九年十一月二日，陳誠公佈了數百禁書的書單，開始在台灣查禁「反動書籍」。……其中有關魯迅的作品包括：「《魯迅全集》、《魯迅傳》（范泉譯）、《魯迅事蹟考》（林辰）及《魯迅先生二三事》（孫伏園）」[17]。就在這樣的恐共及反共的情勢下，魯迅研究也被大陸來台及台灣島內的右翼知識分子掌控，包括：陳西瀅、梁實秋、蘇雪林、鄭學稼與劉心皇等人[18]。這樣的文化處境一直到一九八七年台灣解嚴後才有正式改觀。

而在海外，部分旅美的學者，包括夏志清、夏濟安、林毓生、李歐梵等，由於不受到台

灣戒嚴令的控制，因此尚能閱讀與研究魯迅，這些英文文論包括夏志清的《中國現代小說史》、夏濟安的《黑暗的閘門》（樂黛云曾中譯過當中的〈魯迅作品的黑暗面〉，收入《國外魯迅研究論集》）[19]、林毓生的《中國意識的危機》及李歐梵的《鐵屋裡的吶喊》等等。夏濟安對魯迅的作品及思想，較有同情的理解，當時海外許多魯迅的分析仍主要集中在魯迅的早期小說及思想，但夏濟安對三〇年代後，與左翼有著較複雜關係的魯迅的思想似乎更感興趣，例如他在分析魯迅在一九三六年過世前寫的〈女吊〉時就說：「她帶有某種『復仇

發表該專輯刊頭文章〈中國木刻的褓姆——魯迅——石在，火種是不會滅的〉，在《台灣文化》第一卷第2期『魯迅逝世十週年特輯』（1946年11月1日）發表〈悼魯迅先生——他是中國的第一位新思想家〉，另外，10月19日，《和平日報》副刊『新世紀』第68期也登出黃榮燦木刻版畫作品『魯迅先生遺像』」。

16 同上註，頁109。

17 曾健民〈談「魯迅在台灣」：以1946年兩岸共同的魯迅熱潮為中心〉（《台灣社會研究》季刊，第77輯，2010年），頁273。

18 有關這些人對魯迅的打壓的相關說明分析，可參考陳芳明〈魯迅在台灣〉（一九九二年，原文為一九九一年五月十九日，在日本京都向台灣文學研究會、中國文藝研究會的會員的演講），收入《台灣新文學與魯迅》（台北：前衛出版社，2000年）。

19 夏濟安〈魯迅作品的黑暗面〉收入樂黛云編《國外魯迅研究論集》（1960-1981）（北京：北京大學出版社，1981年）。

性』……魯迅無疑背負著某種鬼魂，……甚至隱藏著一種秘密的愛戀……魯迅是一個社會改革家……魯迅的興趣卻並非純學術的。」[20]這樣並非完全「純文學」的判斷，顯示了夏濟安對文學／美學的解放意義，有著較為寬廣的包容、見識及理解。而林毓生的《中國意識的危機》中，曾有部分材料在戒嚴時期即中譯刊載於台灣的報刊，例如一九七九年五月九日至十日的中國時報人間副刊，曾刊出林毓生的〈五四式反傳統思想與中國意識的危機─兼論五四精神、五四目標、與五四思想〉，林在這篇文章中亦多所討論到魯迅，他曾說：「在五四時代，雖然魯迅持有非凡的理知與精神力量，他最終卻未能在他顯示的、辯難層次上超脫『傳統』與『現代』形式主義的二分法，同時也沒能更進一步探討在他底隱示的、未明言的意識層次中，他所『發現』至今尚存的傳統文化中一些成分的理知與道德價值的意義；雖然，這種『發現』就是對上述『二分法』的具體而實際的超脫。」[21]這樣貶抑魯迅而突顯「傳統文化」，很難說跟戒嚴時期高度強調「復興中華文化」及其背後的反共意識型態沒有隱性的關聯。

值得一提的還有，儘管國民黨在戒嚴階段禁絕魯迅與相關左翼文學，但在台灣民間仍低調地保有及流傳著這些作品，受到較深影響的作家如陳映真，他在日後的自傳性散文〈後街〉中就曾說：「他的初中生的生活，便是在那白色的、荒茫的歲月中度過。……一次，在書房中找到了他生父不忍為避禍燒毀的、魯迅的小說集《吶喊》。他不告而取，從此，這本有暗紅色封皮的小說集，便伴隨著他度過青少年時代的日月。」[22]而當年曾在美國參與七〇年代初保釣運動的台灣作家如郭松棻、劉大任等人，在美期間亦有讀過魯迅，其中郭松棻的小說〈雪盲〉中的許多片段，特別是左翼精神與知識分子的社會實踐性格，跟魯迅小說及精神亦有互文的內涵，而其它早年留學美國的台灣現代派作家如白先勇等，在文學技術面向上，亦有受到過魯迅的啟發，袁良駿即指出：「白先勇在語言運用上的用心錘煉、精雕細刻，更直接繼承了魯迅的語言傳統」[23]，這些個案更細緻的關係、影響、接受及轉化等，在戒嚴時期受限於政治因素難以展開，一直要到解嚴後才陸續受到更細緻的清理與關注。

四、解嚴（一九八七）到二十一世紀初的魯迅出版與研究

一九八七年台灣解嚴，一九八九年《魯迅全集》重新在台灣出版（包括台北唐山出版社、谷風出版社及風雲時代出版公司等三種版本）。選集部分則有楊澤編《魯迅小說集》（1994）及《魯迅散文選》（1996），兩書均為台北洪範出版社出版。楊澤以為洪範版本的魯迅選集的意義，在於面對台灣現代主義文學的問題，換句話說是想擴充對台灣的現代化與現代性的認識：「現代主義文學在臺灣已走過漫漫的一段路，大家有相當的反省與累積，同

---

20 同上註，頁 375-376。

21 此文收入林毓生《思想與人物》（台北：聯經出版社，1993 年），頁 137。

22 參見陳映真〈後街〉，收入《陳映真散文集 I》（台北：洪範出版社，2004 年），頁 53。

23 袁良駿《袁良駿學術隨筆自選集》（福州：福建教育出版社，2000 年），頁 33。

時對『現代化』與『現代性』（modernity）的問題也有多少的浸淫與了解。……對於那個年代通過陳映真或其它地下管道接來、盜來的『魯迅之火』，今天正可以有一個新的閱讀與檢證的機會。在台灣的我們似乎有必要更清楚魯迅作品的思想背景，及其充滿否定性的『現代感』之由來。」[24]而除了這樣的「現代」視角，解嚴後與魯迅相關的台灣碩博士論文至少有三十餘篇（詳見本章附錄一）。至於較具有台灣學者主體性的魯迅跟台灣的再聯繫與研究的開展，較重要的乃是集中在以下幾種面向：

第一，在台灣解嚴初期到二十世紀末，主要的重點，乃是放在重構日據時期作家／文學作品／思想跟魯迅之間的影響與接受關係研究，相關的代表個案如前段所述，包括魯迅與賴和、鍾理和、楊逵、張我軍等，近年也開始延伸至魯迅與陳映真、魯迅與郭松棻之間的研究。如果說魯迅與日據時期作家／作品的研究的特質，乃是在促進台灣文學與社會視野的再解放，具有一定程度上的左翼復歸的性質及社會實踐／介入的作用，那麼魯迅與戰後的作家陳映真、郭松棻的分析，如呂正惠透過陳映真的小說〈鄉村的教師〉及〈淒慘的無言的嘴〉來討論陳映真與魯迅作品的關係、徐秀慧〈郭松棻的《雪盲》與魯迅文本的互文性考察〉等，則都是更為注重文本細讀下的影響與文化人格差異的考察[25]，這邊值得一提的是，呂正惠在考察魯迅和陳映真後，留下來的一個問題，呂說：「陳映真早期的文字風格和魯迅的異同之處。兩人的文字都具有濃厚的抒情風格，讀起來都有一點凝重，需要慢慢的讀，這是相同的地方。相異的地方，更需要慢慢的體會，似乎陳映真更為傷感，而魯迅則較為沈重，這需要多花功夫。」[26]也就是說，兩者之間可能存在著某種「抒情傳統」的差異，或可作為我們日後發展中國大陸與台灣的現代抒情比較學的一個重要部分。

第二，隨著日據時期的左翼資源、文學個案跟魯迅的關係已相當豐富地被清理，陳芳明也提出應該有一種更大的視野／格局下的魯迅研究，他階段性的方法是，把魯迅與台灣作家／作品，放在一個更廣的歷史視域與世界文學格局裡進行並比，尤其著重在所謂的東亞文學間的對照[27]，以進行當中作家與作品的接受與轉化性質的研究，陳芳明在台灣政治大學開設「台灣魯迅學」的課程，亦是這種理念下的實踐，根據陳芳明的說法，目前：「除了魯迅的

---

24 楊澤〈在台灣讀魯迅的國族文學〉，《中外文學》（1994年11月），頁161-162。

25 可參見呂正惠〈陳映真與魯迅〉，《陳映真思想與文學學術會議論文集》，台灣交通大學亞太／文化研究室、社會與文化研究所，世新大學台灣社會研究國際中心主辦，2009年11月21-22日；徐秀慧〈郭松棻的〈雪盲〉與魯迅文本的之互文性考察〉，《從近現代到後冷戰——亞洲的政治記憶與歷史敘事國際學術研討會論文集》（2009年11月28、29日）。

26 同上註的呂正惠文，見該研討會論文集頁287。

27 陳芳明認為：「東亞文學的範圍，在戰前殖民主義時期，應該是指日本、中國、滿洲、朝鮮、台灣。在戰後全球冷戰時期，還應包括香港、新加坡、馬來西亞。容許台灣文學與東亞文學相互比並觀察，是為了測出台灣作家的歷史視野與歷史高度。採取開放、對照的態度從事研究，更能考察台灣文學創造實踐中的無限與侷限。」陳芳明〈台灣與東亞文學中的魯迅〉，收入王德威、陳思和、許子東主編《1949以後》（香港：牛津出版社，2000年），頁167-168。

討論之外，研究生也擴充到徐志摩、郁達夫、沈從文在台灣的接受史；甚至也注意到菊池寬、芥川龍之介在台灣的傳播史。所有的對話，使現階段的台灣文學研究的領域更擴充、開放。」[28]

第三，台灣交通大學社會與文化研究所，在二十一世紀第一個十年間，積極推動及實踐超克二十世紀冷戰所造成的分斷體制與知識困境，其中一個主要且具體的方法，就是重新清理二十世紀第三世界國家的思想資源，魯迅是當中最重要的部分。交大社文所串連台灣相關學術資源，綜合研究所課程、民間論壇及學術刊物來促成魯迅對台灣的再刺激。在課程的規畫上，二〇〇九年起，交大社文所陸續地引進了中國大陸的魯迅專家，包括資深學者錢理群（前北京大學中文系教授），中生代學者薛毅（上海師範大學教授）至交大及清大開設魯迅專題課程，而彰化師範大學也跟進，邀請大陸資深魯迅研究學者王富仁至該校客座。這個階段同時也有配合的魯迅選集出版，包括錢理群主編的《魯迅入門讀本（上、下）》（台北唐山出版社）及王得后、錢理群、王富仁選編《魯迅精要讀本》（台北人間出版社）等。[29]

同時，《台灣社會研究季刊》亦於二〇〇九年十月三十日在台北清大月涵堂舉辦了「與魯迅重新見面」的論壇，錢理群提出「與魯迅重新見面」的主題演講，此論壇的相關談話者除了錢理群之外，主要還有趙剛及陳光興，談話的文章均收錄至二〇一〇年三月的《台灣社會研究季刊》第七十七期。不同於台灣文學界主要將魯迅與日據時期的作家／作品聯繫起來的討論、也不以純文學／藝術為關注焦點，《台社》和交大社文所脈絡下的魯迅引介與研究，主要的特色誠如趙剛在此論壇中所說，是：「一種左翼傳統的復歸、作為克服分斷體制的一種努力、對『國民性』的重新認識」[30]（趙剛的「國民性」的說法，包含對台灣國民性的反省）、「對他的重新閱讀，當有助於我們克服現代史的斷裂，從而有效地理解中國社會主義革命的源起、發展與流變」[31]，而陳光興的這段話：「創造台灣的批判圈能夠與『魯迅左翼』傳統重新縫合在一起的契機，同時也是給我們一個機會能夠在思想上黏合兩岸的民間左翼思想、民間馬克思主義、民間的現代批判傳統」[32]也可以說，這是一種更強調整合兩岸歷史、社會、文化視野的魯迅「實踐」學的展望。

---

28 同上註，頁188。

29 錢理群編《魯迅入門讀本（上、下）》（台北：唐山出版社，2009年9月）、王得后、錢理群、王富仁選編《魯迅精要讀本》（台北：人間出版社，2010年9月）。

30 趙剛〈重建左翼：重見魯迅、重見陳映真〉，收入《台灣社會研究》第77期（2010年3月），頁278。

31 同上註，頁280。

32 陳光興〈補課：回應錢理群的「魯迅左翼」傳統〉，出處同上註，頁293-294。

第三節　陳映眞早期小說對魯迅的國民性思考的接受與衍義

陳映真和魯迅之間的關係，已經是兩岸現代文學史上的重要命題，尤其在二十一世紀以降，陳映真及他的作品，更日漸被視作為一種亞洲地區待清理的左翼思想與國際社會主義視野的資源，一些學者企圖將兩者重新建構與聯繫起來再思考，例如呂正惠在〈陳映真與魯迅〉一文，曾具體分析陳映真的二篇作品〈鄉村的教師〉和〈凄滲的無言的嘴〉，提出「吃人」、「狂人」和「鐵屋」三個意象，是陳映真早期小說跟魯迅最主要的交集[33]，然而，呂正惠也認為，陳映真有非常不同於魯迅的一面，但呂正惠並未作出更進一步的討論；陳思和亦曾列舉指出陳映真的〈麵攤〉、〈我的弟弟康雄〉、〈鄉村的教師〉等作，跟魯迅的〈藥〉、〈傷逝〉及〈狂人日記〉之間，在懺悔意識、反抗意識、憤怒等面向的關聯[34]。另一方面，錢理群則認為，魯迅對陳映真最大的影響，是陳映真繼承了魯迅那種：「獨立於黨派、體制外的批判知識分子傳統……陳映真是這樣的批判知識分子傳統在台灣的最重要的傳人和代表」[35]。當然，由於陳映真和魯迅畢竟是兩種不同現代歷史、社會語境下的作家，陳映真必然也有相當不同於魯迅的地方，跟大陸的知識分子思考最大的差異之一，正如王晴飛在〈陳映真對魯迅的接受與偏離〉的分析，他認為：

> 苦難的醜陋的東西經過文字的過濾，成為了審美觀照的對象，而遠離大陸，也使得陳

映真並不曾切實地體味這塊土地上的病痛。所以陳映真的民族認同帶有著強烈的想像性質與浪漫主義氣質。這種想像性常常限制了陳映真對祖國的傳統與現實進行反思與深入的批判，在這一點上，與他所敬仰的立足本民族現實堅持國民性批判的魯迅是有所不同的。[36]

王晴飛所言有一定的道理，但他所論的立基點，仍是就中國大陸的角度來說。事實上，正如同當年竹內好「研究」趙樹理，背後所預設的問題意識其實仍是日本問題一般，除了基本理解趙樹理與中國鄉土的關係外，竹內好的趙樹理研究，更關鍵的意義終究是作為一種介入日本社會的思想媒介。我認為陳映真在早年／一開始創作的時候，雖然不一定有那麼強的企圖心——想用文學介入社會（就當時台灣的現實上也有其難度），但確實有從魯迅的小說裡，吸收回看台灣鄉土社會問題的角度、方法或視野，從而也成就了他的文學與思想的特殊

33 請參見呂正惠〈陳映真與魯迅〉，《陳映真思想與文學會議論文集》（台灣交通大學，2009年11月21-22日）。

34 請參見陳思和〈試論新文學傳統與陳映真的創作〉，《陳映真思想與文學會議論文集》（台灣交通大學，2009年11月21-22日）。

35 錢理群〈陳映真和「魯迅左翼」傳統〉，《現代中文學刊》（2010年第1期），頁29。

36 王晴飛〈陳映真對魯迅的接受與偏離〉，《社會科學》（2011年第2期），頁188。

性與一些深度。

因此，以下想在過去學者所提點過的意象技術、政治意識、甚至是抒情風格上的交會等之外，再補充一個可能的觀點，那就是陳映真早期小說跟魯迅「國民性」主題的接受關係。

我將具體地分析幾篇陳映真早期的代表小說，藉由當中或自覺或不自覺地對台灣鄉土各色人物、女性、小知識分子等等「台灣人國民性」的形象刻劃，來闡釋他對魯迅「國民性」意識的接受與衍義，間接說明當台灣人民陷入白色恐怖和生存上的困境，陳映真並不僅止於從政治歷史社會等條件來理解造成台灣人民的困境，陳映真看出更關鍵的問題可能是——台灣人民的主體，無論是基層鄉土人民到小知識分子，無論是女性或孩子，也都有某些有問題的國民性格，值得我們今日再自省與思考。

一、從陳映真早期小說的特殊性談起

陳映真早期的小說，可分為兩個階段，根據台北洪範出版社出版的版本，主要分為《陳映真小說集》一九五九至一九六四年的第一卷，及一九六四至一九六七年的第二卷。他出生於一九三七年，假設如他的創作自述〈後街〉所聲稱，初中（台灣的初中年齡介在十二至十五歲）在他的生父家，發現及開始閱讀魯迅的小說《吶喊》，同時在初中畢業留級的那一年（一般約十五、十六歲）比較仔細地讀前書，換句話說，陳映真開始真正認真吸收魯迅的年份，應該是在一九五二、一九五三年間。爾後，越一年，他順利考上高中，開始讀起舊俄小說，並於一九五八年考上淡江英專（現淡江大學）外文系，六〇年代開始，台灣高度流行現代主義文學，因此陳映真的大學階段，亦在前述淵源的綜合影響下，寫下了許多小說作品，這便是收在《陳映真小說集》第一卷的文章。而第二卷的作品，顯然是陳映真在大學畢業後的另一些新作，這個時期如同他在〈後街〉所提：「被牢不可破地困處在一個白色、荒蕪、反動，絲毫沒有變革力量和展望的生活中的絕望與悲戚的色彩」[37]，在這卷的小說中，內容和形式比起第一卷可以說更為晦澀、抽象，也有更多對小知識分子、小資產階級知識分子的軟弱的嘲諷與批判，帶有更高程度的自省色彩和思想先行的傾向，可以想見在當時國民黨禁絕左翼文藝，以及白色恐怖的背景及陰影下，陳映真企圖以此轉化、並幽微的投射個人對政治與社會理想所作的努力。儘管如此，陳映真仍在一九六八年，以「組織聚讀馬列共黨主義、魯迅等左翼書冊及為共產黨宣傳」被補，一直到一九七五年才出獄。

一般在討論陳映真早期的作品時，都將這兩個階段結合起來討論，但我在仔細閱讀過後，認為看似同屬早期的陳映真的作品，內在的面貌及複雜性則大為不同，我發現一個過去少有學者討論的核心問題——在《陳映真小說集》第一卷，也就是他在一九五九至一九六四年剛開始書寫小說時，受到魯迅小說的影響可能較深，這一方面是因為，最初階段的小說家陳映真，剛從貧窮的台灣鄉下走入台北的大學，仍保有著較純粹的鄉土經驗、感覺與讀書

37 陳映真《陳映真散文集・後街》（1976-2004）（台北：洪範書店有限公司，2004年9月），頁59。

（魯迅）記憶，雖然同時期也開始慢慢創作出帶有現代主義風格及技法的作品，但比起第二卷一九六四至一九六七年間的作品，第一卷作品的人物形象比較多元，細節的描寫比較具體飽滿，而且比較多台灣鄉土社會中的普通人物及其背景視野。同時，敘事者的角度，或主人公的立場，常常都跟魯迅早期的小說一樣，以一個「重返者」，即重新回到故鄉或重新觀察鄉土的啟蒙視野來展開。但是第二卷時期的作品，只要仔細閱讀後，便不難發覺，陳映真已經變成了一個很有自我反省自覺的作家，藉由探索知識分子及其內在／心理，來影射某些社會問題或哲理思想，意念先行的傾向日漸明顯，然而，又因為受限於白色恐怖的政治條件，其意念也不能夠放開來敘說，不能夠將人物置於一個更具體的現實時空讓其慢慢伸展、彰顯，因此第二卷的作品實驗性更高、「現代」感更足、知識分子的心理層次似乎是更豐富了，但整體來說，除了〈一綠色之候鳥〉、〈唐倩的喜劇〉還比較有思想上及可讀性的價值，其它的作品似乎仍有待來日更多讀者的考驗，不若第一卷有更多的具體鄉土生活的感性。

魯迅早年小說創作的鄉土細節非常飽滿，兼有存在性與社會性，就《吶喊》中的作品來說，無論是〈狂人日記〉、〈孔乙己〉、〈藥〉、〈故鄉〉、〈阿Q正傳〉、〈白光〉等，都可以感受到魯迅所營造的，介在封建傳統與追求個人解放間的張力——那種深深被傳統制約，人與人之間不自覺地互相迫害、傷害的文化人格與國民性：〈狂人日記〉中對傳統「吃人」的恐懼，不以「被迫害妄想症」的狂人來敘說，不能彰顯其荒謬；〈孔乙己〉式的舊式讀書人的腐朽雖可笑，但其週邊的嘲笑者的涼薄亦是無形的看客與加害者；類似的還有〈藥〉中吃了沾了死人血的饅頭仍無法回生的華小栓、〈故鄉〉中早被封建傳統與生活壓力銷磨了一切靈性的閏土、〈白光〉裡一直考不上科舉，以至於最後陷入幻覺投湖而死的舊式讀書人，被打撈上來後的衣服都是被剝走的——而這一切都是習俗、慣例，不需要大驚小怪……。這些小說的精神／意識，早已經是學術界熟悉的內容，無須再多作細部闡述，大致來說，魯迅關心的正是介在傳統與轉型過程中的各種人們，無論是傳統讀書人、新派小知識分子、農村社會裡的婦女、小孩、農民、打零工的痞子（如阿Q）、看客等，他們的命運之悲慘，既有著外在歷史與社會條件的制約，但他們某種程度上亦與那樣「吃人」的環境同構、同化，既被人吃，也慢慢成為吃人的一員，他們身上傳統的「國民性」，或者說文化人格，亦是魯迅要批判，要解構再重新建構的一環。

二、病體之一：〈死者〉和〈蘋果樹〉中的眾人和看客

自二十一世紀以來，台灣鄉土間的充沛的素樸生命力，成為一種新的意識型態的「主流」，很多的年輕朋友，包括二十出頭的大學生們，紛紛投入下鄉協助種田、體驗農村生活、社區營造、捍衛環保等社會運動，頻繁地在臉書（FB）等平台上，發表與推廣許多「愛台灣」的鄉土貼文和攝影作品，小農生活甚至成為一種新的想像烏托邦的可能。與此同時，當我又重新再讀一遍陳映真早期的小說時，反而因為一種反差感，而感到了一種並不很

新的困惑：事實上，陳映真在他的第一卷的小說集中的台灣鄉土感，帶有一定程度的庸俗、沉悶、無意義，甚至還可以說有點腐朽、道德界線模糊的，也就是說，從小土生土長於台灣鄉下的陳映真，勢必在他的具體生活中感受到了什麼，可能再加上他念外文系的背景，現代主義中的存在感亦加重，放大了他的鄉土感覺結構，所以，是不是有可能，當陳映真在閱讀魯迅的小說時，也因此而微妙地「接受」了魯迅作品中對鄉土及鄉土人物的複雜態度，因此反映在陳映真的小說作品，才會呈現出那些獨特的、沉悶的、腐朽的傳統鄉土景觀？

過去，一些學者在解釋陳映真早期小說的這種壓抑與沉悶的現象時，主要是將它們視為是彼時白色恐怖社會歷史條件下的生產結果，本文並沒有要否定這樣的判斷，畢竟無論就陳映真的天份，早年就展現出來對社會主義的嚮往，以及他那種少有的關懷更大的世界的精神與意志傾向（例如〈鄉村的教師〉涉及的早年從南洋回台灣的台籍日本兵的傷痕及命運的主題，如果沒有一定的社會視野和理想，應該很少人會注意到），但是，如果我們僅將理解問題的角度，坐實在這種較明顯的政治性的傾向，也可能會忽略一些值得開展的細節、縫隙，忽略了作品作為一個複雜的文藝有機體的多層面特性，本節因此想作出一些補充。

首先，陳映真在感性層面上，無形地接受了魯迅小說中對「國民性」的關注，並且也採用了魯迅小說中常用的重返者、疾病（或病態）來聯繫國民性主題的結構方式。當然這當中，有些可能跟他早年青春的叛逆不無關係，年輕人總是對現狀不滿，出走也是一種常態。例如，陳映真早期的代表作〈鄉村的教師〉中，主人公雖然很愛鄉土，但作為一個已經離過家、冒過險、受過傷，靠著生命力在戰場上活下來的年輕人，主人公對身邊的家鄉人物的態度及感覺，其實是非常微妙的。譬如，主人公對他的母親似乎略有微詞，因為他母親在兒子從南洋平安回台後，總是有意無意地，在鄰人面前搬弄兒子的順從和他好運的工作（小學教師），這讓主人公即使能理解母親的愛，但總是覺得哪裡有點尷尬；而一開始滿心想要改造台灣鄉下這些農村子弟、小孩的主人公，在實際的教學中，面對的事實卻總是孩子們侷促、無生氣的狀態，甚至連整個農村社會的氛圍，都是懶散而無活力的，以至於最後，當主人公因無法擺脫在南洋當兵時的吃人經驗自殺而死後，整個鄉土社會對這樣的悲涼，也是以隱忍，或說懶散的狀態模糊過去，這實在不能僅僅從政治上大白色恐怖來理解。我認為，陳映真有淡淡地意識到，這裡面有些部分是台灣人民自己的「國民性」的問題，所以他要藉著主人公的立場，把這些鄰人、親人、孩子們自身在文化人格上的困境也呈現出來。

當然，前述的〈鄉村的教師〉的重點是在回鄉青年吳錦翔上，並不以其它週邊的角色為重心，但〈死者〉和〈蘋果樹〉這兩篇小說就非常有意思。〈死者〉的故事非常單純，小說中的主人公，也是一個重返者，他已經開始了自己的事業／工作，這次是因為外公的過世，而不得不回到老家，老家依照著台灣鄉下的習俗，將死者放在客廳中準備辦喪事。作為一個已經有他鄉經驗的主人公，就在這樣的重返視野下，重新展開他的新鄉土感覺。

就整體來說，〈死者〉中的材料與主題運用，是一種「疾病書寫」。小中說的各個人物，包括死者及週邊的親人，都有不同程度不同面向的「病」，他的養母、他的外公、他這個家族裡的人物，從來都沒有人獲得真正的幸福——養母一生努力工作，但還是貧病交加，死於非命；而外公一生都沒讀過書，但選擇用來掛在牆上的遺照／畫像，卻是一張坐在烏木椅上穿著儒服的舊式讀書人形象，畫裡的阿公手上還拿著一本書面上寫有《史記》的冊子，為了面子，即使家裡再怎麼窮，阿公死之前也都要準備好發亮的樟木棺材；其它的還有大家都心照不宣的男女私通……，小說也運用了不時出現的腐臭的味覺書寫，強化了這個死者／身體／鄉土的腐敗，使主人公不知不覺地發出了這樣的感嘆：

十分懷疑這種關係會出自純粹邪淫的需要；許是一種陳年的不可思議的風俗罷；或許是由於經濟條件的結果罷；或許由於封建婚姻所帶來的反抗罷。但無論如何，也看不出他們是一群好淫的族類。因為他們也勞苦，也苦楚，也是赤貧如他們的先祖。[38]

主人公顯然覺得這樣的文化有其虛偽、荒謬的一面，但跟魯迅對中國人民較尖刻的國民性批判比較起來，陳映真的國民性意識，似乎有著更多的溫情。但主人公自己，對過去傳統中的「老」跟「病」仍是很警覺的，他希望下一代在好的母親、好的家庭的康健環境下成長，成為真正的人，主人公這一段敘述很有代表性：

一代一代的呀，他想著；如今自己也算是成長了，雖然尚沒有屬於自己的女人，尚弄

> 不清自己的生父母。但他要成立起來，讓他的後生們有一個好的母親，好的家庭。雖然他不明白癌並不遺傳，也不傳染，但他仍慶幸自己的身上到底沒有流著含有「他家裡的老病」的血液。[39]

這裡面的「母親」是不是有隱喻陳映真日後愈漸明顯的祖國理想，由於並非本文主論，故無法、也不敢多作揣測，但畢竟他的散文〈鞭子和提燈〉曾經說過：「你是中國的孩子」。

另一方面，〈蘋果樹〉也是一篇很少被學者好好論述過的作品，一般都將討論的焦點，集中到那個書念的不上不下、空有美好社會主義理想的文藝青年，作者對這樣的空想型文藝青年當然是批評的，日後也在其第二卷的小說〈唐倩的喜劇〉中更加擴大。

然而，〈蘋果樹〉也非常容易讓我們聯想到魯迅小說中的那些「看客」們，他們現實、勢利、沒有同情心的病態，自己生活過的不好，但也更瞧不起同樣也很貧窮的主人公，一個從台灣南部鄉下到台北讀書，後來卻因為貧窮，只得搬入台北的另一個貧民街的年青人，他不滿鄉下農村的父親，勾結地政人員詐騙家鄉裡的佃戶，小妹則和一個野鄙的外鄉人私奔，

---

38 陳映真〈死者〉，收入《陳映真小說集1》，頁75。

39 同上註，頁65。

姪兒因兄嫂耽於賭博乏人照顧而死於斑疹，母親則是因為受到父親的冷落，哭成一個瞎子……。這些原因都令這個年青人要逃離他的原生鄉土，因為他們都是無力、腐敗、生病的一方。但是，在沒有足夠的經濟能力之下，他終究逃離不了自己的命運——這個台北的貧民街亦受懶散氛圍的影響，其本質跟他的故鄉並沒有太大的差異，而居住在裡面的人，不是痲木工作的廖生財、就是愛縱酒會亂打老婆的男人、接近瘋了或說有神經病的女人等……。他們跟這個受過一點知識洗禮的文藝青年雖然有不同處，但一樣都是糊里糊塗、毫無希望、毫無自覺的過日子的行屍走肉，如果生活裡沒有出現或發生什麼新的人事，就覺得好像根本沒有活著，小說裡插入了這樣的理性句子，感嘆這些位在台灣底層／鄉土社會的人們的性格與悲涼的命運：

> 並不是說我們這裡的居民是過著如何非人的生活，至少他們自身並不以為是「非人」的。因為他們實在沒有功夫去講究「人的」與「非人」的分別。他們只是說不清是幸還是不幸地生而為人，而且又死不了，就只好一天捱過一天地活著。因此之故，生活對他們既無所謂失意，也就更無所謂寫意什麼的了。40

小說最後，寫到瘋女人在這個年青人身邊死掉了（瘋女人和年青人有著私通的性關係），年青人自然被認為是兇手，而原來從來不聞不問瘋女人的先生，竟忽然深愛起他的妻子來了，一切都是那麼荒謬，但唯一不變的是過不了多久，這個地方的人民又再度回歸到過往的生活「規律」，日復一日。陳映真用非常冷靜的敘述方式來呈現這個年青人的悲劇和他週邊社會及人們的涼薄，突顯彼時台灣鄉土底層人民的麻木、冷淡、庸俗、無「人」的自覺的國民性格。

三、病體之二：〈那麼衰老的眼淚〉、〈將軍族〉的女性問題

陳映真寫較底層的女性，其實比寫知識女性要來得有層次，〈我的弟弟康雄〉跟〈唐倩的喜劇〉寫頗有姿色的小知識分子女性，前者很像抽象化的男性理想主義份子，後者也似乎只是作為某種理論（如存在主義、邏輯實證論）的陪襯，感覺並不真實。但陳映真早期書寫中的底層女性則非如此，由他筆下可以看見底層女性在早期台灣社會所受到的壓迫，台灣傳統女性在性格上的一些問題及其生產邏輯，以她們最終不是默默認命、就是死亡的結局來看，陳映真早期可能無自覺地意識到了一些台灣女性的國民性困境。

魯迅早年的小說中，針對女性國民性的問題似乎並不明顯，在魯迅的作品中，除了後來的〈傷逝〉的小知識分子女性外，鄉土社會中的女性，如〈故鄉〉中的愛貪一點小便宜的豆腐西施、〈藥〉和〈明天〉中無知又善良的華大媽和單四嫂子，魯迅似乎並不特別將女性問

40 陳映真〈蘋果樹〉，收入同上註，頁139。

題單一看待，而是將女性問題視為社會問題的一個組成部分。因而在兩性關係／感情上，魯迅筆下的男主人公，整體上對女性也比較理智、冷靜，除了〈傷逝〉中的初戀愛階段，大致上都不太受到情慾較深刻的牽動。

陳映真則不然，陳映真筆下的主人公跟女性的關係，時常跟情慾與宿命聯繫在一起處理。〈那麼衰老的眼淚〉和〈將軍族〉都採用了外省籍男人與本省籍女性結合的故事。〈那麼衰老的眼淚〉中的本省籍女性，原本是一個外省男人的女傭，相處久了，有一天被男主人性侵，卻也不太抵抗，後來兩個人就真的在一起了，女方有一次懷了孕，但因為男主人原本還有一個兒子，難以接受兩人的關係，遂讓女方拿掉了孩子。小說情節的大框架大致是這樣，但穿插的部分細節的文化意義似乎更大：這個女性來自台灣南部鄉下，家裡還有一個哥哥，哥哥好幾次特地前來她幫傭的這個家找她談判，希望她早點嫁人，據這個女方的自白，哥哥希望她早嫁人的原因，是希望可以獲得她的聘金。本來，這個台灣女性自從跟了這個外省男人，也有其安穩的幸福，即使沒有名份，也願意一直跟男人在一起，但直到她拿掉了孩子，外省男人似乎也沒有別的辦法，女人索性答應了哥哥給她安排的婚姻，她逆來順受，對命運從不反抗，對某種程度上占了自己便宜的外省男人及本省的哥哥也無抱怨與恨，小說最終以外省男人送走了本省女人，抱著她嗅著她留下來的貼身衣服流淚作終。

類似的書寫還有知名的〈將軍族〉，一般的解釋是將它視為一種底層的、外省人與本省人的相濡以沫的故事，兩個人原同屬於康樂隊，男人老、女人少，男人外省、女人本省，跟

〈那衰老的眼淚〉一般，寫的比較具體的，也是女性。〈將軍族〉的女生因為鄉下的家裡欠債，家裡原本要讓她去賣身籌錢，女生進了康樂隊，才遇到了這個外省男人，男人是喜歡她的，有情慾的，但也有著純情的喜歡和同情，因此最後出了錢打算給女生還家裡的債。女生拿了錢，本來以為不用賣身了，但還是被強迫，她默默地接受了自己的命運，一邊賣身，一邊繼續存著錢，希望有一天能再見到男人，數年過去了，女人終於獲得了自由，與男人再度相遇，兩人都不甚感傷，覺得此生就是不斷地被推向悲慘、羞恥和破敗，最後兩人相偕而死，故事並沒有交待是否為自殺。大陸小說家林斤瀾也曾寫過一篇〈台灣姑娘〉，描寫早年台灣女性的溫順，但陳映真在溫順這個平凡的向度上再往前推，他憑著早年的鄉土經驗和感性，運用了魯迅式的對各式人民的啟蒙視野和觀察眼光，寫出了早年台灣女性在面對命運時隱忍與順應的態度，然而，與魯迅不同的是，陳映真對這些台灣底層女性，似乎有更高的同情與理解，她們從不知道有打破「封建」的可能性，自然也只能依照著本能順應與「選擇」（兩位女主人公都是自己作出「選擇」）命運，以降低更多的現實痛苦，以維持她們跟社會關係間的最低限度的和諧與尊嚴，而不若魯迅的直面與批判，這一點是陳映真與魯迅不同的地方。

總的來說，本章在疏理並概括日據時期至戰後各階段魯迅對台灣的基本影響的認識下，進一步具體分析陳映真早期小說跟魯迅文學之間的接受與衍義的內涵——陳映真接受了一些魯迅的國民性思想、啟蒙與觀察人民的角度及敘事結構，一方面，在〈死者〉和〈蘋果樹〉

裡，他採用和魯迅小說常用的「重返者」的敘述視角，透過一種啟蒙視野，揭示並批判了台灣鄉土也存在的麻木、庸俗的眾人和看客的問題，並以「病」的隱喻貫穿當中；二方面，在〈那麼衰老的眼淚〉、〈將軍族〉那裡，則是藉由書寫底層台灣女性的命運，讓敘事者／作者以啟蒙式的姿態，意識到她們文化人格上的限制後，仍成全她們順從宿命、隱忍中的和諧與尊嚴的選擇，因此不同於魯迅在「五四」新文化運動下，所開展出來的更強烈的諷刺與批判的國民性書寫。陳映真的國民性思考無疑更貼近台灣早年的鄉土文化特性：有沈悶、腐朽的那一面，但更多的則是對台灣人民的一種感性和溫情的立場與態度。

附錄一：解嚴後（一九八七—二〇一〇）台灣以魯迅為題的博碩士論文篇目

（根據台灣國家圖書館博碩士論文知識加值系統檢索及再整理而得）

1. 鄭懿瀛《魯迅與中國現代知識分子——從「吶喊」到「彷徨」的心路歷程》，（國立政治大學歷史研究所，1991 年）。
2. 吳怡萍《北伐前後婦女解放觀的轉變：以魯迅、茅盾、丁玲小說為中心的探討》，（國立政治大學歷史學研究所，1994 年）。
3. 王瑞達《魯迅與五四反傳統精神》，（輔仁大學西班牙語文學研究所，1996 年）。
4. 楊若萍《魯迅小說人物研究》，（中國文化大學中文研究所，1998 年）。
5. 蕭綺玉《〈野草〉與魯迅的黑暗思想》，（國立高雄師範大學中文研究所，1998 年）。
6. 具景謨《魯迅小說主題意識之研究》，（國立台灣師範大學國文研究所，2001 年）。
7. 張淑伶《魯迅受俄國文學影響研究》，（淡江大學俄羅斯研究所，2001 年）。
8. 張燕萍《人間的條件——鍾理和文學裡的魯迅》，（靜宜大學中文研究所，2001 年）。
9. 黃正文《魯迅留日期間對其一生人格塑造的影響研究（1902 年-1909 年）》，（中國文化大學日本研究所，2002 年）。
10. 戴嘉辰《魯迅、周作人民間文學理論研究》，（國立花蓮師範學院民間文學研究所，

2002 年）。

11. 黃燦銘《魯迅的「改造國民性」思想研究》，（國立臺東大學教育研究所，2003 年）。
12. 顏健富《論魯迅《吶喊》、《徬徨》國民性建構》，（國立臺灣大學中文研究所，2003 年）。
13. 汪詩詩《魯迅、卡繆，尼采讀者——接受比較研究》，（輔仁大學法國語文研究所，2004 年）。
14. 林昭賢《魯迅雜文創作研究》，（南華大學文學研究所，2005 年）。
15. 張清文《鍾理和文學裡的「魯迅」》，（國立政治大學中文研究所，2006 年）。
16. 劉祖光《魯迅肉體生命意識之研究》，（國立政治大學東亞研究所，2006 年）。
17. 傅化誼《論魯迅小說中的「我」》，（佛光人文社會學院文學系碩士班，2006 年）。
18. 楊靜欣《徘徊與擺盪——論魯迅作品中的宗教向度》，（中原大學宗教研究所，2004 年）。
19. 楊雅琄《吳趼人與魯迅小說中的第一人稱敘事觀點運用》，（國立中山大學中文研究所，2002 年）。
20. 陳麗仔《俄國漢學家謝曼諾夫專著《魯迅和他的前驅》析論》，（南華大學文學研究所，2005 年）。
21. 謝易澄《魯迅雜文語言研究》，（國立清華大學中文研究所，2006 年）。

22. 彭明偉《五四時期周氏兄弟的翻譯文學研究》，（國立清華大學中文研究所，2007年）。
23. 疏淑貞《中國現代小說中的原鄉意識——以魯迅、沈從文、老舍、張愛玲為例》，（國立政治大學國文教學碩士學位班，2007年）。
24. 廖明秀《魯迅對神話傳說人物形象再造之時代意義研究》，（雲林科技大學漢學資料整理研究所，2008年）。
25. 江文丕《魯迅《吶喊》、《彷徨》與明恩溥《中國人素質》之國民性比較研究》，（雲林科技大學漢學資料整理研究所，2008年）。
26. 阿西雅《魯迅與契訶夫小說的比較研究》，（元智大學中文研究所，2009年）。
27. 楊傑銘《魯迅思想在台傳播與辯證（1923-1949）——一個精神史的側面》，（中興大學台文所，2009年）。
28. 林奇佐《書寫魯迅－重思魯迅小說及思想養分》，（國立成功大學台文系碩博士在職專班，2010年）。
29. 林一帆《Metadata 文學典藏之研究——以魯迅《野草》為例》，（雲林科技大學漢學資料整理研究所，2010年）。
30. 廖美玲《魯迅與賴和小說主題之比較研究》，（雲林科技大學漢學資料整理研究所，2010年）。

第三章　思潮淵源與關係論

第一節　前言：思潮淵源與個人關係

淵源研究是比較文學方法中的一個重要部分。主要探討的是兩個不同國家或地區的作家、作品間的互動與互涉關係。但與主題學所側重的差異在於，較有價值的文學淵源關係的討論內涵，需具備在文學史、社會史與歷史現象／現場中的重要性與特殊性。

在二十世紀下半頁的兩岸現當代較具有左翼視野的作家與文學中，「社會主義」思潮的淵源，是長期影響他們創作與視野的重要思想與歷史感性資源。然而，他們對「社會主義」的認識與理解，事實上並非來自於較完整的知識系統（就近百年兩岸現代民族國家轉型的歷史狀態來說，亦確實有困難），更多時候來自於作家早年的生命經歷，尤有甚者，一些個人的、私人的、甚至神秘的幽微情感起點，才是日後發生或形成某些作家、作品中更具有公共價值與審美特殊性的關鍵。誠如王安憶在她的〈烏托邦詩篇〉這樣描述與台灣作家陳映真的淵源：「我與這個人之間，其實是有一個宛如默契一樣的聯繫，這聯繫產生於我們各自出生之前就已開始的經驗的旅途之間。這經驗的旅途恰恰不是我說出來的那些，而是我沒有說，或者說不出來的那些。」[1]

本章的第二節以陳映真、茹志鵑與王安憶的淵源與文學影響考察為例，疏理與分析他們

1 王安憶〈烏托邦詩篇〉，收入《冷土》（台北：INK印刻出版有限公司，2006年），頁191。

於一九八三年在美國參與愛荷華國際寫作計劃期間，對「社會主義」的對話與異見，並進一步追蹤日後回到中國的王安憶，當她陷入創作困境時，如何調取當年跟陳映真的淵源與感覺，內化為自己文學創作的滋養，以維持她長期的創作的價值動力。

第三節則對台灣作家陳若曦早期文學中的「社會主義」的淵源的發生與感覺結構進行再解讀，儘管陳若曦的早期的「文革」小說，時常被簡化地理解為一種歷史傷痕書寫，但本節企圖重新聯繫上她早年的底層經驗與感時憂國的歷史現場，一方面重構陳若曦「社會主義」的觀念與感覺的發生與形成，二方面也說明她赴美留學後，那些相關的思潮與淵源又強化了她對「社會主義」的理解內涵，以作為後續重新再解讀她早期的「文革」代表作的生產基礎。

第二節　陳映眞、茹志鵑與王安憶的淵源與文學影響考察

一九八三年，陳映真（1937-2016）、茹志鵑（1925-1998）、王安憶（1954-）在聶華苓（1925-）、安格爾（Paul Engle, 1908-1991）所規畫的愛荷華國際寫作計畫的邀請下，共同在美國愛荷華一同生活、研習、創作了三個月餘。根據聶華苓在〈踽踽獨行——陳映真〉一文所作的紀錄，一九八三年同行的兩岸作家，還包括大陸的吳祖光、台灣的七等生等人[2]。當年，陳映真已第二度從監獄中出來幾年（陳映真一九七九年曾二度被補，三十六小時後釋

放），茹志鵑、王安憶母女，則是在中國大陸改革開放的新歷史條件下，第一次踏進長期被負面標籤化（如坐實在所謂帝國主義、資本主義、個人主義等抽象內涵）的美國，開啟另一種新的經驗和視野。作為一位始終都支持中國大陸，始終對大陸的社會主義及其實踐，抱持著相當認同的台灣左翼知識分子陳映真，這也是他第一次親身接觸大陸的知識分子與作家。他對於當年最年輕的團員王安憶的創作和思想，也發生了長遠的影響。用王安憶的說法是：「我選擇了這個人作解救我的力量」[3]。凡此種種，均有相關的傳記及散文，如茹志鵑、王安憶合著的《母女漫遊美利堅》、王安憶〈烏托邦詩篇〉、〈英特納雄耐爾〉、陳映真〈想起王安憶〉及聶華苓新版傳記《三輩子》等有錄。

在蒐集、閱讀與吸收這一批材料和相關的作品過程中，我感覺當中仍有一些問題值得分析，這並非是這幾個人在美國的和諧相見歡，或同為第三世界知識分子的溫情相濡以沫，而是他們彼此的差異。尤其對所謂左翼的信念，和對新中國的革命發展、挫折及展望的不同角度與觀點。當年起最明顯矛盾的，便是陳映真和王安憶兩人。因此，本章一方面想對他們當年在美國的交流經過與對左翼和社會主義的一些碎片式的觀點與矛盾，作出基本的疏理。二方

2 聶華苓〈踽踽獨行——陳映真〉，收入聶華苓《三輩子》（台北：聯經出版事業股份有限公司，2011年），頁438-445。

3 同註1，頁186。

面，藉由細讀王安憶日後懷念陳映真的〈烏托邦詩篇〉（1991）長文，輔以〈英特納雄耐爾〉（2003）兩文，討論王安憶如何從當年跟陳映真的矛盾中，將陳映真對象化，並轉化為自己克服寫作困境、面對大陸現實困境的方法與資源，換句話說，就是考察王安憶如何受到陳映真的淵源影響，以及如何將其作為進行辯證性的左翼[4]視野思考與文學勞動的一種動力。

一、陳映真、茹志鵑與王安憶在美期間對「社會主義」的對話與異見

茹志鵑（1925-1998）是王安憶的母親，從世代上來說，是王安憶的代表作〈叔叔的故事〉（1990）筆下中的「叔叔」輩，他們大致出生於二〇年代至三〇年代初，受過最後階段的五四運動的洗禮，面對的則是更嚴峻的中國鄉土的困頓，和列強侵略的現實，也因此跟許多五四知識分子中晚年的轉向一樣，他們都陸續走上跟隨中國共產黨的革命之路，並參與了五〇年代初社會主義初階段的相對康健、多元的社會建設和穩定狀況。然而，五〇年代中期的各式政治鬥爭（如反右）和接續而來的政治運動和基層社會運動（如大躍進、文革等），讓他們的命運受到嚴重的波及。因此，儘管茹志鵑一生並未被打成「右派」（但茹志鵑的先生王嘯平則有被打成右派，其原籍新加坡），且在「反右」運動後一樣仍能創作並受好評，甚至在六〇年代中（一九六五年）與老舍等人代表中國作家出訪日本，對共產黨始終忠誠，但從她在改革開放後的第一篇小說〈剪輯錯了的故事〉（1979）來看，她對於共產黨一路的「社會主義」實踐，各階段有各階段的實事求是的歷史理解，也並非完全沒有非議。

茹志鵑在新中國建國後，才開始正式走向寫作之路，但不同於五〇年代中起，日益教條化的社會主義現實主義的寫作方法[5]，茹志鵑展現出來的創作實踐結果，跟她早年的文學淵

4 王安憶的文學位置很難定位，左右翼對她似乎都不甚滿意，可能因為她非常不「固定」。這不只反映在她的文學藝術實踐，也反映在她對中國的社會主義和共產主義的觀點。一九八三年的王安憶對此非常批評。但她的最大特質之一，除了上述的變動，還長於吸收對她而言有價值且有特殊意義的人物與材料（如王安憶長年努力閱讀與評點大量的文學名著）的精神資源，陳映真當然是這樣的人物之一。但茹志鵑對王安憶一生的影響也很大，例如，到了一九九九年，她曾藉著出版茹志鵑的第一、二部自傳合集《她從那條路上來》，撰寫〈從何而來，向何而去〉一文，公開說出肯定她母親的話，修正她早年與母親的對立觀點：「她是那麼嚴格地挑剔著審美的材料，這已不再是我們所誤認為的，那一代人的意識形態化的思想方式，而是帶著一種孤傲的高潔。即便是人性解放的背景給她帶來寫作的好時光，她依然不會放寬對進入審美的人性的苛求。……她沒有理論，要說理論也是經不起時代進步的、那些社會主義式的文藝觀點，但她有強大的本能使她不為潮流所動。後來我讀到美國女作家格特魯德·斯泰恩的名言：『個人主義是人性而共產主義是人類的精神』，現在，我就將它來作了媽媽的理論。媽媽已經走了，我也早已過了反抗的年齡，應該是汲取養料的時候了。」收入茹志鵑《她從那條路上來》（上海：上海文藝出版社，2005年），頁304。

5 社會主義現實主義的文學理論，起源自蘇聯，但自三〇年代開始在中國大陸被提出與傳播，一直到新中國的五、六〇年代，各階段都有中國「本土化」的歷史內涵，本來，它是為了克服批判現實主義的理論——難以解決的階級性間的終極價值（即社會主義應有其自己的人道主義思考方式，而非完全是用資本主義式的人道主義）。但一旦落實在現實政治的實踐，又難免被教條化。不同歷史階段的理論與實踐特質都很複雜，可參見陳順馨的《社會主義現實主義理論在中國的接受與轉化》（合肥：安徽教

源密切相關。一方面來自於她自底層出發的豐富人生經驗。二方面來自於她早年深受中國古典小說，特別是《紅樓夢》等作品的影響。三方面則是十九世紀現實主義大家作品的刺激。她出身弱勢底層，三歲喪母，自幼隨祖母做手工糊口。十一歲在上海私立普志小學念過一年書。十三歲祖母去世，進過上海「以馬內利」孤兒院、上海婦女補習學校、上海清心聖經學校等。一九四二年讀初中三年級，一九四三年初中畢業後，曾任小學教員半年，該年冬天參加新四軍，後來便一直在蘇中軍區和華中、華東軍區文工團工作，創作過獲獎作品話劇《不拿槍的戰士》等。一九四七年加入中國共產黨，候補期半年，按時轉正後即成為正式黨員。一九五〇年開始創作短篇小說，一九五五年從部隊轉業到上海作協分會《文藝月報》任編輯，後任小說組副組長、組長。[6]這些人生征途、年少也賤的生活困頓和軍旅經驗等，都提供給茹志鵑後來創作時豐富有張力的題材，也讓茹志鵑一開始，就能在一種具體中國的歷史與社會流變的條件下，來認識與理解事物風貌和人性的複雜。

其二，據茹志鵑的相關自述指出，《紅樓夢》是影響茹志鵑寫作最深遠的一部書，她曾說：「《紅樓夢》我看了九遍，裡邊大部分的詩詞我都能夠背出來。」[7]她作品（特別是早年）中的纖細感情、用字詞之講究、氣質之溫婉，也就極相異於新中國建國後所大力提倡的大敘事和大感情的傾向。然而，茹志鵑的寫作基調，仍然有著極自覺回對中國鄉土及現實問題的立場，在一九四五年抗日戰爭勝利以後，當時他們的文工團，曾住在一個人都跑光了的工商地主家裡，她在那裡發現並閱讀了大量的外國文學書籍，包括羅曼羅蘭、梅里美、屠格涅夫、托爾斯泰、契訶夫等人的作品後，卻說：「我卻沒有去嚮往那些貴族和資產階級的生活，更沒有想去扮演那些羅曼諦克故事中的主角，我還是面對我的現實，中國的現實，去做該我做的一切。要說這些書對我沒產生一點影響吧，我幾乎染上了書中人物的那種細膩的感情。」[8]

在經典的文學淵源的滋養與條件下，一九五〇年代中起，茹志鵑開始以〈百合花〉（1958）、〈靜靜的產院〉（1960）等，融合了纖細感情和充滿現實小細節之作，從當時講求大敘事作品的隙縫脫穎而出，揚名中國文壇。並受到茅盾等文壇前輩的讚譽與肯定。改革開放後她已過知天命之年，進入了她的人生與創作的晚期，卻仍然率先引入現代派技法來進行創作，實驗成果：〈剪輯錯了的故事〉（1979），也曾被聶華苓譽為「中國大陸小說在技巧上的突破」。在主題與內涵上，聯繫上了共產黨從早年革命理想到日後教條化的過程，真

育出版社，2000年）。不無相關的是，這方面在中國的實踐，尚不太教條化的作品還是有的，例如極具代表性的柳青的《創業史》。

6 關於茹志鵑的經歷，散見她的日記（及王安憶對此作的補述）《茹志鵑日記》（1947-1965）與傳記文學作品《她從那條路上來》及創作談《漫談我的創作經歷》等，詳細書目請參見本書後的主要參考及引用文獻。

7 茹志鵑〈在我邁步之前〉，收入《漫談我的創作經歷》（長沙：湖南人民出版社，1983年），頁12。

8 同上註，頁6。

誠與視野甚高；〈草原上的小路〉（1979），則揭示了在祖國的「社會主義」實踐期間，儘管確實有被壓迫者之間能存在著相濡以沫的品質，但改革開放的再解放後，人與人之間仍有高下、身段上的心理情結，體現了茹對中國人性弱點的理解，並非完全能透過數十年間的「改造」即脫胎換骨。凡此種種，均使茹志鵑成為名符其實的大陸當代早期的代表作家之一。一九八三年，她赴美參加國際寫作計畫前，原已撰寫了其第一部自傳體中篇小說《她從那條路上來》，又在此次美國經驗的影響下，作出了第二部同名自傳體長篇小說的大綱及初稿，但一直到二〇〇五年，才由王安憶整理其遺作時再度發表，這兩部自傳從今天來看，文學價值或許不高，但確實是茹志鵑晚年仍堅持中國的左翼理想，堅持給歷史留下一份小知識分子為何要加入共產黨參與革命的一種見證與文獻。

基於這樣的出身與創作道路，茹志鵑與陳映真在愛荷華結識時，可以說是一見如故。儘管陳映真由於受到國民黨白色恐怖的牢獄之災，同時處在台灣戒嚴期間，他也無法像早年即在美國的陳若曦般，因一種抽象信念上對文化大革命及社會主義的嚮往即「投奔祖國」，親身體驗中國的社會主義及其異化。但他的左翼視野與主要核心觀點，跟茹志鵑這一代的觀念與信念，有非常一致／重疊之處[9]。所以，正如聶華苓所說的：「陳映真和他祖國的作家相聚，正是他多年想往的一天。……他們好像久別的家人，一見面就談個不停，彼此好奇，彼此關懷。」[10]而本來寫作視野與見識就相當寬廣的茹志鵑，在看過陳映真的一些早期作品後也深表肯定，根據《母女漫遊美利堅》日記，她曾提到閱讀過陳映真的一些作品，例如：

〈雲〉，茹志鵑對此作的評價是：「是一個使命感極強的作家。他的眼光，不謂不遠，不謂不深，不謂不透。這是他對台灣那個社會制度下，各國跨國公司紛紛擠進台灣這個消費市場、廉價勞動力市場的看法。」[11]她也特別肯定〈夜行貨車〉、〈第一件差事〉等作。

茹志鵑為什麼那麼肯定陳映真的這些作品？自然並非出自文字、文學技巧、甚至纖細審美感受上的欣賞（當然以茹志鵑深受《紅樓夢》的影響，她完全可以直覺掌握到這方面的層次與美），而是主要因為兩人共同的左翼理想，對於跨國企業以資本主義邏輯下的經濟優勢，壓迫相對弱勢的第三世界小知識分子與勞工，有高度的同理心。事實上，早在茹志鵑一

9 施淑在〈陳映真對台灣現代主義的省思〉，《鄭州大學學報》（2010 年 01 期），頁 83 曾指出：「陳映真除了延續 19 世紀中葉以後左翼知識圈對現實主義文學的基本信念，指出它在反映社會現實、批判生活、改造世界、思考歷史動向和人類解放等方面的積極的、進步的意義，並對現實主義創作的未來性給予樂觀的評估，認為它有非常遼闊的道路」。這樣的內涵，其實跟茹志鵑這一代對左翼及社會主義文學的認知非常接近，不同的是，中國大陸的社會主義及文學更複雜，每個歷史階段都有其不同的變異，基本上，筆者以為，1983 年時，陳映真對左翼或社會主義的觀點，比較接近的是大陸五〇年代初期到反右運動之前，尚未被過份教條化前的左翼與社會主義觀。

10 聶華苓〈踽踽獨行——陳映真〉，收入聶華苓《三輩子》（台北：聯經出版事業股份有限公司，2011 年），頁 441。

11 茹志鵑、王安憶《母女漫遊美利堅》（1983 年 9 月 17 日日記）（上海：上海文藝出版社，1986 年），頁 22。

九六五年出訪日本時，就見識到日本的富裕，也肯定日本的善良、勇敢與多禮的那一面，但茹志鵑對於日本作家的命運——作品難免被商品化，也還是表達了遺憾[12]。在相近的世界觀的基礎上，茹志鵑在一九八三年即認為，對大陸而言，專門研究台灣作家的作品非常需要（更精確的說，她指的應是研究像陳映真這樣的作家）。當然，茹志鵑對陳映真的某些文學觀、鄉土觀在認同之餘，也有一些意見上的「補充」，例如她曾舉陳映真談吳晟的鄉土作品的說法，補充說：「我們希望農村裡保持古老的純樸、耿直，但同時也要改變那種每天把太陽從東背到西的勞作。牧童橫笛牛背的風光，是一去不復返了。」[13]茹志鵑會有這樣的觀點，顯然是根據自身的中國鄉土經驗而發，畢竟，中國社會主義時期的農村改革，誠如極具代表性的柳青《創業史》所提示給後世的：正是為了克服自古以來的小農（或說以個體戶為主體的農耕方式）的限制，而改以一種集體合作化的方式，綜合有限的生產器具，來解決中國廣大的耕種面積等問題，從政治的功能來說，也較能達到組織及動員的目的。換句話說，中國地廣人眾，田園式的農村烏托邦雖然在理論或信念上，自古以來即為文人騷客所傾慕，但對於在八〇年代初期中國大陸（特別是內陸地區），總人口比例超過百分之八十以上仍是需要優先發展基礎生活條件的農民來說，文人式的農村，自給自足的田園烏托邦，實不具備短期可操作與可實踐的現實條件。

然而，明顯受限於愛荷華國際寫作計畫的創作而非理論的性質，以及較具生活日常化的交誼方式，兩人之間較有辯證意義及深度的對話並不多，偶有些幽微處，也並非在一種很理性與自覺的狀況下出現，但不能說不重要，例如，聶華苓曾記錄過一段細節，有一回他們從五月花公寓走回山上聶華苓的家聊天，聶華苓告訴茹志鵑，她的父親正是在一九三六年正月初三被紅軍殺死，還屍首不全。陳映真聽之，對茹志鵑說：貴黨實在太殘忍了。但茹志鵑馬上回應：那時就是那樣的。而她當年是什麼命運——正要被自己的姑母送去尼姑庵當尼姑。[14]在這裡，兩個人的話中，有很多縫隙與沉默，我階段性的理解是：中國當時的現實確實太過艱難，國共鬥爭、內憂外患、二元對立難以避免，同時，再加上底層及農民，實為彼時中國人口狀況的主體，近百年來內憂外患，已導致了巨大的民族與階級矛盾，不進行戰爭，或僅僅採用和平、不抗爭主義的實踐方式，實無法解決當時中國內外的現實問題。陳映真以其左翼的立場，自然不難理解茹志鵑的意思，而他所說的「貴黨實在太殘忍了」，也應該指涉的是一種歷史事實，而非他對共產黨的價值或道德的評價。

另一方面，陳映真和王安憶對中國大陸和社會主義觀點，就有更明顯的差異。一九八三年的王安憶年僅二十九歲，雖然曾作為知青下鄉，且她的父母親也都相當支持共產黨（王的

---

12 茹志鵑《茹志鵑日記》（1947-1965）（鄭州：大象出版社，2006年），頁188。

13 茹志鵑、王安憶《母女漫遊美利堅》（1983年9月17日日記）（上海：上海文藝出版社，1986年），頁22。

14 關於這段故事，可參見聶華苓〈母女同在愛荷華——茹志鵑和王安憶〉，收入聶華苓《三輩子》（台北：聯經出版事業股份有限公司，2011年），446-453。

父親王嘯平雖然在反右運動中被打成右派，但他五〇年代初即是以新加坡華僑的身份，自己選擇回歸祖國服務，對中國有相當赤誠）。但在一九五四年出生，成長階段已經開始見識與意識到社會主義教條化限制的王安憶，與其說早年的她深受父母親影響，不如說還是被自己的切身經驗及認識能力所決定。尤其又受到八〇年代起，剛傳進中國內部的自由、個人等西化的價值觀所滲透，初次赴美，見識到美國式的生活與富裕，更讓一九八三年的王安憶在對照下，覺得中國大陸的社會缺點更形明顯。當然，王安憶以其作家的真誠（那之前的王安憶，一九八一、八二年已經發表過重要且知名的代表作：〈本次列車終點〉和〈流逝〉，後來〈本次列車終點〉還被陳映真推薦到台灣一九八四年的《文季》發表），對自己當時有限見識也並不避諱與藏拙，所以在愛荷華，眾人均看得出來，王安憶與茹志鵑的立場和觀點差異很大，聶華苓就觀察到：「茹志鵑和王安憶母女在思想和對現實的看法，正如她們的創作，都反映了兩個不同的時代。王安憶對母親常持反對態度。母親對她永遠微笑著。」[15]

基本上，一九八三年的王安憶，對中國大陸社會主義的非議點大致是在於：一、中國當時的物質條件不夠，二、欠缺個性，三、有強迫的傾向。[16]那時候的王安憶，根本上就覺得社會主義和社會主義文藝觀很落伍，她使用著八〇年代初期傳進中國的各種西方個人觀念和初學理論的碎片，跟陳映真有過些許的爭執。她採用一種個人式的經驗，批評陳映真對於中國問題的理解過於理想和抽象，陳映真則是對於王安憶表述背後預設的個人主義式的立場，不能認同（當然，是不是個人主義就一定跟社會主義對立，兩人當時也沒有進一步的討論，這也並非他們當年能討論的問題）。王日後在散文〈烏托邦詩篇〉回顧起來在美和陳映真的互動，這一段說話很有代表性：

> 他像個少先隊員似的，喜歡聽我母親講述戰爭年代裡的英雄故事。根據地的生活令他嚮往，人們像兄弟姊妹一樣生活在一起，令他心曠神怡。那時他剛寫作了一篇小說，關於一個革命黨人的妻子。而我總是在最關鍵的時刻尖銳地指出他思想的弊病。以社會主義過渡時期出現的問題為例證，說明母親們的犧牲反使歷史走上了歧途。他起先還耐心地告訴我，一個工業化資本化的現代社會中人性的可怕危機，個人主義是維持此種社會機能的動力基礎，個人是一種被使用的工具，個人其實已被社會限定到一無個人可言，個人只是一個假象。而我卻越發火起，覺得他享了個人主義的好處，卻來

15 聶華苓〈母女同在愛荷華——茹志鵑和王安憶〉，收入聶華苓《三輩子》（台北：聯經出版事業股份有限公司，2011年），頁447。

16 同上註，頁451：王安憶對聶華苓談對美國的印象：「我印象最深的是美國的富裕，中國人嚷著精神文明，沒有物質、沒有起碼的生活條件，談什麼精神文明？……以前叫我們學雷峰，現在叫我們學張海迪！要把我們從一個模子磕出來，毫沒自己的個性。……學雷鋒呀！為別人犧牲呀！雷鋒當然好！但我們不要被人逼著去學！」

賣乖。[17]

然而，陳映真並非不知道，在中國大陸社會主義時期，尤其是文化大革命期間，教條化和非人道的問題。在赴美之前的一九八二年，他就曾撰有〈關於中國文藝自由問題的幾些隨想〉一文，明確表達過他對於曾被打壓過的作家劉賓雁等人的同情，對革命、對社會主義內部的異化，也有著基本的理解，陳映真曾寫到：

一旦運動和革命墮落了；一旦信念變成了愚昧的教條，約束著人民的思想和創造力；一旦同志和指導者成了官僚和長官，所謂「四個堅持」，所謂「反黨」、「反社會主義」……一樣，成了醜惡、驕橫、愚昧的棍子和鐐銬。[18]

同時，他對於大陸改革開放初期的去「左」化，也從理論或說信念上，表示了擔心，他的觀點是：

在目前大陸一片「反左」的形勢中，似乎也應該給予大陸「左派」一定的自由，讓他們也能享受到只要不犯法，不同意見應該在「討論、爭論」中解決，也不應該對他們「打棍子、扣帽子」吧。一則，這是自由的基本原則——給予所反對者以基本的自由。再則，在目前比較「右」的、體制修正的歷史時代，比較成熟、嚴肅的來自「左」的批評，不能說毫無必要。[19]

然而，大陸改革開放後，去「左」的力量之所以強大，也有其更實在的現實基礎，並非能完全從理想與觀念來回應。所以，我認為，兩人當時思考和面對問題的方式，其實是有限經驗（王安憶）和理想信念（陳映真）的差異。這兩者性質不同，不能放在一起比較高下是非。誠如上面的相關分析，陳映真和茹志鵑的後設思考應該比較相似，即使不盡相同，但並不妨礙陳和茹志鵑之間相互理解與認同，他們幾乎可以說是「同志」關係，即使有一些「人民內部的矛盾」，也可以透過「人民」之間的相互溝通得到解決，繼續為中國、為歷史，善盡屬於各自的那份責任。但王安憶那時還不太能理解陳映真的理想，個人經驗也左右了她對複雜的歷史採用較簡化的判斷。然而，陳映真對中國及其社會主義實踐的傾慕，被看成錯位，對中國大陸社會主義實踐有意見者，也並非僅僅是王安憶一人，李雲雷在〈陳映真與大

17 王安憶〈烏托邦詩篇〉，收入《冷土》（台北：INK印刻出版有限公司，2006年），頁193。

18 陳映真〈關於中國文藝自由問題的幾些隨想〉（原載於1982年2月《中華雜誌》223期），收入陳映真《鳶山》（台北：人間出版社，1988年），頁57-58。

19 陳映真〈關於中共文藝自由化的隨想〉（原載於1985年2月《中華雜誌》259期），收入同上註，頁162。

陸作家〉一文中，就曾整理過包括王安憶在內，還有阿城、張賢亮、陳丹青、祝東力等人跟陳映真的歷史交會現場的碎片，文中李雲雷引查建英的說法中就有這樣的一段調侃：「陳映真……強烈的社會主義傾向，精神意識、懷舊，特別嚴肅、認真、純粹。但是他在上頭發言，底下那些大陸人就在那裡交換眼光……。」[20]

幸而，儘管王安憶她當年對中國的社會狀態抱持相當多的負面看法，但作為一位自小在中國社會主義觀念與實踐中長大的知識分子，王安憶的世界觀中的底色，其實還是重視集體、公眾、反映社會與批判現實的。而這也是「右派」世代和「知青」世代很普遍的底色。王後來在一九九一年所寫的〈烏托邦詩篇〉中就談到，她當年曾被陳映真肯定過的發言稿的內容就說過：

> 像我們這一代知識青年作家，開始從自身的經驗裡超脫出來，注意到了比我們更具普遍性的人生，在這大人生的背景之下，我們意識到自身經驗的微不足道。……個人的對其經驗的認識是有限的。要以大眾的廣闊的經驗去參照個人的經驗，從而產生認識。[21]

她仍然認為作為一個中國作家非常幸運，而對美國生活所抱持著初識的難免傾慕感，在最初的文化震盪後，也很快恢復清醒與明白——作為一個中國作家，能寫的最好的題材和主題，還是必需源於自己的土壤和更廣大的人民。但問題的關鍵是在於，王安憶在一九八三年要更強調的部分是，這樣的書寫傾向必須出自於自願、必須出自於自由，不能用一種固定的意識型態先行來加以制約。畢竟任何的理想過於執著與固定的時候，也會走向它自身的反面。陳映真在愛荷華的時候，曾告訴過她：「你必須為整個國家著想，把自己貢獻出去。」我認為王安憶其實明白這一點，只是需要條件，也需要時間的歷練。每個人，都應該有各自為國家的貢獻方式，正如王安憶當年對陳映真的直率回應：「我首先得找到我自己，才能把自己貢獻出去！來美國對我衝擊很大，但我是要回去的。我覺得有許多東西要寫。」[22]

二、個人與國家關係的再辯證——作為一種文學動力的陳映真（之一）

一九八三年，在結束了美國愛荷華國際寫作計畫後，陳映真與王安憶基本上就分道揚鑣。根據王安憶後來寫的兩篇懷念陳映真的一篇長文〈烏托邦詩篇〉（1991）及一篇短文〈英特納雄耐爾〉（2003）中即提及，他們再見面時，已經是分別的七年後。

20 李雲雷〈陳映真與大陸作家〉，《李雲雷的BLOG》，http://blog.sina.com.cn/s/blog_4be5e0cd0100079o.html。

21 王安憶〈烏托邦詩篇〉，收入《冷土》（台北：INK印刻出版有限公司，2006年），頁185。

22 聶華苓〈母女同在愛荷華——茹志鵑和王安憶〉，收入聶華苓《三輩子》（台北：聯經出版事業股份有限公司，2011年），頁452。

這七年間，王安憶歷經回國後的初期瓶頸，仍積極且努力地重新定位起她的寫作方向與意義，因此從八〇年代中開始至今，也已實踐了長達近三十年的創作道路。然而，兩岸研究王安憶的相關文章雖多，但似乎都沒有辦法解釋一個王在創作上很特殊的現象，或說她的習性，那就是王安憶的創作，無論就內涵與形式，似乎始終一直在改變，或者從另一種角度來說——她好像很不穩定。例如她可以在八〇年代初，寫出備受陳映真肯定的〈本次列車終點〉[23]、〈流逝〉，處理知青回鄉，及文革對一個資產階級女性的影響——一種將個人與集體聯繫在一起的現實主義式的作品。但回中國後，又立刻在八〇年代中變換頻道，呼應（或說跟風）當時的現代派潮流，寫高度抽象、形式理想主義的〈小鮑莊〉，探索愛情與性的「三戀」系列（〈小城之戀〉、〈荒山之戀〉與〈錦繡谷之戀〉），甚至將其推向極端的荒謬性愛故事〈崗上的世紀〉，然後到了八〇年代末九〇年代初，又再回歸現實寫〈米尼〉、〈叔叔的故事〉，九〇年代中寫被王德威視為「海派傳人」的《長恨歌》，但到了世紀末與二十一紀初，又去寫具有高度底層視野的《富萍》，甚至想清理起社會主義中的理想主義遺產，見證文革當中的理想性的《啟蒙時代》。

這些代表作的意識發展與美學流變，如果放在五四以降的現當代文學的譜系裡，無論男女代表作家，都很少見。王安憶就現實視野上大於張愛玲，就才情與生命力上，也高於蕭紅，這樣說大概不會有太大的爭議，同時她還活著並繼續成長，然而，究竟要怎麼來理解她在創作上變異的本質，以及她在不斷變化中的「不變」，是理解王安憶創作之路很重要的一項環節。

這個問題的重要性，是在於能幫助我們相對理解，曾是「知青」世代的大陸當代知識分子之一的王安憶，為什麼還能維持其生命力、精神與意志創作下去，而沒有跟許多「右派」與「知青」作家／知識分子一般，不是在大陸改革開放的經濟大潮裡日漸下海作官從商，或在眾多的文化與市場機會裡，改行當起文化行政工作者或文化官員（本處對此沒有貶義，文化行政實踐也是重要的社會實踐的一種方式）。尤有甚者，王安憶為什麼能數十年如一日的，像女工般勞動有紀律的寫作，卻又仍能維持／不放棄高感性的文學想像與追求（這裡面當然也包括，她以文學想像的感性方式，書寫社會中的人與問題），這當中應該有其值得清理的主體思想價值。當然由於王安憶本身的複雜性，這個問題的清理可以從很多方面切入，本章僅是從她跟陳映真之間的影響關係（或更精確說：接受關係，正如本文前言提及：王安憶曾說：「我選擇了這個人作解救我的力量」，重點是：「我選擇」）著手，以求提供一種理解的可能。

〈烏托邦詩篇〉（1991）是王安憶第一篇寫陳映真的文章，篇幅幾近一部短到中篇小

---

23 陳映真〈想起王安憶〉（1984）中，陳談及王安憶的〈本次列車終點〉：「她在作品中所透露的批判，雖然沒有大陸年輕一代哲學家的深刻，但她所提起的質疑，卻有王安憶獨有的認真和誠實，感人至深。」《讀書》（1985年04期）。而聶華苓也提過，〈本次列車終點〉後來也因陳映真的推薦下，在一九八四年的台灣《文季》發表。

說。就文類的性質上，兼有散文所需的個人經驗，但又有小說般的結構與敘述方式。尤其是它的敘述方式，有意地將陳映真對她的意義，組合／建構入她八〇年代回國後的一些經驗裡。因此分析它感性發展的內在邏輯，能夠幫助我們理解，在八〇年代中後，一個大陸知識分子，想從陳映真身上吸收哪些面向。同時，又如何調整及轉化以回應彼時中國本土的現實。

首先，在〈烏托邦詩篇〉開篇中，王安憶優先選擇記憶與反映的，是陳映真作為一個基督徒的身份，並從這個點上，將陳映真對中國的革命運動聯繫在一起。換句話說，就形式對應內容的意義上，王在回顧跟陳相識的經驗中，她已經能跳脫一九八三年對陳映真的主觀誤會，並理解陳對中國與革命的理解與信念，實具有一種強烈的宗教精神，他的孤絕性也在於此。爾後，王安憶開始斷斷續續地以跳接的方式，將跟陳映真分別後的一些零星的聯絡重新建構，並穿插自己在中國所遭遇的寫作瓶頸及對中國問題的思考。

這當中建構的後設思維／框架很有意思，首先，他們在別後的七年間沒有見過面，爾後，陳映真雖然在一九九〇年就開始到了大陸，但由於公務繁忙，王安憶後來雖見著了他，但兩人在口語上的互動也非常有限。換句話說，兩人在別離後的比較有意義的互動，其實並非那麼「現實」。據這篇散文的說法，勉強算是一次較具物質性的聯繫，是這七年當中，陳映真曾托一個外國人，將他創辦的《人間》雜誌送給王安憶，王安憶把它們放在床頭每晚閱讀，她特別記得當中有一期，提到一個湯英伸的事件——湯英伸從鄉下來到城市，因工作被壓迫，一時激動便殺了人。該期《人間》追溯了陳映真等人努力援救這個孩子的故事。有意思的是，王安憶以為，這個孩子走上城的階段，正是她面臨創作瓶頸，並試著走回鄉間，尋訪一個因救老人而死的一個孩子的故事的時間點。也就是說，即使當下置身的空間不同，但王安憶與陳映真，卻好似在冥冥之間達成某種神秘的聯繫，同時在做著一件相似的事。只是，陳映真追求著一個孩子的生，而王安憶要追求的孩子早就已死。雖然湯英伸最後，也並沒有在一系列的援助運動中獲得重生。兩人的孩子最終都是死。對於王安憶來說，她的工作，本來就是只能為已逝的死者，賦予有價值的新意（這篇作品就是她後來的代表作〈小鮑莊〉，1985 年），但她已經自覺到這樣很虛，不若陳映真幹的是實。但因為有了陳映真，她對自己仍然知道要否定：

> 我們同是號召要救救孩子的魯迅先生的後輩，他去救了卻沒有救成，而我壓根沒有去救，因為我知道我想救也救不了。[24]

進而言之，王安憶其實明白，這正是陳映真的現實社會實踐，和自己以文學來進行社會實踐的差異。但這種敘事的意義還在於，當一九八三年在愛荷華時，王安憶曾對陳映真說，

---

24 王安憶〈烏托邦詩篇〉，收入《冷土》（台北：INK 印刻出版有限公司，2006 年），頁 208。

她還是要寫中國的，陳對此大為肯定。但回國後的王剛開始卻什麼都寫不出來，她極為擔心無法兌現對陳映真的承諾，因此，當她透過閱讀《人間》，讓自己能重新回到講述「中國經驗」的題材與小說的狀態時，對王而言，就別具特殊的意義。陳映真隱隱之中成了她創作的動力。也因為有了這樣的動力，這篇作品，才能超脫出「旁觀他人的痛苦」的敘事，成為一種既有中國社會主義時期的正面敘事（純樸的年輕人犧牲自我，為救老人而死），又有創作者私人／個人，兌現當年給陳映真「寫中國」承諾的意義。

這種私人／個人意義對她（可能這一代亦然）而言非常重要。這裡有一種深層的自覺——作為一個中國大陸作家，回應中國的社會與現實當然是必然、突出正面的文學道德教育意義也很重要，正如她早就明白要寫中國（及其背後的社會主義傳統）。但是，中國是什麼？王安憶必然自覺到，自己出身乃一名上海的世俗女性，能否意念先行去寫大敘事或社會主義敘事？能否在沒有相關經驗與意義感時，完全虛構一篇？尤有甚者，當她寫作的新歷史語境，已經到來了八〇年代中後期，在這樣的改革開放的新歷史期間，社會主義和「左」早已成了知識分子圈的負面概念。面對歷史高度挫折、革命消亡、領袖已死、沒有了英雄的新時期，在自小生活被規訓，該寫自己鄉土、自己國家的正面事蹟的條件下，任何先驗去書寫某種中國正面與正面人物的小說／故事，對一個後來者而言，似乎都有那點精神上的不潔與教條。所以，作者必須給上述的作品，聯繫上某種個人／私人的意義，以中和或平衡教條化的可能。在這層意義上，儘管孩子已死，王安憶所執意為他打造一個烏托邦寓言（即〈小鮑莊〉）的精神，才能反饋給那孩子（湯英伸）與陳映真，並在此才同時完成對中國現實裡的關懷。換句話說，這樣具有現實意義的道德書寫，是作家自由意志的選擇，而非政治的規訓。因此，即使〈小鮑莊〉是一部帶有相當現代主義色彩的作品，卻實在不能簡單批評王安憶是對現實叛逃。

這種創作／生產方式，對文學創作者的風險可能在於，作者必須心中常懷一個可值得懷念的他者，這個他者的理想高度，將牽動作者所能呼應的精神品質，否則就會喪失寫出好作品的動力。所以，就這個角度來說，是王安憶選擇／接受了陳映真，而並非是陳映真簡單地影響了王安憶；同時，在這層標準上也可以用來解釋，為何王安憶並非每篇作品都可以看作代表作——一個理想的他者，在一個唯物論者那裡，並非隨時都可以遇到，也並非永遠固定不變。

三、在神靈之愛的照耀下——作為一種文學動力的陳映真（之二）

〈烏托邦詩篇〉在敘事上的另一個特點，就是王安憶將懷念與陳映真之間的關係，比喻為一種世俗的愛情，然後再藉著推翻它，走向對信仰的追求、及對當時中國尋根文學內在的反省（也就是對自身本土性的根的反省）。她在這篇作品中，時常回想過去跟陳映真一起在愛荷華的時光，有些接近戀愛的「症狀」。例如，那時候，一點點不被陳映真理解的細節，都足以使她反應過度而委屈難言；一點點幫陳映真做些小事的機會，都足以使她興高采烈；

一得到陳映真對她的發言和寫作路線的認同，內心就激動萬分。同時更能使她：「處在一雙假想的眼睛的注視之下，總想努力表現得完善一些。……這懷念與肉體無關。這種懷念好像具有一種獨立的生存狀態，它成為一個客體，一個相對物，有時候可與我進行對話」[25]。但王安憶又同時意識到，不同於愛情的地方，又在於她不會揣測陳映真對她的感覺，也沒有肉體上的慾望。於是有意思的問題就是：為什麼王安憶在多年以後，仍要從「愛情」這個角度出發，並藉著超越愛情，來懷念陳映真？

就〈烏托邦詩篇〉的內部線索來考察，王安憶曾提到過陳映真的〈將軍族〉，王從讀〈將軍族〉中，感到陳映真所展現出來的，是一種神靈之愛，作為一個唯物論又真誠的作家王安憶，覺得自己難以進入那樣的世界，敘事者說：

> 我覺得這個人的情感是一種類似神靈之愛的情感，而愛情是世俗之愛，世俗之愛遍地皆是，俯手可得。像我這樣生活在俗世裡的孩子，沒有宗教的背景，沒有信仰，有時候卻也會嚮往一種超於俗世之上的情境。[26]

就王安憶的實際創作來說，她本來即非常擅於寫世俗之愛情，九〇年代之前著名的「三戀」系列如此，其它各種中、長篇的代表作中，也很少沒運用這種題材的。然而，根據我近年閱讀大陸建國後小說的經驗歸納，我感覺，在這些唯物論者的愛情敘事裡，幾乎都跟實用性，或說功利性／功能性聯繫在一起，精神也是依附在當中，而沒有其獨立的位置。所以細讀王安憶的愛情敘事，既使細節再纖細敏銳，那敘事者的頭腦也都還是清醒的，不致於跟主人公完全交融。而在男性作家那邊，如柳青《創業史》中的愛情、路遙的小說（從〈人生〉到《平凡的世界》三部曲）這一點也就更明顯。這種現象跟陳映真小說中常藉由愛情與性，來作為一種左翼男性知識分子的救贖的資源不同。不只是〈將軍族〉，陳映真小說中愛情與性關係有一種奇特的崇高感，早期的小說尤其強烈（趙剛已有過極佳分析，故不再述），而即使是到了〈夜行貨車〉中的愛情，跟大陸建國後的左翼愛情敘事比較起來，也並不能算很世俗，愛情還是可以作為救贖的契機。我認為，這是為什麼，王安憶會覺得，陳映真的〈將軍族〉有所謂的神靈之愛的原因。八〇年代就已經寫遍了唯物論者的愛情與性的可能性的王安憶，以一個上海世俗女性的立場，盡可能不讓自己自毀在世俗的愛情世界裡，但是，少了那種將感情推向崇高／極端（某種程度上，情感的純粹性與崇高也算是一種極端）的動力，現實與生命也就容易流於虛無。

在這樣的寫作條件下，早已離開了愛荷華的陳映真與王安憶，實不具備能夠讓作者產生愛情功利性／功能性想像的條件，能多出來的反而是純粹的懷念，與懷念的美好。這樣王安

25 王安憶〈烏托邦詩篇〉，收入《冷土》（台北：INK印刻出版有限公司，2006年），頁178。

26 同上註，頁179。

憶便能順當地將他定位在高於世俗之愛上的位階，用王的話便是：「對這一個人的懷念卻變成了一個安慰，一個理想」[27]。當然，這樣的安慰、這樣的理想，似乎非常空洞，或者說抽象，非常不現實，如果是站在某種教條的左翼文學的立場上，也可能需要被批判。然而，我覺得王安憶正是想藉由引入陳映真，懷念陳映真，來解消掉部分作為一個大陸知識分子在改革開放大潮下，過強的功利性追求的世俗之愛。擴而言之，也包括對改革開放後的日常、功利、世俗現實層面的抗拒，這種狀態對王安憶來說，可以說是一種新鮮的嘗試（對一個作家而言，沒有什麼比新的嘗試／實驗更重要了）。為了跟進陳映真式的神靈之愛，她甚至開始努力實驗進教堂，想要理解教堂、宗教對於人們的意義，想要思考信仰之於一個唯物論者的價值？（文章中當然沒有提供「答案」，敘事者只是一再給問號──「人家的教堂在那裡。可是，我的呢？我又為什麼要去呢？」[28]）

最後是黃土地。〈烏邦托詩篇〉在敘事上，勾連了陳映真跟王安憶追尋信仰的關係後，王安憶似乎有意回到黃土地上，將黃土地作為她歷經了反省陳映真式的神靈之愛／信仰的追求後的下一步。一般來說，中國自五〇年代就有所謂的知青下鄉的現象，到了文革期間，為了處理年輕人各擁派系、武鬥而來的社會問題，以及全國停課所造成的人潮和城市糧食有限的狀況，以理想主義號召小知識分子上山下鄉，便成為解決這些年輕人出路的一種手段。再加上毛早已在四〇年代的文藝講話中，強調向農工兵學習、面向農工兵廣大人民讀者的重要性，故此，每當作家寫作面臨瓶頸，克服其瓶頸的方式，就不同於戰後台灣的作家們強調走回內心世界的想像，而是朝向更荒涼、更刻苦的黃土地、農村等汲取寫作更具現實感／勞動實踐後的資源。王安憶在這篇作品中，最終竟然通過了陳映真，走回了這種黃土地式的選擇，同時也反省了當時內在於八〇年代中後，尋根文學中的內在弔詭：

> 尋根行為的本身其實就表明了對現代人立場的堅持。「尋找」這一樁行為是在「失去」之後才發生，我們特別要強調尋找，也就是特別在強調失去。[29]
>
> 到黃土地來尋根真是一句瞎話，純是平庸的藝術家們空洞的想像與自作多情。而我的選擇又盲目又帶有趨時的嫌疑。[30]

當然，這樣的否定，並不是要真的否定黃土地，或者說否定作家向某種實在現實與生活學習，而是對尋根的「潮流」作出再辯證的反省。所以，當敘事者再度回到城市後，反而因為有了距離，再度明白曾走向黃土地的價值。以下這一段便是王安憶對自己走向黃土地後的再

27 同上註，頁177。
28 同上註，頁217。
29 同上註，頁222。
30 同上註，頁223。

一次辯證反省，而這一切，就敘事者的說法，都是為了「對這個人的懷念的一切準備。」[31]

> 黃土地的功績在於擊碎了我的這種瘸腳的自憐的情緒，它用波浪連湧的無邊無際無窮無盡無古無今的荒涼和哀絕來圍剿我的自憐。[32]

而「這個人」當然還是陳映真。

總的來說，如果社會主義及社會主義文學，是歷史的累積與流變的結果，但在時間的發展中，它也應該是一種與時俱進的建構與實踐，儘管日後不見得會繼續使用「社會主義」這個詞彙。

王安憶的作品某部分即在進行著這樣的反思。從一九八三年跟陳映真相識後，王安憶將他的影響，轉化成一種對中國現實問題和創作上的反省與辯證力量。〈烏托邦詩篇〉的纏繞與一再自我否定，從精神的追求，到最終接近黃土地、離開、再觀照它們，即是她的一種實踐結果。文中也遍佈著她真誠的焦慮。二〇〇三年，她在散文〈英特納雄耐爾〉中說：

> 我從某些途逕得知，他對我小說不甚滿意，具體屬性不知道，我猜測，他一定是覺得我沒有更博大和更重要的關懷！而他大約是對小說這樣東西的現實承載力有所懷疑，他竟都不太寫小說了……。[33]

始終都對自己不滿，但也始終惦記著有一個所傾慕的人對自己不滿，讓自己維持著緊張與期許，很難說不是一種良好的自我更新和寫作狀態。我認為這是王安憶能夠長期寫作的祕密力量之一，也是她在二〇〇〇年後，能夠日漸寫出更具有底層與更大現實關懷的《富萍》與《啟蒙時代》的一種條件。當然陳映真後期有他自己的選擇，兩者之間的距離從來就不曾消失，但那距離真的很遙遠嗎？我不願意相信。

第四節　陳若曦早期文學的「社會主義」感覺結構的再解讀

二〇〇八年，旅美台籍作家陳若曦（原名陳秀美，英文名：Lucy Chen, 1938-），出版了《堅持・無悔：陳若曦七十自述》。在這本傳記中，陳若曦追溯並豐富地還原了她早年在台大的讀書、赴美留學的歷史道路，以及後來日漸左傾回歸中國大陸的整個前因後果。然而，這部傳記，不僅僅是個人上的意義，它的公共價值，更多是在於陳若曦公開且坦承地描述了她早年接受「美援」的各種支持與幫助，但在六〇年代美國興起的社會解放運動與思潮

31 同上註，頁 229。
32 同上註，頁 228-229。
33 王安憶〈英特納雄耐爾〉（台北：聯合報，2003 年 12 月 22 日）。

時，秉著對中國的「社會主義」的想像與傾慕，陳在一九六六年離開美國回到「文革」中國——此中心態與主體的發生、轉折與變化，可以說是上個世紀下半葉，一種從「第三世界」[34]上昇但又具有「社會主義」理想性格的知識分子的精神／心態史的一個重要個案。因為，儘管陳若曦與當時的先生段世堯，在一九七三年即離開中國大陸，並根據她對「文革」的各種歷史現場的觀察與創傷見證，陸續寫出《尹縣長》（1976）、《歸》（1978）、《老人》（1978）、《陳若曦自選集》（1976）及《文革雜憶》（1978）等重要的「文革」作品，但陳若曦對昔日理想及中國大陸的「革命」的理解，仍忠於她作為一個現代小說家的認識複雜性，並未完全以泛抽象化、泛道德化或僅以西方「普世」的標準來反映與批判，其中不乏對大陸「社會主義」較敏銳的歷史感覺和主體性的理解，我認為至今仍有一部分的清理價值。

另一方面，為了突顯陳若曦「文革」代表作中的「社會主義」感覺，本論述中將一併引入大陸的知識分子蔡翔及其早期代表作〈底層〉與〈神聖回憶〉等來加以參照。之所以認為這兩個個案能夠放在一起討論及比較，是基於：一、陳若曦及蔡翔都是工人家庭背景出身；二、兩人都屬於在廣義的「第三世界」上昇，又具有「社會主義」理想的主體；三、兩人都曾支持大陸的「社會主義」革命，卻在後期都有不同程度的保留。因此，我認為以陳若曦的早期「文革」小說的代表作，同時參照蔡翔的相關材料，將有助於我們更具體地深入兩種主體對「社會主義」的理解與不同的感覺內涵，以及他們各自背後對「社會主義」隱性的價值預設、知識視野與傾向選擇。清理它們的學術價值乃在於——至今，這兩種感覺方式，恐怕仍是目前兩岸知識分子對泛化的「社會主義」觀念與感覺的關鍵支配性意識，只有清楚自覺到它們，日後有能克服與推進的可能。

在解讀方法上，本節主要參考與運用雷蒙・威廉斯（Raymond Williams, 1921-1988）的「感覺結構」（structure of feeling）理論，藉以討論與指涉兩個個案中的「社會主義」的「感覺」。威廉斯在他的代表作《馬克思主義與批評》（*Marxism and Literature*, 1977）對「感覺結構」有較完整的闡釋，不同於後來的西方馬克主義批評家特里・伊格頓（Terry Eagleton, 1943-）的觀點，威廉斯在討論下層建築與上層建築的連動關係時，不太願意使用「世界觀」或「意識型態」來指涉上層建築，曾為伊格頓老師的威廉斯，雖然同樣重視物質

34 目前學界所使用的「第三世界」的界定，主要有兩種，一種是以冷戰背景下的意識為假設，將美國、英國、西德、法國及日本稱為「第一世界」，以蘇聯為首的共產集團國家為「第二世界」，其它對西方的資本主義全球化懷有疑慮，同時經濟及工業化程度相弱於第一、二世界者為「第三世界」，如亞洲各國，包括中國大陸及台灣等均屬之。另一種觀念則由毛澤東在一九七四年提出，他將美、蘇視為第一世界，日本、歐洲、加拿大等國視為第二世界，其邏輯旨在強調不願依附於第一、二世界的秩序與強權者為第三世界，如中國即為之。由於本章旨在討論新中國建國後的「社會主義」的觀念、實踐及跟具體個案的淵源關係，故在「第三世界」的觀念界定上，參考毛澤東的理想觀點為假設基礎。終極要思考與分析的問題意識是，如何在知識整合和感覺結構上，闡釋與建立屬於「第三世界」知識分子的標準（包含「文學」）與主體性。

條件對精神與主體的影響，但他認為更重要的解讀方法，乃在於「超越正規的把握方式和體系性的信仰」[35]。因此，相對於「世界觀」與「意識型態」的概念，「感覺結構」無疑地更具有經驗性與動態性。因為它們「不是與思想觀念相對立的感受，而是作為感受的思想觀念和作為思想觀念的感受」[36]，意即，這裡的感受或感覺，已包含了思想與觀念。

此外，威廉斯還認為，「感覺結構」時常不被認為是社會性的，而只被當做私人性質，但實則不然。「感覺結構」概念本身雖單看主觀，但威廉斯認為，它本身其實已經包含了主體的社會性、思想性、經驗性甚至歷史性。同時，它跟文學藝術作品的關係與聯繫性是在於，真正值得討論與關注的「感覺結構」，並非是已經形成某種主流或已普遍被意識到的結構，而是那些新興的構形，它們是處於當時流動狀態的感覺結構[37]。威廉斯強調當它初／出現時的邊緣位置與孤立的特性：「這種構形由於處於可取的意義的邊緣位置，所以具有許多前構形的特點，……常常呈現出某種相對孤立的樣態，只是到了後來人們才把它們看做是有重大意義的一代」[38]。也因此，從這個角度來說，並非所有作品都有威廉斯所謂的「感覺結構」，在某些特定歷史條件下，具有邊緣和相對孤立特異性的作品，才是值得分析的對象。

陳若曦和蔡翔「早年」的代表作符合前述的特質。因此，本節以下的篇幅，我將分作三個方面來處理，一方面疏理陳若曦在「七十自述」中回顧與重構的「社會主義」感覺的發生，二方面則聯繫與再解讀她的早期文革代表作〈尹縣長〉和〈耿爾在北京〉中對「社會主義」的理解，三方面會以參照解讀蔡翔的生命經歷及其散文〈神聖回憶〉與〈底層〉，作為綜合地比較他們早期對「社會主義」的「感覺」差異。因為他們當年的這些新興構形（感覺結構），至今恐怕仍是目前歷史現場中隱身的在場——它們以各種無形的方式，瀰散在兩岸至今的意識型態間。這兩個個案中的「社會主義」的感覺結構，究竟包含那些知識視野、個人與集體觀，它們又跟作家主體有何綜合生產的關係？這些問題的清理與限制，都將是有助於我們反省歷史及觀照今日的資源。

一、底層經驗與感時憂國——陳若曦早期「社會主義」感覺的發生與形成

陳若曦生於工人木匠家庭，民國四十六年／一九五七年自北一女中畢業，就讀台大外文系期間，受業於英千里、夏濟安等諸多博雅名師，曾與白先勇、歐陽子、王文興等人共同創辦《現代文學》雜誌。她在台大畢業後，本來由於家庭的經濟狀況不太可能出國留學，但由

---

35 雷蒙・威廉斯原著，王爾勃、周莉譯《馬克思主義與文學》（開封：河南大學出版社，2008 年），頁 141。英文版 Raymond Williams, *Marxist and Literature*, (New York: Oxford University Press, 1977), p.128-135.

36 同上註。

37 同上註，頁 143。威廉斯同時還強調：「大多數藝術的有效構形都同那些已經非常明顯的社會構形，即主導的或殘餘的構形相關，而同新興的構形相關的（儘管這種相關常常表現為原有形式當中出現的改形或反常狀態）則主要是溶解流動狀態的感覺結構。」

38 同上註，頁 143。

於美國新聞處處長麥加錫（Richard M. McCarthy）的支持與推薦，才順利赴美讀書。陳若曦在傳記《堅持・無悔：陳若曦七十自述》中坦承記錄這些歷史事實：包括曾在麥加錫的引薦下，與白先勇、王禎和等人，接待過來台短暫訪問的張愛玲（一九六一年十月），爾後，亦經他的推薦，進入美國何立克學院進修，後轉入馬里蘭州約翰・霍普金斯大學寫作系研讀。麥加錫一共為陳若曦寫四封信推薦信，四所美國學校均回信，並給予陳若曦全額獎學金。白先勇、王文興和歐陽子亦在麥加錫的推薦下，就讀美國愛荷華大學。此外，美新處亦主動出版陳若曦大學階段的英文小說《招魂》，並付予其稿酬三百美元，這筆錢就是陳赴美的船票費。

時值美蘇冷戰格局，台灣為國際連動局勢中的一個被左右的部分。陳建忠在〈「美新處」（USIS）與台灣文學史重寫：以美援文藝體制下的台、港雜誌出版為考察中心〉論文中疏理過「美援」與「美新處」的功能與在台的佈局[39]。事實上，自一九五〇年六月韓戰爆發以來，台灣由於戰略地位相對提昇，使得美國開始提供予台灣鉅額經濟援助，這種經援落實在台灣社會、經濟等方方面面，許多文學作品都曾處理過「美援」對台灣隱性與顯性的影響，例如王禎和的《玫瑰玫瑰我愛你》、黃春明《蘋果的滋味》等等。而在教育上，爭取台灣的大學菁英，自然也是「美新處」的重點關注。《現代文學》雜誌在該階段，亦曾接受過「美新處」的贊助，只不過在當年，這些熱愛文藝的青年，恐怕不會認為這是一種文化意義上的爭取或來自「自由」世界的統戰。

然而，就客觀的條件上來說，陳若曦天資早慧，在台灣大學就讀期間，早已顯露被夏濟安等先生肯定的文學才華，以當年台灣優秀的大學生申請赴美的歷史條件和風氣，即使沒有麥加錫的推薦，以陳若曦的成績和才能，也不見得就沒有機會。因此，本文不願意以簡單的線性邏輯，來坐實陳若曦的赴美求學與「美援」的關係。但是，以陳若曦當年留美所獲得的關照，例如讓一個孤身在美的外國人有完整的獎學金及較好的生活條件，這些對待上的寬裕，恐怕不能說沒有隱性地影響陳若曦日後回到中國大陸後，不時聯繫上日常生活書寫下的參照感覺。

陳若曦對中國「社會主義」想像與理解的出發點，不同於新中國建國以降所形成的「社會主義」內涵（當然，這些內涵也隨著歷史變動而變化，並非鐵板一塊），這其實是必然的差異，不可能強求或批評。儘管她是工人家庭背景出身，但在台灣早年戒嚴時期禁絕「五四」左翼及日據時期左翼的條件下，即使就讀北一女中及台灣大學外文系的菁英教育，她的觀念與思想感覺，從發生學的意義上，比較靠近普世化的「五四」情懷及文化中國的傾向並

---

39 陳建忠〈「美新處」（USIS）與台灣文學史重寫：以美援文藝體制下的台、港雜誌出版為考察中心〉中認為：「美援文化既是以『體制』（Institution）的面貌出現，就意味著組織性、結構性的運作，無論其運作形式是緊密或鬆散、直接或間接的網絡連結形式，因而從美國大使館、美國新聞處、耕莘文教院、亞洲基金會、愛荷華寫作班，都可視為體制的一環，皆受到美國政府或民間基金會的政經資本各種形式的支持。」《師大國文學報第五十二期》（2012 年 12 月），頁 211-242。

不令人意外，在《堅持・無悔：陳若曦七十自述》中陳若曦就說過：

> 我這一代台灣人，生於日本殖民統治時期，民族意識特別強烈，感歎中國百年積弱才備受外侮，知識分子當「以天下為己任」且「先天下之憂而憂」，學成報效國家是理所當然之事。40

陳若曦出生在日本治台時期的一九三八年，根據她的自述，小學時她的住家左鄰右舍多為外省人，二二八事件發生時她年紀尚小，很難說有什麼直接的衝擊。在她後來的記憶裡，突出的是父親不希望孩子涉入政治的要求，以及當年她印象中本省人外省人互相幫忙避難的事實，她亦不認同此事件後來被渲染成省籍和族群對立，尤有甚者，陳若曦認為：「歷史不難還原真相，但我以為寬恕和包容更重要」，強調的更是一種超越意識型態的普世價值。當年台大外文系諸多外省背景的優秀名師，可能也間接地強化了她這種「感時憂國」與較具有普世情懷的早期「五四」感覺。她後來的先生段世堯亦是屬於這類型（「感時憂國」與文化中國意識）的知識分子。赴美留學時，他們又再遇上六〇年代美國民權運動的興起，國際背景下則是越戰，這些內外的歷史因素的交會，很明顯地均進一步擴充了陳若曦的左翼進步思想，使得她不只於活在個人的書齋，也不同於一般的親美留美派的崇洋知識分子，更多的是從中反省美國和作為一個留美華人知識分子的主體性，陳若曦曾這樣說：

越戰讓我強烈感到美國是新型的帝國主義，以「反共」和「美援」為名向全球擴張勢力，干涉他國內政外，還一再出兵到外國，韓戰和越戰就是赤裸裸的武力恫嚇。對內，美國並未善待自己的黑人同胞，種族衝突迄未改善。我以為，當個美國人難免幫兇之嫌，不符合我追求的正義原則。[41]

同時，除了上述帶有國際社會主義的情懷與感覺外，陳若曦、段世堯在美攻讀期間，亦和一些朋友組織過具有左翼傾向的讀書會（這在當年白色恐怖下的台灣不太可能），閱讀過的書籍甚至包括《毛澤東選集》（一至四卷），她甚至認為毛澤東的「中國社會和農民運動的介紹分析，相當引人入勝」[42]，其先生段世堯最喜愛的則是《毛主席詩詞》。他們還與友人蒙韶等人學習共產黨人的「自我批評」，她說：「我們每次聚會都要以共產黨人的高標準要求自己，在思想和言行上嚴格進行『批評』與『自我批評』。」[43]這樣的讀書會的最終的傾向與結論，不意外的自然往實踐與行動上發展，所以陳若曦夫婦日後才在一九六六年輾轉旅行各地後，最終決定飛往中國大陸去落實他們對「社會主義」的理想。

40 陳若曦《堅持・無悔：陳若曦七十自述》（台北：九歌出版公司，2008年），頁156。

41 同上註，頁156。

42 同上註，頁159-160。

43 同上註，頁160。

不無相關的是，在赴中國大陸之前，陳若曦和段世堯還曾赴歐旅行，在參觀大英博物館時，曾說出過這樣的話：「整個歐洲的文明優雅生活，很大一部分是掠奪亞非拉等第三世界的財富而來的。」[44]其先生回應：「博物館也收藏了大量的中國文物，我們要想辦法把重要的拍照下來，讓中國人明白流失在何方，有朝一日國家強大了，可以討回來。」[45]這些觀點，跟早期陳映真對美帝及中國大陸的「社會主義」的傾慕接近，他們都沒有完全被富裕的資本主義和菁英式的生活和眼光所固著，也不只是將中國文物僅僅視為旅行時的審美對象，而是以第三世界知識分子的角度，在思考對它們的責任與倫理意義。

總的來說，從陳若曦「七十自述」的回顧中，大致可以歸納出她早年在世界觀上的三種特質：一是她具有較素樸的超越意識型態的價值觀。二是她有著一定程度接近「五四」早期的「感時憂國」與民族主義情懷。三是她較採取經驗主義而非唯心先驗的思想方法，凡此種種，使得她得以根據不同階段的具體經驗與歷史認識，綜合地來更新她的感覺與思想。這些感覺結構日後也反映在她對大陸實際「社會主義」與革命的經驗中，進而進入她的「文革」代表小說的視野、形象與細節裡。

二、個人、集體關係及其縫隙——陳若曦文革小說中的「社會主義」視野（之一）

一九六六年，陳若曦「回歸」中國大陸，一直到一九七三年才輾轉離開，先至香港過渡，爾後移民加拿大，定居於溫哥華，工作穩定後，她開始以「文革」的生命經驗撰寫小說，由於這是最早的一批在海外反映「文革」現場的作品，同時當下又仍在美蘇冷戰時期，因此過去討論到這批作品時，多是以歷史創傷經驗來看待與解釋。誠然，歷史創傷自然存在，夏志清在評述其「文革」代表小說集《尹縣長》時早已言及：「陳秀美走的是樸實、冷靜的寫實主義道路，中共生活已足夠恐怖，用不到象徵手法的渲染。」[46]夏先生前兩句的判斷屬實且真切，但我以為，陳若曦的這些作品中，嚴格來說並不只是反映所謂中共恐怖的生活，誠如上節已言及，陳若曦還不是那麼先驗的感覺方式，她的自省與客觀經驗會不時修訂她原先的感覺預設。因而，她的這些作品中，事實上還含包了許多對「社會主義」的豐富感覺，當中亦不乏對大陸「社會主義」實踐過程中的正面的視野，並非只是後來許多論述中，被簡化為共黨暴力及二元對立的歷史教條。因此，以下我想以夏志清曾認定的陳的兩篇代表作──《尹縣長》中的〈尹縣長〉及〈耿爾在北京〉為代表，補充地再解讀陳若曦早期作品中的「社會主義」的感覺結構。

首先，過去很少有學者注意到，陳若曦《尹縣長》中具體的歷史時間，並非只在「文革」階段，〈尹縣長〉及〈耿爾在北京〉的敘事，都從「文革」尚未發生，或初發生的時空

44 同上註，頁166。
45 同上註，頁166。
46 夏志清〈陳若曦的小說〉，收入《陳若曦自選集》（台北：聯經出版事業公司，1976年），頁16。

開始描述，例如「尹縣長」寫一個老一輩的共產黨員的形象[47]，從外在形象到內在修養，陳若曦都掌握的很細膩且正面，而且一開篇就讓這樣的主人公出場，才逐步地展開他被後來的「社會主義」和「革命」所殘害的整個經過，換句話說，這樣的敘述中的歷史觀，有「文革」前及「文革」後的差異，無疑地，陳若曦對「文革」前的「社會主義」不乏認同，因此也能相對豐富地保留它們的歷史細節。

「尹縣長」的形象與感覺方式，體現了作者對大陸早年「社會主義」的理想幹部的一種純厚的理解與敬意，這種形象在五〇年代被打成「右派」的作家作品裡還能見到——「右派」作家多從「五四」階段往建國後的「社會主義」路線轉型，努力想成為一個「社會主義」新人，他們節制個人以尊重領導與集體，相信並朝向一個想像的共同體前進，當然，也由於他們在知識、歷練與意志上的水平有限，日後也遭逢政治上殘酷的打擊，即使改革開放後重新再進行創作，也仍然充滿各式的侷限。然而，從想要成為一個「社會主義」新人的出發點來說，看似靠近體制化的傾向，如果抽離了「五四」到新中國建國的歷史轉型的客觀發展的認識，則極易流於教條化的解讀——這也是為什麼陳若曦的「文革」作品，很容易在「海外」的視野下只讀成傷痕文學的原因。

例如，〈尹縣長〉中的「尹縣長」，在小說中，原本是國民黨系統下的人，但小說描寫他無論早年投共，或對共產黨在農村的事業推展工作，均盡心盡力地落實，也頗被老百姓肯定，卻在「文革」興起後，被有心的野心青年利用與鬥爭——抽象地上線上綱為「軍閥」、

「惡霸」及「反革命」。但是，陳若曦仍保留並寫出了當中就事論事的老百姓的形象，即使被野心青年動員，仍不願污告「尹縣長」。因此當小說最終以「尹縣長」絕不承認自己有錯，大喊「毛主席萬歲」為對抗下死去，便有一種悲劇式的美學效果。陳若曦感覺到像「尹縣長」這樣的人物，他們都屬於早年真心相信尚未異化的共產黨，相信實事求是的唯物主義原則，但卻在「文革」的粗暴政治鬥爭、極端簡化的二元對立思維，以及青年野心家的利用下，被迫害與犧牲。因此，要說陳若曦此作書寫的目的，是在於突出「尹縣長」被共產黨迫害，進而批判共產黨，不如說陳若曦的小說仍然有發現「存在」——「文革」中的「社會主義」「存在」的複雜性的價值——一個曾經相信共產黨的「社會主義」理想，同時為這個理想付出很多行動和調整心態的主人公，卻在「社會主義」的理想被投機及野心家的利用下無謂地犧牲。以陳若曦作為一個海外留美派知識分子，能夠在上個世紀六、七〇年代，即感覺出這當中的歷史層次，實在不能說簡單。

47 陳若曦對老一輩、尚未異化的共產黨員的描寫與感覺有其善意的精確性，例如：「這個人身材很高，雖然黑黑瘦瘦的，腰板卻挺得很硬，年輕時想必體態很威武的；看人時，目光凝注著對方；聽人說話時，頭微傾過來，唯恐聽漏似的，臉上的表情既溫和又謙虛。五十歲不到的年紀，一身半舊的灰色中山裝洗刷得很整潔，布鞋布襪，真是中國由南到北典型的老幹部模樣。」陳若曦《尹縣長．尹縣長》（台北：遠景出版社，1976 年），頁 173-174。

三、工人主體性——陳若曦文革小說中的「社會主義」視野（之二）

此外，在〈耿爾在北京〉中，陳若曦事實上還反映了當年「海歸」派知識分子的「懺悔意識」——這個新中國建國以降知識分子主體／心態史的重要主題之一。一般來說，從海外的「旁觀」角度，很容易將小說中的主人公僅僅處理成被迫害的那方，形成了一種旁觀者的二元對立與抽象正義，但曾身在其中的陳若曦要寫的並非完全如此，〈耿爾在北京〉的主人公，明顯地投射了她和段世堯這樣的「海歸」派知識分子，曾經真心相信共產黨、「社會主義」與「革命」理想，「回歸」後亦努力爭取自我改造，同時覺得自己／主體該對過去的小資產階級傾向和習性懺悔。參照洪子誠彙編《中國當代文學史料選（1949-1975）》——收入「五四」時期的諸多大家如茅盾、巴金、曹禺及張天翼等人在進入新中國建國後的「反省」錄，茅盾的這段話，便很具有當年「五四」知識分子轉型至新中國建國後的主體的代表性：

> 數十年來，漂浮在生活的表層，沒有深入群眾，這是耿耿於心，時時疚悔的事。年來常見文藝界同人竟訂每年寫作計劃，我訂什麼呢？我想：我首先應當下決心訂一個生活計劃：漂浮在上層的生活必須趕快爭取結束，從頭向群眾學習，徹底改造自己。……[48]

〈耿爾在北京〉中的耿爾有著類似茅盾的出發點與情懷，但他的「懺悔意識」已來到接近「文革」的新階段，他因此看到愈來愈多中國「社會主義」的異化狀況，既使是作為社科院的研究員，基本的民生需求也被迫異化：「大家都在大聲疾呼，要杜絕後門，但是平日同事們說來說去的卻是如何尋找後門。」[49]但主人公由於真心對自己的「海歸」和知識階級／身份有愧，因此在小說中的形象，陳若曦更重視表現他內心世界矛盾且駁雜的聲音，因為在「社會主義」的體制下，他更多的只能是一個「被改造者」——真誠、尬尷、低調、夾著尾巴做人，但也由於他長於自省自我／主體與他者／集體的關係，這篇作品便不只是在突出主人公的個人意志與價值，落實在小說中作者對耿爾的兩段情感書寫，便豐富地呈現了知識分子的主人公，對「社會主義」歷史下，對不同階級的她／他者優點的關愛與發現。

工人主體性便是在主人公的「懺悔意識」下所發現的視野。「海歸」派男主人公耿爾先是偶然地在書店中，認識了想看英漢詞典的小晴，她是國棉三廠的工人，工人階級出身，小說以襟懷坦白、沒有絲毫的矯揉造作、純樸、自然來形容耿爾看她的眼光，甚至已經可以說是對這個女工人的一種價值判斷。同時，以當時的工農兵優先的階級政治，她對耿爾的留學

48 茅盾〈《茅盾選集》自序〉（1951 年），收入謝冕、洪子誠主編《中國當代文學史料選》（1949-1975）（北京：北京大學出版社，1995 年），頁 50。

49 陳若曦《尹縣長・耿爾在北京》（台北：遠景出版社，1976 年），頁 113。

生身份，也沒有絲毫的歧視，體現了一種「人民」內部的關愛與尚不教條化的「社會主義」彈性。所以小說才會寫到耿爾期望能跟她結合，以爭取在思想和主體上的脫胎換骨。在這裡，陳若曦感覺並活化了新中國「社會主義」下，曾出現的以工人階級為優先卻並不教條化的階級尊嚴。此外，還不只是小晴，小晴的父親在主人公的眼裡，也是值得尊敬的人——他是一名素樸的搬運工人，對「海歸」的知識分子耿爾亦毫無偏見，當女兒將他一起帶回家吃飯時，更表現了對他的體貼與親熱，這些相處在在都讓耿爾覺得感動。是以耿爾才覺得自己可以透過這樣的婚姻來自我改造。

另一方面，小說中他的另一段情感——中年實際的寡婦小金，卻是一個對他家裡的傢俱都比對他本人感興趣的婦女，雖然對耿爾也很善意溫柔，但小說不時讓主人公在心裡對比與襯托小晴，更加突顯小晴的工人階級主體性與美好的人格特質，由此可見作者對早年「社會主義」對工人階級的解放意義的肯定。然而，小晴的一切美好，都是在還沒有發生「文革」之前的故事，「文革」一發生，教條化與專制的思維從上到下貫徹，小晴亦加入了工宣隊，立即疏離了耿爾，性格及形象亦大為轉變，從過去兩人同遊仍帶有的青春自然的詩意氣質，一變為剛硬老成，令耿爾感慨不已。當然，小說最終收在耿爾兩段感情均失敗作終，其關鍵自然是政治力的隱性干預與影響。但我們終究不能忽視陳若曦確實發現並保留「文革」前的「社會主義」曾有存在過的、較正面／理想化的工人階級的形象與主體尊嚴的事實。

雖然說，陳若曦曾經「入乎其內」（中國大陸），但終究還是「出乎其外」，同時最終在海外，才能以超視的眼光撰寫她的「文革」小說，但對於更廣大、親身參與過「文革」的大陸人民與知識分子而言，他們自始至終身在當中，更為切身地感受無法割離與斷裂的歷史與生命體驗。例如著名學者／文學編輯／散文家蔡翔（1953-），他與陳若曦一樣是工人家庭的背景，同樣在日後上昇至知識分子階級，同樣曾真心相信「社會主義」的神聖理想，甚至蔡翔還曾在「文革」時期當過紅衛兵，下鄉插過隊，當過工人，但卻也在親身見識「文革」的異化後，對「社會主義」和革命產生一定的懷疑與保留。然而，陳與蔡同樣是深受這些歷史創傷經驗影響，反映在日後的書寫上，他們對中國大陸「社會主義」的感覺結構的差異究竟為何？除了常識的歷史創傷經驗，及由此而來的批判集權或強權之外，蔡翔又保留了那些「社會主義」實踐過程中較正面的視野與感覺？換句話說，不是簡單的討論「社會主義」與「文革」的歷史是非與對錯的問題，因為這並非一篇論文甚至一本專書所能處理，恐怕也並非目前的時代和國際局勢所能面對，但清理「社會主義」曾存在的並非異化的具體經驗與感覺，是我們可以綜合作用於目前的資本主義社會、日常與個人主義美學的一些知識與感覺資源。

以下我想略為綜合蔡翔一九九五年兩篇著名的散文代表作〈底層〉及〈神聖回憶〉，來參照理解他們跟「社會主義」淵源與價值傾向選擇的差異。

蔡翔的著作豐富，他曾長年擔任《上海文學》刊物的編輯，上個世紀八〇年代以來，陸續寫出了《一個理想主義者的精神漫遊》（1987）、《躁動與喧嘩》（1989）、《日常生活的詩情消解》（1994）、《此情誰訴——中國知識分子的歷史性格》（1994）、《自由注解》（1997）、《寫在邊緣》（1998）、《神聖回憶》（1998）、《回答今天》（2000）、《何謂文學本身》（2006）、《一路彷徨》（2006）等隨筆、散文與文學批評，一直到2002年以後，蔡翔進入學院（上海大學中文系）任教，才以更為「學術化」的方式，寫出《革命／敘述：中國社會主義文學——文化想像（1949-1966）》（2010），企圖聯繫上更多的史料及理論，藉以綜合反思中國的「社會主義」的歷史經驗及其挫折。然而，以他目前的書寫基調和生命狀態來說，其實還是散文這種文體，更能體現出蔡翔及曾親自參與「文革」的一代知識分子對「社會主義」理解的特質（包含審美特質）與困境的關鍵。

〈底層〉及〈神聖回憶〉均寫於一九九五年。自鄧小平在上個世紀九〇年代初南巡、中國大陸實際往資本主義方向發展以來，本來在八〇年代以「自由」及浪漫主義為主要風氣的知識分子圈，也再興起了另一種辯證式的、對早年「社會主義」的新反省——「社會主義」究竟為什麼發生？對於當年具有理想主義的年輕人而言，他們又為何廣泛地願意投身「革命」？而當日後面對與意識到「文革」的暴力的時候，他們又採取了什麼的方式來反省那段歷史？蔡翔的這兩篇作品，正是當年這種思潮的一種重要且高密度感覺回應。

〈底層〉首先從上海的蘇州河的空間開展，以不同於「十里洋場」的上海歷史與景觀，帶出上海下層社會早期貧窮與骯髒的客觀事實。對出身底層的作者而言，一切不可能僅僅只是一種現代派或陌生化美學理論下的「風景」／對象，更無法僅僅以虛構及審美作為「人民」的救贖法門。經濟和生活條件的艱辛與困窘，是讓底層人民客觀地能被「社會主義」和革命感召與動員的首要前提。蔡翔在〈底層〉散文作品中，聯繫上早年「社會主義」時期在上海所建設的「工人新村」[50]，回顧了那樣的條件對底層人民的鼓舞與意義，也刻劃並保留了那個時代的工人的純樸和厚道。因此，不同於陳若曦在「文革」小說中處理「社會主義」革命中許多日常的負面缺失，蔡翔對「社會主義」和「文革」對生活與人民帶來的傷害，並非不能正視與理解，但他感覺到的視野更複雜。核心關鍵之一——對當時的年輕人而言，那種時代和時勢，甚至可以說是一種「啟蒙時代」（二千年後，王安憶即以《啟蒙時代》為名，處理「文革」對知識青年的影響）：「我們有自己的組織，定期出版自己的報紙，我們半懂不懂地讀著毛澤東、列寧、馬克思和恩格斯的著作，我們真誠地關心和討論著國家大事」[51]，而這種讀書會與討論方式，也是日後部分的小知識分子，在改革開放後能夠再度奮起向上，及重視知識動態更新的感覺基礎。

此外，「文革」時期的「社會主義」的實踐方式，之於這批年輕人來說，也可以說是一種全然的解放與自由，儘管這種「自由」在當年其實過於簡化，人與人之間的關係和鬥爭，

50 可參考大陸百度百科「曹楊新村」詞條，它建於一九五一年，是大陸第一個人民新村，早年主要由勞動模範較能夠申請入住，是「社會主義」時期對底層人民居住條件的一種平權方法之一。

51 蔡翔〈神聖回憶〉，收入《神聖回憶》（台北：人間出版社，2012年），頁17。

時常來自於更多的本能與感性，因此產生了日後的嚴重暴力與破四舊等行為，但從出發點而言，不能說是毫無理想與淺薄的。如蔡翔在這段細節中的反省：

> 我常常從另外一個角度來思考文化大革命，在某種意義上，文化大革命為那時的我們打開了另一扇窗戶，使我們越過底層，看到了整個城市。大字報、傳單、各種小報以及形形色色的馬路傳聞，使我們從紅色的夢想中回到現實的境遇。那些激進的少年加入了紅衛兵，他們憤怒地衝進官僚和資產階級的家中，他們為自己的所見所聞所震動，他們從未見過那麼豪華的住宅和那麼奢侈的生活方式。所有有關平等和公正的神話在那一瞬間破滅，階層差別依然存在。並不是所有的人都在分享艱難。我為當年的紅衛兵感到某種羞愧，但是我想，這並不僅僅是一種因為貧窮而導致的仇恨，而是因為神話破滅後的一種本能的盲目發洩。52

儘管不無粗略的說，蔡翔在〈底層〉及〈神聖回憶〉中，也嘗試從一種從個人感性經驗，來檢討並反思過於簡化的「自由」下的暴力。包括他自己曾在「文革」的過程中，無法拒絕甚至不自覺就加入暴力的行為與自省，包括他底層的母親一旦知道了他的暴力行為後，對他的嚴肅批評與處罰，蔡翔似乎想突顯的是，底層人民自有一種素樸且實在的道德標準，並非完全被「文革」非人性所完全消滅。而當他自己的父親也在「文革」過程中被批鬥後，在在都讓作者意識到，無論是知識分子階層、權貴階級，以及一般「人民」、百姓，人人都在「革命」與鬥爭過程中受到嚴重傷害，但真正的公平與自由卻遲遲沒有降臨。因此，人應該有免於恐懼的自由，他在文章中寫到旁觀一個小女孩看到「文革」鬥爭間的恐懼的眼神，使他終於意識到少年的責任、自由的可貴，以及追求「神聖」和「神聖之物」的不同。某種程度上，蔡翔因此對「社會主義」及「革命」異化的理解，可能更有哲理上的深度——他從那樣恐懼又美麗小女孩的眼神裡，終究體會到「社會主義」確實是在異化，更精確地來說，是對「神聖」的革命理想的追求，最終變異成「神聖之物」的物化困境。由此類推，不只是資本主義會讓人異化，「社會主義」亦然，它們均需要被歷史化及實事求是地檢驗，並不具備先於存在的絕對不變的價值。

52 蔡翔〈底層〉，收入《神聖回憶》（台北：人間出版社，2012年），頁9。

第四章　接受視野與典律論

第一節　前言：接受場域與典律生成

文學接受的過程，事實上涉及了接受地的「期待視野」（或說「接受視野」）的內涵與流變——更精確地說，是深受各種在地的文化、社會、歷史性及讀者的品味制約，如《西方正典》的作者哈羅德・布魯姆（Harold Bloom）所說：「能成為經典的必定是社會關係複雜鬥爭中的幸存者。……實際發生在讀者身上，在語言之中，在課堂上，在社會論爭之中。」[1] 推而言之：「專家學者的讚譽、閱讀大眾的喜愛、社團組織的提倡、文學風尚的影響、學校教材的採納、出版行銷的運作、政府機關的推動、政治權力的介入等」[2] 也都是被接受的條件。因此考察大陸的作家／作品在台灣的長期被接受的過程，事實上也是疏理與重構台灣文化圈的典律生成的歷史。

本章以莫言及其作品為例，疏理其作在台灣近三十年的接受史（主要以文化圈及學術意義上的接受為討論範圍），此論題亦將有助於我們更清楚自覺地明白：為什麼是莫言，而不是大陸的相近世代，且同樣以農村為題材的作家（例如余華、閻連科、張煒、路遙等），能

---

1 哈羅德・布魯姆（Harold Bloom）的《西方正典》（The Western Canon）（南京：譯林出版社，2011年），頁30。

2 同上註。

在台灣的文化圈及學術界受到相對更高的「文學」關注。

第二節　解嚴後莫言及其它大陸作家／作品在台灣的引進概況

二〇一二年，莫言（1955-）繼高行健（1940-）後，為中國再拿下諾貝爾文學獎，消息傳回台灣，肯定的聲音實大於否定和質疑。一種較否定的聲音，是陳芳明的意見。根據台灣自由時報的報導，陳芳明認為：「諾貝爾文學獎近幾年大多頒給反抗主流的作家，但莫言是接近主動的，他寫農民，但對權力沒有批判，可說是毛澤東的『好孩子』……他不如余華等作家對黨與社會具批判性」。[3] 然而，其它台灣的重要文化人，如龍應台、資深作家張大春、學院評論家王德威、陳建忠、甚至是星雲法師等，對莫言的得獎都抱持著一定的肯定態度[4]。

莫言跟台灣文化圈的淵源其實頗深，早在一九八六年台灣解嚴（一九八七年七月十五日）前，台北新地出版社、林白出版社，就率先引進過一批大陸當代作家的作品，出版了莫言《透明的紅蘿蔔》等中短篇早期代表作。爾後，進入九〇年代，莫言的中、長篇小說如《紅高粱》、《豐乳肥臀》、《檀香刑》等更陸續進入台灣，且轉由較強調「純」文學、重視藝術主體性的台北洪範書店出版。九〇年代末二十一世紀初，則日漸轉由王德威主編的「當代小說家」系列的台北麥田出版社出版。二十多年來，莫言重要的代表作幾乎無一遺漏，許多作品的繁體中文版出版時間，甚至早於簡體中文版。根據筆者目前的掌握，至今，莫言在台灣曾出版過的作品，就已超過三十餘種[5]。與中國大陸改革開放後的諸多「右派」／「歸來」作家或「知青」世代作家、作品相較，莫言及其創作在台灣受到的重視可謂非同一般。

這種頗受重視的現象，也可以透過台灣的博碩士論文及期刊論文的研究狀況略窺一二，從上個世紀九〇年代初至今，以莫言為博碩士論文的研究對象，就有十四部，期刊論文亦有三十四篇[6]。部分研究，亦已正式出版為專書，例如鍾怡雯的《莫言小說：「歷史」的重構》、謝靜國的《論莫言小說（1983-1999）的幾個母題和敘述意識》及黃文倩的《莫言

3 〈學者意外：毛澤東好孩子獲獎〉，自由時報（2012年10月12日）。

4 可參見美國之音：〈台灣如何看莫言獲諾貝爾文學獎〉（2012年10月12日）。http://www.voacantonese.com/content/taiwan-reaction-to-mo-yan-win-20121012/1525353.html。王德威〈台灣文壇說莫言／魔幻寫實　狂言妄語即文章〉，聯合報，2012年10月12日，〈學者意外：毛澤東好孩子獲獎〉，自由時報，2012年10月12日，〈龍應台讚：最泥土是最國際〉，自由時報，2012年10月12日等相關報導。此外，2013年，天下出版社出版了莫言《盛典：諾貝爾文學獎之旅》，（台北：遠見天下文化，2013年）完整記載他赴瑞典領獎的旅程經過與心情，該書序即由佛光山的星雲法師撰寫，他高度肯定了莫言的文學成就與榮譽。

5 請參見筆者整理的莫言在台出版書目清單，如本章附錄一。

6 請參見筆者整理的台灣的莫言相關的博碩士論文及期刊論文篇目，如本章附錄二。

〈豐乳肥臀〉論》[7]，參照同世代且書寫鄉土類型相近的作家在台灣的研究結果，如余華有七部、閻連科有四部、張煒有一部、路遙一部的研究狀況[8]，某種程度上，莫言被台灣的學術圈更感興趣與接受。

第三節　莫言在台灣的接受史與價值強調面向

儘管中國大陸內部對莫言的評價、爭議不少，而台灣的陳芳明也如上所言及——將莫言視為靠攏中國大陸的主流、政權的作家，並對此頗有微言，然而，這個判斷是否準確或重要，涉及到各自詮釋、立場的選擇，以及對所謂「自由」與「民主」等價值的信念與理解，需要更複雜的討論，暫時也非本文所能處理，畢竟，一個作家或知識分子，在每個不同的歷史階段，為了爭取文學的空間與自由，也都會有不同的、細微的辯證性與策略性的決斷，實不能以某些表面的、形式的行為（如抄寫毛澤東的「講話」、如作品跟當下政權的關係），就作為判斷一個作家的價值標準。例如，劉再復對莫言抄寫毛的「講話」的行為，有另一種同情的理解，劉說：「這只是他們瞬間的『姿態』而已，……為了保護自身文學事業不得不表現出來的姿態而已」[9]，而張旭東則從文學的活力與複雜性的角度來解釋這個事件，張說：「把文學分成非黑即白的兩類：跟政府站在一邊就是壞文學，反對政府的就是好文學。這樣的思維遠遠把握不了當代中國文學的活力和複雜性。莫言是一個對自己的寫作風格具高度自覺性的作家，他的題材和眼界也不可能被限定在他同政府新聞審查之間的關係上」[10]，又說：「相對於他作品的具體性、真實性和豐富性，那些流俗的尺度和標籤都變得不適用了，因為這些條條框框不能給人任何有關文學的知識和新的理解。」[11]張旭東的意見提醒我們注意：問題的核心不在於尺度和標籤，而在於對文學的「新的理解」。

將這個問題放回一個更廣的歷史語境以說明本文的動機，一九四九年以後，兩岸各自的文學文化的發展與特質，遠較一九四九年有更大的不同，中國大陸發展與實踐了近三十年的「社會主義現實主義」（其內在也有各階段的殊異特質），而在台灣早年戒嚴的條件下，基層到中層的教育體制長期推動著「中華文化復興運動」，文學文化菁英圈也經歷了反共、現代、鄉土、後現代等類型與文學史上的流變，在長期政治隔絕，彼此被不同的冷戰意識型態

7 見鍾怡雯《莫言小說：「歷史」的重構》（台北：文史哲出版社，1997 年）、謝靜國《論莫言小說（1983-1999）的幾個母題和敘述意識》（台北：秀威資訊科技公司，2006 年）、黃文倩《莫言〈豐乳肥臀〉論》（台北：文史哲出版社，2005 年）。

8 請參見筆者整理的台灣的余華、閻連科、張煒、路遙等博碩論的研究篇目，如本章附錄三。

9 劉再復、劉劍梅〈高行健莫言風格比較論〉，《新地文學》第 23 期（2013 年 3 月），頁 9。

10 張旭東〈莫言更能代表中國文學的生產力〉，收入張旭東、莫言《我們時代的寫作》（香港：牛津大學出版社，2012 年），頁 312-313。

11 張旭東〈莫言是通向當代中國文學的門戶〉，收入張旭東、莫言《我們時代的寫作》（香港：牛津大學出版社，2012 年），頁 305。

（如蘇聯／美國）牽制下，無論是社會制度、歷史感覺、作家的世界觀、日常生活模式等，均已形成並發生比早年更大的審美差異，這些因素都導致解嚴後兩岸人民彼此的認知與深入理解上的不易。而儘管莫言（1955-）是在大陸改革開放（1978-）後才正式出道發表創作，但他的世代、經歷、感覺模式等，在早年均已奠定，因此，莫言和他的作品，竟然能夠在解嚴後即迅速被台灣的文化圈和知識分子認識、接受且獲得較多的善意與肯定，一方面雖然是反映了莫言在大陸新時期以降的重要性和代表性，二方面更有意思地是——反映了台灣各種幽微的文化意識型態的建構、流變等在地的接受視野。所以，闡釋莫言在台灣的接受史，可以對應與反省台灣解嚴後的文學趣味的關鍵面向與傾向，更細緻一點來說，有助於我們更深刻地認識莫言跟解嚴後的台灣文化圈的生產、審美、觀念結構與意識型態的交集、同構的豐富性與複雜性。

以下將透過出入莫言在台灣的出版、研究狀況的材料、創作立場與世界觀、莫言代表作的內涵與藝術特質的考察，綜合地分析莫言在台灣的文化圈及學術意義上的接受歷史，最終說明莫言之於台灣的階段性進步意義。

一、從現實到「文學」：莫言作品在台灣出版的「接受」流變

一九八六年，台北新地出版社規畫了《當代中國大陸作家叢刊》，率先出版了莫言在台灣的第一本小說《透明的紅蘿蔔》，這本小說集收錄了莫言早期的中短篇代表作，包括：

〈大風〉、〈白狗鞦韆架〉、〈民間音樂〉、〈三匹馬〉、〈枯河〉、〈秋水〉、〈透明的紅蘿蔔〉及〈爆炸〉等。隔兩年，一九八九年，由柏楊主編的《中國大陸作家文學大系》（台北林白出版社）亦出版《莫言卷：透明的紅蘿蔔》，補收錄了新地版所遺漏其它重要代表作，如〈金髮嬰兒〉、〈紅高粱〉等。這兩本在九〇年代前於台灣出版的莫言作品集，相當程度上，掌握了莫言早期的創作特色：如以魔幻現實技法書寫的代表作〈紅高粱〉，充滿強烈感官書寫的想像與技法的〈透明的紅蘿蔔〉，以及整合了傳統鄉土特質、果敢的女性主體、孱弱的男主人公形象的〈民間音樂〉，這些特質都是日後莫言的長篇小說的重要元素。

然而，這樣具有「文學」[12]主體性的特質，其實並非是最初新地版或柏楊主編的大陸當

[12] 本文使用括號表述「文學」時，指涉的是台灣解嚴後的主要「文學」特質傾向，包括較重視所謂的「文學」自足性、藝術主體性或高度的技術實驗，較欣賞個人與私人意義上的特殊主體形象與生命特質，相對小我的抒情表現，以及相對於在作品中突出歷史社會的鬥爭生產與複雜性，解嚴後的台灣「文學」在處理社會與歷史時，較突出的仍是背後的普世與人道價值傾向，習慣性地偏好思考抽象精神問題，與中國大陸五四運動所開啟出來的文學理解有明顯不同（例如除了一定的文學藝術或技術性的必要外，大陸現當代文學，尤其作為主流的左翼文學，整體上強調的是文學具有一定的思想、社會與政治特性，及歷史性地革命辯證解放、干預現實與人心的作用或教育功能，重視文學主體中的個人、私人與集體的聯繫，並根據具體實況展開普世與人道價值的內涵，換句話說，其綜合相對特質在於具體地、歷史地與具有推進性地書寫與理解諸多階級與對象），當然，這也只是筆者目前相對化的一種理解，仍保留日後擴充的認知空間與對話彈性。

代文學叢書的引薦主因。新地八〇年代末最初引進的大陸作家除了莫言外，主要以「右派」和「知青」世代作家作品為主，前者包括王蒙的《加拿大的月亮》、張賢亮《綠化樹》、高曉聲《李順大造屋》、《極其麻煩的故事》、陸文夫《美食家》、汪曾祺《寂寞與溫暖》、鄧友梅《煙壺》，後者有張承志《北方的河》、王安憶《雨，沙沙沙》、鐵凝《沒有紐扣的紅襯衫》、阿城《樹王・棋王・孩子王》等等；而柏楊所主編、選擇的作家，也大致跟新地版交集，這批作品，選擇的材料大多是這批作家們八〇年代中之前的作品，相對於八〇年代中之後及九〇年代以後的特質，早期的現實主義及公共視野的傾向相當明顯，並非以「文學」為追求目標，這一點已經是大陸當代文學研究的基本知識，所以，莫言在這個階段，之所以被這兩家出版社引進，看似相對下雖具有較高的「文學」特色，但更值得注意的歷史意義，應該是新地與林白出版社，在出版大陸書系時的現實主義傾向，莫言的作品是在強調兩岸正面推進「現實」的條件下被接受的。

新地在台灣文化圈內，至少在九〇年代前，乃是一家相當有自覺意識提倡現實主義作品、認同文學對社會的實踐、變革作用的出版社，而柏楊在林白的該套大系中的總序中，亦有類似的觀點、情懷與立場，柏楊曾說：「透過文學，不但使兩岸彼此了解增進，進而相互激賞，也終於在彼此尊重之下，建立同心共榮的前途。」[13]換句話說，無論是新地版或柏楊主編的林白版的大陸書系，之所以在解嚴初期引入台灣的原因，其理想是為了其促進台灣對大陸的現實認識與更廣的社會關懷，甚至一定程度上強化兩岸人民的民族認同。他們的原始動機，與日後愈來愈強調所謂「文學」主體性或純文學的追求不同。然而，莫言的作品能夠在這樣的「現實」視野下被接受，恰恰是證明了他的作品在整體的視野上，本身就兼有的現實與「文學」的寬廣彈性。

九○年代中後，後現代解構的文化傾向愈來愈明顯，一方面是作家們企圖抗衡台灣早年戒嚴對文藝的保守政策的一種結果，但二方面也是解嚴後大眾消費與通俗文化興起，解構菁英文學的啟蒙視野的合理發展，畢竟，台灣文化長年深受「中華文化復興運動」的影響，整體造就的主要是溫柔敦厚、偏好個人與日常生活及抽象道德實踐的「現代文學」，實與五四以降，具有強烈介入社會與變革的左翼作用的「現代文學」有極明顯的差異，同時也背離了台灣日據時期曾存在的反抗殖民壓迫與主體追求的進步傳統。再加上解嚴初期，對台灣本土與現實題材的認識與深化尚未形成氣候，凡此種種，均生成了「文學」與藝術主體性的生長土壤。因此，解嚴後的台灣現代「文學」，雖然在語言上為白話文，但在手法、精神或意識上，則是藉由跟進各式各樣西方新興藝術技巧（例如現代派與後現代派），來形式化的體現與爭取當中的叛逆尊嚴與自主精神，也就成為八○年代末及九○年代蔚為主流的書寫及較具有代表性的文學出版路線。例如常與莫言並舉的台灣作家張大春，在八○年代中後，同樣以

13 柏楊〈中國大陸作家文學大系總序〉，《莫言卷：透明的紅蘿蔔》（台北：林白出版社，1989年），頁4-5。

受到馬奎斯《百年孤寂》魔幻現實主義的影響，寫出了其早期代表作〈將軍碑〉（曾獲一九八六年第九屆時報文學獎小說首獎），爾後，更以一系列具有遊戲、戲謔、解構性質的書寫，如《大說謊家》（1989）、《撒謊的信徒》（1996）等，樹立起在台灣文壇的影響力，儘管當中仍有一定進步的政治與歷史意識，但存在於其中的價值的虛無危機，也是明顯的事實。

在前述歷史語境的背景下，莫言在台灣文化圈的出版或引薦的接受視野也受到了影響——愈來愈強化莫言作品中更為「文學」與藝術主體性的那一面。尤其從八〇年代末、九〇年代後的洪範出版社過渡到麥田出版社時，這種接受視野就愈形明顯。

在這個階段，洪範出版社曾出版莫言一系列的長篇代表作，包括《紅高粱家族》、《十三步》、《酒國》、《豐乳肥臀》等。一般來說，洪範出版社以推動及強調「文學」的主體性與純粹性見長，出版過的有沈從文、周作人、許地山、豐子愷、琦君、王文興及楊牧等作家的作品，即使出版魯迅，也是以他相對較具有「文學」性的小說與散文為之，而不是以他的戰鬥性雜文或具有第三世界弱小國家的現實主義意義的譯作，因此，儘管洪範並非全無現實主義的出版面向（例如出版過陳映真的小說），但從相對意義上來說，其出版的特質，仍可以說較偏向「文學」的傾向。

洪範引薦作品的折頁文案，主要由合夥人之一的楊牧（1940-）親自撰寫。楊牧對台灣現代文學的抒情傾向可說影響甚深，他早年畢業於美國柏克萊大學比較文學系，深受歐美經典浪漫主義影響，但他的「浪漫」並非僅僅建立在個人的主體性與小我的視野上，在台灣鄉土文學被高舉的二〇世紀七〇年代，楊牧便自覺且努力地將「浪漫」的觀念和實踐擴大化，用楊牧著名的自傳散文〈右外野的浪漫主義者〉（1977）來理解，他所理解的浪漫主義：除了向自然農村擁抱、向赤子之心學習，以質樸文明替代對古代世界的探索，更重要的還要有「山海浪跡上下求索的抒情精神」[14]，尤有甚者，還徵引了中年以後的葉慈（William Butler Yeats, 1865-1939），強調浪漫主義的提升，應可延伸／包括「進入神人關係的探討，並且評判現實社會的是非」[15]，也就是說，楊牧所理解或所欲在台灣建構、推動的浪漫主義，落實在文學上，其實仍保留了文學對現實、社會的辯證評判的意識與功能，有著這種浪漫主義的接受或期待視野的楊牧，在為莫言的小說寫推薦折頁文案時，才能出現下面的一些表述，如《紅高粱家族》（1988）的折頁：

> 以山東高密東北鄉為背景，配合人民的抗日的悲壯風雲，大篇幅有力地推展出反覆疊起的有愛有恨，血淚橫流的情節，突出栩栩如生的英雄兒女；全書具有歷史演義小說的特色，又以現代理念品味見長，探討了中國人民在新舊時代交替當口遭遇到的人性

---

14 楊牧《葉珊散文集・自序：右外野的浪漫主義者》（台北：洪範書店，1977年），頁7。

15 同上註，頁10。

問題。[16]

而在莫言自認他一生的代表作《豐乳肥臀》（1996）中，楊牧所撰寫的文案則為：

> 《豐乳肥臀》之創作，為莫言謳歌母性，並繼以讚頌鄉土之磅礴力作，時間跨越漫長近六十年，大規模地呈現了人類面對災難所發揮的堅毅、拔起；其文字風格兼具美之提煉與真實效用，一仍莫言不斷的嘗試、創新，與主題相輔相成，構成一廣闊，深入，精緻的藝術品。[17]

這兩則文案可以看出洪範書店八〇年代末至九〇年代中，在台灣對莫言「文學」的接受傾向：突出強調作品的歷史性與現代品格並存、鄉土與人性的堅毅與藝術／美的嘗試和創新，在這裡，文學和藝術，都不是完全排除社會和歷史的形式實驗。而收錄於《紅高粱家族》後的附錄——早期在台灣對莫言的代表評述之一的周英雄的〈紅高粱家族演義〉，雖然多從形式的角度，如時間、人物和情節來分析該作的特色，但論述的最終指向，也仍是莫言整個作品的歷史意義，周英雄說：

> 鑒古而知今，人唯有了解過去，才能了解現在與將來，而了解過去也就是了解過去的

> 將來性。這問題超越了歷史的本體（指過去發生了什麼事），而與歷史的認識（指人如何認識已發生的事）更有密切關聯。[18]

> 「我」這一代人也唯有回到過去，才能獲得勇氣，才能不人云亦云。[19]

是以，洪範對莫言的引薦，對莫言在台灣的九〇年代的接受特質，實包容著豐富地歷史、社會與藝術／技術性並存的視野。從莫言自身的狀況來參照，他的作品雖然確實在藝術技法運用上極為多元，但與其說是作家對「藝術」的自主性選擇，更貼切的應該視為在上個世紀八〇年代中至九〇年代中，大陸在文藝上急於去左翼（或說跟過去的教條化的社會主義左翼再辯證）及重視西化的一種生產結果。所以，總的來說，洪範書店在這個階段引進莫言時，對莫言兼融現實性與「文學」的接受視野，實比較接近莫言小說的真實與完整狀況。

然而，大約二千年起，莫言的作品陸續轉由台北麥田出版（較重要的包括：《檀香刑》、《紅耳朵》、《食草家族》、《冰雪美人》、《生死疲勞》、《蛙》等），莫言也列

---

16 此為莫言《紅高粱家族》（台北：洪範書店，1988年）的封面折頁文案。

17 此為莫言《豐乳肥臀》（台北：洪範書店，1996年）的封面折頁文案。

18 莫言《紅高粱家族》（台北：洪範書店，1988年），頁507。

19 同上註，頁519。

入王德威為麥田主編的當代小說二十家。這批作家作品包括大陸、台、港人士。王德威為他們各自寫下長篇評論，後結集收入他的《跨世紀風華：當代小說 20 家》[20]。如果說，在前述的洪範時代，在有著廣闊的浪漫主義格局的楊牧的引薦下，雖然強調莫言小說的「文學」與藝術性，但仍能兼容並上昇至中國人民對歷史、現實抗爭的並不虛無的價值，以及對普通百姓們莊嚴、尊嚴的需求與回應，但到了麥田的出版時代，尤其在王德威對莫言極具創造力的品評實踐〈千言萬語，何若莫言——莫言論〉中，幾乎轉化了莫言在台灣文化圈被接受的傾向——一路愈來愈往後現代的虛無、解構大敘事、眾聲喧嘩，愈來愈突出「文學」的獨立、美學傾向與史觀。

王德威強調莫言創作中的想像、虛構、符號化的特質，並且認為莫言小說是對中國社會主義的革命歷史的解構，對革命歷史的不承諾任何終極意義。在〈千言萬語，何若莫言——莫言論〉的長文中，王雖然看出莫言長於以歷史和現實為題材，但以為莫言對它們不再有任何的嚴肅承擔，儘管他也看出，歷史是促動莫言創作的基本力量，但他對莫言筆下的「大中國」的不安，也影響了他對莫言評介的最終指向，是以王德威從歷史出發，詮釋的終點價值之一乃是否定「大中國」（即新中國）的大歷史敘述與實踐，並以「文學」來取代之：「從天堂到茅坑，從正史到野史，從主體到身體，他葷腥不忌、百味雜陳的寫作姿態及形式，本身就是與歷史對話的利器。」[21]

在這樣的邏輯下，麥田在出版與引薦莫言的《檀香刑》時，強調與突出的便是它的「文學」或藝術的主體性，中國人民抵抗帝國主義的民間價值與現實的歷史意義明顯被弱化，該書系的這則書背文案即是一例：

> 「檀香刑」是一道駭人聽聞的酷刑，也是一齣精彩紛呈的華麗大戲。以德國人修建膠濟鐵路，義和拳亂起，八國聯軍兵臨京城的動盪山東為背景，莫言有聲有色地敘述了一段民間以傳誦、歌詠方式記憶的傳奇歷史。

然而，莫言以貓腔為書寫形式，恰恰是想突破自己早年追隨的西方魔幻現實主義的路線，希望透過一種中國式的形式，挺立中國人民在經歷百年的內憂外患的歷史下，自身的鄉土主體與中國特質，其本身就具有辯證性的文化政治的意涵，所以，並非僅僅是「文學」及形式。他在該書後記中曾這樣說：

---

20 這二十位作家為：朱天文、王安憶、鍾曉陽、蘇偉貞、平路、朱天心、蘇童、余華、李昂、李銳、葉兆言、莫言、施叔青、舞鶴、黃碧雲、阿城、張貴興、李渝、黃錦樹、駱以軍。

21 王德威〈千言萬言，何若莫言——莫言論〉，收入王德威《跟世紀風華：當代小說 20 家》（台北：麥田出版，2002 年），頁 266。

一九九六年秋天，我開始寫《檀香刑》。圍繞著有關火車和鐵路的神奇傳說……明顯地帶著魔幻現實主義的味道，於是推倒重來，許多精采的細節，因為很容易魔幻氣，也就捨棄不用。……突出了貓腔的聲音，儘管這樣會使作品的豐富性減弱，但為了保持比較多的民間氣息，為了比較純粹的中國風格，我豪不猶豫地做出了犧牲。[22]

同時，收在麥田出版的莫言散文，莫言也曾這樣自述歷史、現實、自我和創作間的關係，也有助於我們理解麥田在引薦莫言時，最終朝向「文學」傾向的斷裂處：

我開始創作時，的確沒有那麼崇高的理想，動機也很低俗。我可不敢像許多中國作家那樣把自己想像成「人類靈魂工程師」，更沒有想要用小說來改造社會。……我是一個在飢餓和孤獨中成長的人，我見多了人間的苦難和不公平，我的心中充滿了對人類的同情和對不平等社會的憤怒，所以我只能寫出這樣的小說。[23]

《紅高梁家族》表現了我對歷史和愛情的看法，《天堂蒜薹之歌》表現了我對政治的批判和對農民的同情，《酒國》表現了我對人類墮落的惋惜和我對腐敗官僚的痛恨。這三本書看起來迥然有別，但最深層裡的東西還是一樣的，那就是一個被餓怕了的孩子對美好生活的嚮往。[24]

作為一位批評家，王德威以其位居美國哈佛的文化圈地位，和在台灣現代文學菁英圈和麥田出版社的影響力／文化領導權，強力的突出與建構莫言在台灣被接受的「文學」傾向。當然，每個批評家都有其評介的標準與自由，他對新中國建國以降的「社會主義現實主義」的泛化認知，及在此認知下對大陸作家作品的詮釋，日後也定將在更長的歷史階段重新受到更深的再反省。但是，莫言作品跟台灣出版間的關係，處在台灣這樣的文化領導權與時代流變中，卻也因此而愈來愈朝向「文學」主體性與去政治化的接受視野。

二、從鄉土與後現代

莫言之所以被台灣文化圈引薦與接受，進一步來說，還可以從他的創作立場／姿態、文學觀、「文學」特質，聯繫上台灣九〇年代以降的兩大文學思潮——鄉土與後現代[25]的相互

---

22 莫言《檀香刑．後記》（台北：麥田出版，2001年），頁473。

23 莫言〈飢餓和孤獨是我創作的財富〉，收入莫言《小說在寫我》（台北：麥田出版，2004年），頁61。

24 同上註，頁63。

25 九〇年代以降的文學思潮可能是更複雜的，本文之所以採取鄉土與後現代兩種為論述的前提與假設，並非忽略與無視九〇年代思潮的其它可能：例如後殖民思潮的興起，九〇年代可能是難以歸類的時代。但是，如果採取難以歸類的「眾聲喧嘩」式的思潮假設，在論述上，也仍需要聯繫上較重要的思潮現象才能討論問題，同時，任何一篇論文，都應該能允許其基本假設，詮釋才能往前推進，日後若

作用的關係來理解。這並不是說莫言刻意回應或適應台灣的文化特質，而是他的創作主體和文學實踐的重要面向，跟台灣解嚴後知識圈的內在主流思潮有相當程度上的相近性——既有非常鄉土或本土的一面，也有呼應了台灣後現代思潮的另一面。前者的重要性遠超過他跟部分台灣文化圈的菁英往來的意義[26]，具有面向與進入「老百姓」的群眾視野，後者又跟與台灣九〇年代文壇的後現代「文學」傾向和各種技術／藝術的追求相似。當然，本文很難以實證的方式證明，如果九〇年代以降的台灣當時的文學思潮，不是那麼的重視鄉土與後現代，莫言還能夠那麼快速被吸收進台灣的視野嗎？同時，以台灣接受的大陸作家中，能同時扣合與回應這兩種思潮的「期待視野」，且又仍有一定的陌生性（strangeness）——兼以促進台灣後現代文學內容及形式豐富化的正典示範作用者，實不多見。凡此種種，均強化了莫言在台灣文化圈與學術界被接受的程度。以下詳細闡述之：

(一)、從「人民」到老百姓：莫言創作的鄉土姿態

如果我們基本上同意，上個世紀解嚴後，台灣的文化圈開始發生本土意識的轉向，如劉亮雅的判斷：「八〇年代以來台灣日漸由中國中心轉向台灣中心，民主化與本土化已成為大勢所趨」[27]，本土派的知識分子與菁英，隨著民進黨的上昇，教育體制如台灣文學系所的成立、發展，形成新一代的文化領導權與影響力。再加上地方的各縣市政府多舉辦突顯地方特色的文學獎[28]，都帶動與促使九〇年代中後產生的一批鄉土的寫作傾向（也有學者謂之為

「新鄉土」寫作，但本文還是將九〇年代以降的前述作品理解為「鄉土」的譜系之一，不另換詞彙，以緩和「鄉土」間的斷裂感），例如吳明益、甘耀明、童偉格等的創作。但是，不同於早年王禎和、黃春明等帶有啟蒙與現實主義視野的鄉土書寫，在九〇年代以後的台灣新鄉土寫作中，呈現的更多是想像與個人風格強烈的鄉土圖景，在藝術／技術上多採後現代的技法，在小說的主人公的選擇上，基層、民間的人民或普通百姓，也開始位居核心並擁有更強的主體價值。

莫言來自中國底層農村，無論從身份和創作的主體上，跟台灣九〇年代以降的這種鄉土／本土思潮和主體特質可說有明顯相集，也因此，莫言小說中的那種強調人民，或說對相對

有其它學者能證明其它的思潮，對莫言有其它的接受或影響效果，則可以另外開一篇新的論文來展開。本文目前認為莫言跟台灣的接受關係，在這兩種思潮的連動下，影響最深，且能豐富化我們對莫言和台灣關係的理解，這是同時從九〇年代的文學思潮與莫言及其作品的視域融合下的判斷，故暫時採用之。

26 例如，早在二〇〇二年，當時任台北文化局長的龍應台就邀請過莫言擔任駐市作家，許多台灣當代的代表作家，如張大春，很早就跟莫言都有一定的往來。

27 劉亮雅〈後現代與後殖民——論解嚴以來的臺灣小說〉，收入陳建忠等《臺灣小說史論》（台北：麥田出版公司，2007年），頁329。

28 例如新竹的竹塹文學獎、台南的府城文學獎、高雄的打狗文學獎、宜蘭的蘭陽文學獎及桃園的桃城文學獎等等。

弱勢老百姓的書寫，在很大程度上，也較容易為台灣文化圈的讀者所接受，正如陳思和曾說：

> 他的小說敘事裡不含有知識分子裝腔作態的斯文風格，總是把敘述的原點放置在民間最本質的物質層面——生命形態上自動發韌。[29]

出身鄉土基層、曾擔任過解放軍的莫言，在創作的主人公人物塑造，均以民間的基層人民為對象。然而，這裡面的「人民」更精確的內涵，在莫言的世界觀的流變中，並不是全然一致的。早年，莫言在開始創作時的「人民」，確實帶有一九四二年毛澤東〈在延安文藝座談會上的講話〉及中國的「社會主義」中所強調的工、農、兵及新人的傾向性。無論是八〇年代中後的《民間音樂》、《紅高粱家族》，九〇年代的長篇代表作《豐乳肥臀》、《檀香刑》等，主人公通常都是農村、鄉土社會中的基層男女，他們時常被賦予為農民、工人和軍人等角色，姿態與價值觀不若知識分子被文明馴化，從性格到作為都果敢有力，深具浪漫主義精神。同時，這當中的「人民」，都曾在抗日等歷史與社會事件的過程中，命運發生成長或變異，所以小說仍帶有很強的政治或公共視野——畢竟，在戰爭時期的特殊條件下，「人民」的解放，也只有在歷史、社會的解放後，主體才可能真正展開自由發展之路，而不只是知識分子的一種唯心的自我想像。這是莫言小說的題材，一貫將「人民」與歷史社會並存的原因。

更有意思是，儘管只是模糊的鄉土立場與重視底層、弱勢的「人民」視野，也能與台灣九〇年代以降的文化親切接合（在九〇年代，任何的概念在「多元」的生產意識下，即使是帶有農、工、兵色彩的「人民」觀，也不可能像七〇年代般陷入文學與社會的矛盾與論戰），莫言卻還是在多年以後：二〇〇一年十月，於蘇州大學演講，題為〈作為老百姓寫作〉（後收錄在台北麥田出版的《小說在寫我》，2004），擴充了他的鄉土「人民」觀。

這篇文章，實為新世紀後，台灣理解與接受莫言的重要世界觀／創作觀的材料之一。無論是否刻意，莫言調整了使用「人民」的概念，而改以「老百姓」——看似更為素樸與中性，同時採用是「作為」（to be），而非「為」（for）來表態他的寫作立場，他日漸從早年的不無共產黨意識的「為人民服務」的立場和傾向，移轉到強調自己也是一個老百姓之一，所以書寫成了更具普世意義上的「作為老百姓寫作」。這樣的姿態解消掉某種程度的上對下的啟蒙視野與隱性的中國立場，從而突出的更為泛化的、平等的、普世的將心比心。放回台灣的語境來理解其意義，這樣的微調，也能更幽微地讓台灣講究去政治化的「文學」接受，體貼到上述所言及的九〇年代中後崛起的重鄉土、本土、基層弱勢的台灣主體性，充份降低了以大陸早年工、農、兵為主要核心視野的「人民」觀與社會主義中國的立場。畢竟，

29 陳思和《中國當代文學關鍵詞十講》（上海：復旦大學出版社，2002年），頁179。

解嚴後兩岸的歷史狀態，任何一方若想採用上對下的「啟蒙」或「人民」（以工農兵為核心）視野以為教化、為優先，都必然引起後現代「多元」論述上的反制。也必然不利於莫言作品的在台的接受及推廣。

此外，從鄉土著重情義的標準來說，莫言從「人民」到老百姓、從「為」到「作為」的轉化，也可以理解為一種寫作策略，強化了鄉土人民所更能夠接受的感情與溫情色彩，誠如莫言談阿炳時的態度：

他阿炳心態卑下，沒有把自己當成貴人，甚至不敢把自己當成一個好的老百姓，這才是真正的老百姓的心態。這樣的心態下的創作，才有可能出現偉大的作品。因為那種悲涼是發自靈魂深處的，是觸及了他心中最痛疼的地方。請想想《二泉映月》的旋律吧，那是非沉浸到了苦難深淵的人寫不出來的。所以，真正偉大的作品必定是「作為老百姓的創作」，是可遇不可求的，是鳳凰羽毛麒麟角。30

總的來說，從「人民」到「老百姓」，莫言的創作姿態，上接了台灣九〇年代的鄉土意識與普世意義上的弱勢者立場，而到了新世紀後，更轉化更為去政治化的「老百姓」概念，顯得有著普世人性，雖然這樣的接受視野，會喪失了一定程度的啟蒙和階級的角度，若放至世界文學史上參照，亦有著明顯的侷限，但是，卻也更成功地讓他能夠被台灣的文化圈接受。

(二)、莫言的「文學」環節與台灣後現代文學的交集與「陌生化」

此外，九〇年代以降台灣文化圈高度的後現代[31]思潮，及在此思潮下所連動的美學傾向，也都為莫言在台灣的典律形成和特質無形中創造了條件。這個階段社會運動和文學思潮極為蓬勃，如劉乃慈在〈九〇年代台灣小說的再分層〉中指出：「九〇年代的文化氛圍與藝術特色：新釋放的社會力開始把台灣重新塑造成一個高度流動、多元紛雜，並且時時顯得混亂不定的文化場域。」[32]劉亮雅也指出這個階段：「各種社會運動包括學運、女性主義、同志、原住民、環保等的蓬勃，讓台灣的後現代出現另一番發展和變貌，更強調邊緣、表層、異質、戲耍、雜燴、擬仿等概念，也刺激大量有關女性情欲和同性戀主題的小說的出

---

30 莫言《小說在寫我・作為老百姓寫作》（台北：麥田出版，2004年），頁102。

31 本文對台灣九〇年代以降「後現代」思潮的理解與假設，包含一些基本的經典意義為前提，例如在思想上解消超越性、永恆性和深度性，在立場上去中心，突出邊緣、弱勢、特殊而非典型，在表述上容忍破碎、縫隙和空洞能指，在認識論上吸收否定精神和異質多樣，在價值論上較為虛無與零度觀。此外，還包含台灣解嚴後對「後現代」實際接受與應用下產生的理解，對應到文學的實踐上，主要包括在題材上的多元多樣、在藝術上方法的非現實主義、在敘事上的多線與對話體、在性別上的去男權中心及去異性戀中心，甚至在語言文字技術上的各式方言與艱難書寫並存等等。

32 劉乃慈〈九〇年代台灣小說的再分層〉，《台灣文學研究學報》第九期（國立台灣文學館，2009年10月），頁72。

現。」[33]事實上，劉乃慈和劉亮雅指出的這些現象和特質，我們幾乎都可以在莫言的作品中找到高度交集的空間。

從文學史的視野——與現實主義關係的辯證來看，張旭東對莫言有個評述值得注意，張說：「作為一個農民出身的現代主義者，莫言從一開始就沒有對社會分析、道德批評、政治介入表現出明顯的現實主義傾向。」[34]此言甚確。而在聯繫上莫言的代表作之一的《酒國》時，張也指出：「多樣性、遊戲性，在不斷將敘事的特定形式推向崩塌邊緣的同時，為『再現』提供了各種新的可能性。」[35]是以，莫言的作品本身的核心特質，確實應該要從非現實主義的、後現代的角度來接受跟認識。

然而，在台灣解嚴、大陸改革開放後，這些現代文學與後現代文學藝術的創作方法，早已經快速地被作家們所認識與應用，很多莫言同世代也被引入台灣的作家，如王安憶、史鐵生、韓少功等，在九〇年代寫作中，也多帶有後現代創作特質，他們所擁有的這些特質，也都共同作用成台灣九〇年代的文學典律與傾向的一些重要組成部分，但莫言的重要性及代表性還是高過於前面幾位（筆者個人目前的一種判斷）。也因此，我想進一步更細緻化地來談，莫言的「文學／藝術」，究竟跟九〇年代以降台灣的後現代文學的「環節」有那些接受或交集，以及還有那些仍不能完全理解的陌生性（strangeness），更精確地說，就是原創性，如哈洛德・布魯姆在《西方正典》的典律觀：

> 作家及作品成為經典的原因……常常在於陌生性（strangeness），這是一種無法同化的原創性，或是一種我們完全認同而不再視為異端的原創性。……當你初次閱讀一部經典作品時，你是在接觸一個陌生人，產生一種怪異的驚訝而不是種種期望的滿足。[36]

儘管哈洛德・布魯姆提示的這些標準，是他從西方文學現代性意義上所歸納並提出的一項判斷，但我認為此說仍有一定的普世性，挪用在莫言和台灣後現代思潮下的典律關係上，能為我們增加對莫言的理解，不因其非完全符合我台的歷史化而全無參考價值。

首先，莫言在台灣的後現代典律特質，可以從台灣對莫言的接受的主題或題材的角度來理解。參考台灣九〇年代中以降至今台灣的莫言研究的類型可以看出，至少包括生殖書寫、兒童書寫、動物書寫、俗文學、饑餓、生命焦慮、影像改編的跨界流動等[37]，這些主題之於

---

33 劉亮雅〈後現代與後殖民——論解嚴以來的臺灣小說〉，收入陳建忠等《臺灣小說史論》（台北：麥田出版公司，2007年），頁329。

34 張旭東、莫言《我們時代的寫作——對話〈酒國〉、〈生死疲勞〉》（香港：牛津出版社，2012年），頁2。

35 同上註，頁1-2。

36 哈羅德・布魯姆原著，江寧康譯《西方正典》（南京：譯林出版社，2011年），頁2。

37 請參考附錄的莫言在台灣的研究清單／狀況。

台灣的意義，與其說是莫言在取材或視野上的特異偏好，不如說是台灣在後現代文學思潮的作用下，較容易欣賞的多元面向，它們一點都不同於大陸較重視的歷史與社會分析傾向，儘管台灣學界和出版界，對現實主義和社會主義現實主義文學也並非沒有認識，但莫言在台灣的研究和分析的主題取向，很明顯地迴避現實主義及完整性的分析視野，多是直接採特異性的角度來吸收莫言。

而在小說的情節、主人公的設定、敘事視野等藝術／技術環節上，莫言的後現代和解構傾向也極為明顯（大致也已被兩岸學界所熟知），例如莫言喜歡採用非典型的主人公，即使出身農村，也不是一般的農民，如《紅高粱》的男主人公是土匪，《豐乳肥臀》則是中西混血，用莫言自己的創作觀的說法，謂之「雜種」，而他想像中的女主人公，更不同於一般「鄉土中國」理解下的傳統婦女，通常都非常具有現代情欲解放和個人意志的特色，但當這兩種類型的人物整合在其小說敘事中，莫言又往往會佐以某些中國民間的傳統或地方戲曲的敘事和形式——如《紅高粱》中的草莽劫婚，《檀香刑》中的說書人的腔調來展現，再加上敘事手法之全知與有限知的並用，多感官書寫和想像力等等，使得他的小說特質，充份展現了細節的飽滿和技術綜合上的密度，當然有時難免蕪雜，但運用好的時候也不少，儘管本研究的重點並非在文本分析，是在討論接受的生產與形成，但還是引用一段以為證明：

風利颼有力，高粱前推後擁，一波一波地動，路一側的高粱把頭伸到路當中，向著我奶奶彎腰致敬。轎夫們飛馬流星，轎子出奇的平穩，像浪尖上飛快滑動的小船。蛙類們興奮地鳴叫著，迎接著即將來臨的盛夏的暴雨。低垂的天幕，陰沉地注視著銀灰色的高粱臉龐，一道壓一道的血紅閃電在高粱頭上裂開，雷聲強大，震動耳膜，奶奶心中亢奮，無畏地注視著黑色的風掀起的綠色的浪潮，雷聲像推磨一樣旋轉著過來……，奶奶通過敞亮的轎門，看到了紛亂不安的宏大世界。[38]

這樣的「文學」性，強化的是感官書寫與心理暗示，雖然核心主題是人民群眾的對日抗戰，但從接受的角度而言，以後現代的方式來觀看／閱讀莫言，可以暫時不需要具備對抗日戰爭和中國大陸的當年歷史和社會性質的興趣與能力，就可以以一般審美上的原理和能力來進入它們。從效果來說，這一點似乎跟大眾通俗文學接近，然而，莫言的作品恰恰又遠遠超過通俗文學，它的高技術／藝術是整合混搭卻又富有創造性的，甚至可以說是非常具有菁英色彩和立場，能滿足於台灣解嚴後文化與知識圈對「進步」的意識的追求——它有邊緣、弱勢、特殊、例外的各種特質，而且並不世俗。如果說解嚴後的台灣文壇在世代的差異上，至少開展出現代、鄉土、後現代、「新鄉土」等文藝路線差異，莫言的這種多元「雜種」的「文學」性，實可以讓台灣解嚴後的各種路線的譜系理解。

38 莫言《紅高粱家族》（台北：港範書店有限公司，1988年），頁62。

用另外一種反證法來對比說明，例如同樣世代、同樣跟農村、農民等議題與題材有關，也帶有自覺的現代意識，也涉及到各種豐富的藝術自覺的實踐，但台灣的文化圈卻一直沒有引入的曾得到大陸的人民文學獎、茅盾文學獎，同時在大陸也備受重視及肯定的陝西作家路遙（1949-1992），截止目前為止，台灣還沒有出版過他的任何一部專書，以路遙在中國大陸八〇年代中以降在大陸的代表性、重要性，以及晚近幾年，大陸紛紛為他辦理重新反思的專題研討會（如二〇一一年在北京曾舉辦過的「第一屆中國當代文學史國際論壇：路遙與八十年代文學的展開」，即以路遙為核心，以作為重新檢討大陸當代文學史的典律建構問題）、北京大學也出版專書《重讀路遙》（2013），甚至二〇一五年再度將路遙的長篇代表作《平凡的世界》改拍成連續劇等，在在說明了路遙之於大陸當代文學史的地位。然而，儘管路遙的白話文可能更為簡明及口話化，不若莫言的高度詩意化的書寫，但要進入路遙的小說世界，對於台灣讀者而言，恰恰反而是較不容易的，因為它涉及到對大陸更複雜的實際鄉土、社會和歷史問題的認識，和企圖面對與解決的中國現實困境的問題小說的型態，這樣的類型，恰恰是台灣文化圈及學術視野下，長期較不容易欣賞的「藝術」或「文學」特質——以為其太過泛社會或政治化。相對來說，台灣較容易接受的莫言及同世代的作家，如王安憶、史鐵生、阿城，甚至年紀再小一點的余華等，在很大程度上，都跟莫言一樣，具有相當高的重視非典型性的題材、主題、細節、人物、語言甚至精神的邊緣性的特質。由此反襯，我們更能理解以現實主義書寫為核心的路遙及其作品，跟以後現代藝術為核心的莫言，後者因為在台灣有更適合生長的土壤，才能那麼受到重視。

此外，莫言對於故鄉、夢境、傳說、現實間的關係，也很有自己的一套後現代式的融合方式，九〇年代中後，台灣在本土化高漲的文化氛圍下，對故鄉、本土現實題材的發掘極為重視，也是知識分子在論述上關心的重點。但對作家來說，在後現代風尚為主流的九〇年代，如果不願回溯使用過去的經典的現實主義方法，如何處理鄉土題材和藝術間的整合，就成為台灣文學圈力求推進／擴寬的實踐。而莫言在這方面的創造性，時常能在大敘事的題材中，融合各式細小的夢幻、傳說，在風格上甚至能同時融進殘忍和幽默感，形成奇特的新意，很具有對台灣「文學」的參照價值（但莫言的整體價值，並不完全在這裡）。例如他的《檀香刑》（2001），就題材上來說，是寫二十世紀初中國被德國侵略，義和團興起抵抗的大主題，但莫言敏感地對整部作品，在題材的重點上突出了酷刑這項特色，小說中許多片段甚至都極細緻地刻劃凌虐的形象，使其抗爭書寫因此產生了一種尖銳的「陌生化」感受。同時，在風格上也運用了民間歷史小說中的說書傳統，與九〇年代中後至新世紀日漸強調本土民間特性的台灣內在接受視野隱隱扣合。甚至可以概括的說，莫言書寫策略中的既現代又古典、既大敘事又小細節的特性，雖然不無粗糙，但卻使得他的作品，能獲得台灣不同鄉土與不同書寫路線者各取所需的接受。

尤有甚者，莫言在文學特殊性的發現上，強烈的抒情風格仍是一貫的，但更精細地說，莫言的抒情，不是一種纏綿的、陰柔式的抒情，而是比較帶有豪邁的、陽剛之美的抒情氣魄。他的《紅高粱家族》中的這一段「我」的自述風格，可以為當中代表：

> 我曾經對高密東北鄉極端熱愛，曾經對高密東北鄉極端仇恨，長大後，我終於悟到：高密東北鄉無疑是地球上最美麗最醜陋、最超脫最世俗、最聖潔最齷齪、最英雄好漢最王八蛋、最能喝酒最能愛的地方。[39]

不無簡略地說，我認為台灣文化圈在接收莫言作為一種參照視野／資源時，必然也注意到了他的這種強悍的文風與人格特色，並以此作為一種新血補充——補充在台灣自身較隱忍及壓抑的現代文學傳統（包含日據時期以降及一九四九年以後的白色恐怖政治現實下，難以生產出的面向）。這些都是莫言的「文學／藝術」，在台灣的相對化的視野下，才能參照出的典律特質與意義。

最後，透過一些莫言的自述散文（例如〈三島由紀夫猜想〉），我想說明莫言有一種哈羅德・布魯姆所提出的正典的「陌生性」（strangeness）的潛力，可以用來理解莫言身上的一種永遠不斷在動態過程中變異、和未完成的空間與主體自我期待，在這個意義上，他能令台灣的文學視野有不斷的新意與陌生，能夠作為台灣文學典律自我更新的一種他者與動力。

〈三島由紀夫猜想〉全文每段均以「我猜想」開頭，各段一氣喝成地揣想了三島的內心的自卑、他年青時在性上的軟弱、作品中跟女性的關係、三島為了突破自我風格和功成名就後，不惜以自毀來進行自我更新的精神以及他對名利的看重與對輝煌自殺的想像等等。這些角度「並存」於莫言這篇作品中，在在都可看出莫言提取寫作焦點的細小、邊緣和特殊性的直覺，和高密度的結構和整合能力，因此才能這樣流暢、姿意汪洋。例如這一段：

> 我猜想三島的軟弱性格在他接觸女人時得到了最充分的表現。……《春雪》中的貴族少年春雪既是他理想中的楷模也是他的青春期心理體驗的形象化表現。我猜想三島在學習院走讀時，在公共汽車上與那個少女貼鄰而坐、膝蓋相碰的情景，他因為激動一定渾身發冷、牙齒打顫。這很難說是愛情，那少女也不一定是美貌的。對三島這種秉賦的人來說，愛情只能是一種病理反應。[40]

不是以現實、世俗、泛道德化的視野，而以細微的觀察、揣摩來展開書寫對象，這樣的表述類型在莫言的作品中其實有一定的代表性，使得莫言即使從取材和撰寫角度，都具備一種多元的自由主義[41]的狀態，符合自由主義傾向的台灣文化圈的接受視野。

---

39 莫言《紅高粱家族》（台北：洪範書店，1988年），頁2。

40 莫言《會唱歌的牆・三島由紀夫猜想》（台北：麥田出版，2000），頁154。

41 本文對「自由主義」之於九〇年代以降台灣文學的理解，乃是建立在後設相對於「社會主義」的理解假設上，西方自由主義的哲學基礎在於個人價值先於與優於集體，強調個人意志與自主選擇的重要儘管誠如陳建忠所云：「莫言文學中形式大思想的表現，使他的嘲弄顯得華麗而幾近隱蔽……嘲弄不是由問題的根源處著眼，而是一種『表演現狀』的方式進行，那可能更會使嘲弄成為另一種變相的迴避，迴避文化與社會中更深層的癥結所在。」[42] 其對莫言過於「文學／藝術」化後果的擔心，並非不存在，但在兩岸九〇年代以降高速資本主義化與大眾通俗時代，莫言所被台灣欣賞的非世俗意義上的「文學」藝術的不斷變異的高密度嘗試，應該可以被視為一種在後現代裡的抵抗虛無的審美力量。如果，我們確實相信「文學」可以作為一種信仰或信念，「文學」的意義與責任，也不該全由作家來建構與承擔，而是作者、學者、批評家、社會、歷史等共同作用出來的結果。

總的來說，一個國家或地區的接受視野，事實上也隨著歷史條件的變化而有所微調。本章以莫言為例，較完整地分析了莫言在台灣出版的接受視野，有從「現實」往「文學」的傾向移轉的歷史現象，精細地說，是從接受作品的歷史性與現代品格並存，兼有鄉土的堅毅及藝術／美的創新，到後來轉變成一種純「文學」或藝術的傾向。

其次，上個世紀九〇年代以來，本土／鄉土與後現代兩大社會與文學思潮，也跟莫言及其作品在台灣的接受有連動意義。一方面，在創作姿態上，能發現莫言早期的「人民」觀，過渡到後期的「老百姓」的鄉土與普世立場。二方面，在主題或題材的多面向、小說的解構情節、非典型、邊緣、特殊性的主人公的設定、非線性的敘事、多聲部的語言、陽剛的抒情特質等的創造力及密度上，他的作品既跟台灣的後現代文學思潮與實踐相輔相成，同時在某些深層裡具有一定的陌生性（strangeness），對台灣後現代文學的內容及形式有繼續豐富化的參照作用。

因此，儘管莫言榮獲諾貝爾文學獎，在台灣並非完全沒有爭議，但作為一位在台灣文化圈已廣為人知且有影響力的中國大陸的代表作家，作為一位不只是「文學」實踐的創作者，莫言在台灣的接受史及其意義，事實上也是台灣文學主體性及其建構過程中的一個重要組成部分。

性、有效性與獨立性，存在先於本質，反映在文學書寫上，自然就有能從個人出發，聯繫上各種題材和寫法的權力。然而，這樣看似普遍與抽象意義的個人自由，在人類的歷史上，時常會僅僅落實在知識分子與上層人物的自由，而並未能有效地給予其它不同階級與主體同樣的平等的「自由」。而「社會主義」相對於此，強調的集體性便更多地從大眾或一般人民出發，例如在大陸的社會主義所強調的工、農、兵的階級視野，就是相對於「自由主義」所遮蔽下的再辯證。當然，無論是「自由主義」或「社會主義」，也是一種歷史化與動態的概念，本文基本上認為，解嚴後九〇年代的台灣文化圈，由於受到後現代思潮的影響，其「自由主義」精神也因此較能部分地解構掉知識分子的權威，吸收了部分「社會主義」的一些觀念與價值，因此在文學的刻畫上，才能產生出如此多元的現象（本文的假設，多元是後現代中的一種特質）。

42 陳建忠〈血寫的歷史：莫言文學中的酷刑與國族〉，《聯合文學》337 期（2012 年 11 月），頁 156-159。

附錄一：莫言在台出版著作書目

1. 莫言《我們的荊軻》（台北：麥田出版，2013 年）。
2. 莫言《盛典：諾貝爾文學獎之旅》（台北：遠見天下文化公司，2013 年）。
3. 莫言《蛙》（台北：麥田出版，2009 年）。
4. 莫言《藏寶圖》（台北：麥田出版，2009 年）。
5. 莫言《透明的紅蘿蔔》（台北：麥田出版，2008 年）。
6. 莫言，王堯《說吧！莫言》（台北：麥田出版，2007 年）。
7. 莫言《檀香刑》（台北：麥田出版，2007 年）。
8. 莫言《生死疲勞》（台北：麥田出版，2006）。
9. 莫言《美女・倒立》（台北：麥田出版，2006 年）。
10. 莫言《老槍・寶刀》（台北：麥田出版，2005 年）。
11. 莫言《初戀・神嫖》（台北：麥田出版，2005 年）。
12. 莫言《小說在寫我：莫言演講集》（台北：麥田出版，2004）。
13. 莫言等《歲月風景：文學中的人生百態／莫言》（台北：未來書城出版，2003 年）。
14. 莫言《四十一炮》（台北：洪範書店，2003 年）。
15. 莫言《紅耳朵》（台北：麥田出版，2002 年）。

16. 莫言《紅高粱的孩子》（台北：時報文化，2002 年）。
17. 莫言《天堂蒜薹之歌》（台北：洪範書店，2002 年）。
18. 莫言《冰雪美人》（台北：麥田出版，2002 年）。
19. 莫言《白棉花》（台北：麥田出版，2001 年）。
20. 莫言《檀香刑》（台北：麥田出版，2001 年）。
21. 莫言《食草家族》（台北：麥田出版，2000 年）。
22. 莫言《會唱歌的牆》（台北：麥田出版，2000 年）。
23. 莫言《紅耳朵》（台北：麥田出版，1998 年）。
24. 莫言《傳奇莫言》（台北：聯合文學出版，1998 年）。
25. 莫言《豐乳肥臀》（台北：洪範書店，1996 年）。
26. 莫言《夢境與雜種》（台北：洪範書店，1994 年）。
27. 莫言《懷抱鮮花的女人》（台北：洪範書店，1993 年）。
28. 莫言《酒國》（台北：洪範書店，1992 年）。
29. 莫言《十三步》（台北：洪範書店，1990 年）。
30. 莫言《天堂蒜薹之歌》（台北：洪範書店，1989 年）。
31. 莫言《莫言卷：透明的紅蘿蔔》（台北：林白出版社，1989 年）。
32. 莫言《紅高粱家族》（台北：洪範書店，1988 年）。
33. 莫言《透明的紅蘿蔔》（台北：新地出版，1986 年）。

附錄二：台灣莫言相關的博碩士論文

一、碩博士論文

1. 莊燕玉《莫言的家族小說研究》，（國立中山大學中國文學系研究所博士論文，2012年）。
2. 李宜靜《莫言小說的後現代書寫——以1985~2000年作品為研究對象》，（國立台北教育大學語文與創作學系碩士班碩士論文，2012年）。
3. 蔡雅文《莫言檀香刑研究》，（佛光大學文學系碩士論文，2011年）。
4. 張翼鵬《莫言小說的生殖書寫》，（中興大學中國文學系所碩士論文，2011年）。
5. 林永正《莫言小說中女性形象之研究》，（國立中山大學中國文學系研究所碩士論文，2010年）。
6. 耿惠芳《莫言的兒童書寫》，（中興大學中國文學系所碩士論文，2008年）。
7. 黃素華《人獸嘉年華——莫言的動物書寫》，（中興大學中國文學系所碩士論文，2008年）。
8. 梅文豪《莫言長篇小說中之俗文學研究》，（國立中山大學中國文學系研究所碩士論文，2009年）。
9. 孫國華《文革後大陸文學的新主題——以莫言、李銳、王安憶的作品為例》，（國立政治大學東亞研究所碩士論文，2008 年）。

10. 蔡美瑤《莫言的饑餓書寫》，（中興大學中國文學系所，2007 年碩士論文）。

11. 黃文倩《莫言《豐乳肥臀》研究》，（玄奘大學中國語文學系碩士班，2005 年碩士論文）。

12. 曾秀梅《莫言小說中的生命焦慮》，（國立彰化師範大學國文學系，2005 年碩士論文）。

13. 謝靜國《論莫言小說（1983~1999）的幾個母題和敘述意識》，（淡江大學中國文學系碩士論文，1999 年）。

14. 鍾怡雯《莫言小說：「歷史」的重構》，（國立台灣師範大學國文學系碩士論文，1996 年）。

二、期刊論文

1. 蔣泥〈後起的強盜更膽大——莫言訪談〉，《傳記文學》，102 卷 1 期總號 608，（2013 年），頁 40-46。

2. 宋石男〈莫言與當代中國的魔幻現實〉，《二十一世紀》，134 期，（2012 年），頁 88-94。

3. 郭楓〈兩岸文學的自由創作與獨立評論——從莫言獲諾貝爾文學獎談起〉，《新地文學》，22 期，（2012 年），頁 8-26。

4. 劉再復〈再說「黃土地上的奇蹟」〉，《新地文學》，22 期，（2012 年），頁 55-69。
5. 梁慕靈〈「陰性」的恐懼與迷戀：論莫言小說中的創傷記憶與歷史暴力〉，《中國現代文學》，22 期，（2012 年），頁 235-254。
6. 黃儀冠〈莫言小說影像化之文革敘事與跨界流動〉，《東海中文學報》，24 期，（2012 年），頁 191-216。
7. 褚芳瑜、張益釩〈白狗已隨前人去，鞦韆兀自盪將來——〔莫言〕〈白狗鞦韆架〉的鄉土寄情〉，《中國語文》，107 卷 3 期總號 639，（2010 年），頁 93-97。
8. 黃錦珠〈「生」的弔詭——讀莫言《蛙》〉，《文訊》，295 期，（2010 年），頁 134-135。
9. 胡蘊玉、吳淑美〈孤獨的手工活兒：論莫言《生死疲勞》的敘事〉，《華醫社會人文學報》，17 期，（2008 年），頁 167-184。
10. 馬世芳〈策野馬，入小說深林——評莫言《生死疲勞》〉，《文訊》，256 期，（2007 年），頁 106-107。
11. Xiao, Hui, “Cross-Cultural Nostalgia and Visual Consumption: On the Adaptation and Japanese Reception of Huo Jianqi’s 2003 Film Nuan”, Concentric. Literary and Cultural Studies, 31:2, (2005), 227-248.

12. 黃文倩〈原鄉的聲音想像——我讀莫言「會唱歌的牆」〉，《中國語文》，95 卷 4 期總號 568，（2004 年），頁 91-94。

13. 朱崇科〈暴力書寫：狂放莫言——以「紅高粱家族」為中心〉，《文訊》，226 期，（2004 年），頁 9-14。

14. 黃文倩〈莫言「紅高粱」中的象徵〉，《中國語文》，93 卷 5 期總號 557，（2003 年），頁 77-82。

15. 黃文倩〈莫言「紅高粱」中的敘述視角與對比〉，《中國語文》，93 卷 3 期總號 555，（2003 年），頁 75-80。

16. 劉淑貞〈顛覆與荒誕——試論莫言小說「十三步」〉，《國立臺中技術學院學報》，4 期，（2003 年），頁 113-125。

17. 廖麗菁〈大地農殤曲——試論莫言〈天堂蒜薹之歌〉〉，《興大中文研究生論文集》，7 期，（2002 年），頁 42-55。

18. 鍾怡雯〈從莫言「會唱歌的墻」論散文的暴露與雄辯〉，《國文天地》，17 卷 12 期總號 204，（2002 年），頁 61-68。

19. 劉慧珠〈大地農殤曲——試論莫言「天堂蒜薹之歌」〉，《修平人文社會學報》，2 期，（2001 年），頁 89-103。

20. Wu, Yenna, "Rethinking Postcolonialist Assumptions and Portrayals of Cannibalism in

Modern Chinese Fiction", Tamkang Review, 31:3, (2001), 15-39.

21. 謝奇峰〈人性的頹靡——莫言「猿酒」初探〉，《國文天地》，16 卷 4 期總號 184，（2000 年），頁 49-53。

22. 陳燕遐〈莫言的「酒國」與巴赫汀的小說理論〉，《二十一世紀》，49 期，（1998 年），頁 94-104。

23. 吳國坤 "Critical Realism and Peasant Ideology – The Garlic Ballads [天堂蒜薹之歌] by Mo Yan [莫言]", Chinese Culture Quarterly, 39:1, (1998), 109-146.

24. Ng, Kenny K. K., "Metafiction, Cannibalism, and Political Allegory: Wineland by Mo Yan [莫言]"，現代中文文學學報，1:2, (1998), 121-148.

25. 鍾怡雯〈主體生命的覺醒——莫言小說中肉體和慾望的合理性逆轉〉，《中國現代文學理論》，6 期，（1997 年），頁 280-294。

26. Ng, Kenny Kwok-kwan, "Toward an Allegorical Interpretation: Myth and Class Fantasy in Mo Yan's Red Sorghum", Tamkang Review, 27:3, (1997), 343-381.

27. 王德威〈戀乳奇譚——評莫言《豐乳肥臀》〉，《聯合文學》，12 卷 9 期總號 141，（1996 年），頁 197-198。

28. 劉介民〈耀眼一時的豐乳肥臀〉，《文訊》，90 期總號 128，（1996 年），頁 18-19。

29. 楊小濱〈〔評莫言著〕《酒國》：盛大的衰頹〉，《中外文學》，23 卷 6 期總號 270，

（1994 年），頁 175-186。

30. 周英雄〈《酒國》的虛實——試看莫言敘述的策略〉，《當代》，76 期，（1992 年），頁 140-149。

31. 張大春〈以情節主宰一切的——說說「莫言高密東北鄉」的「小說背景」〉，《聯合文學》，8 卷 5 期總號 89，（1992 年），頁 56-61。

32. 陳清僑〈放下屠刀成佛後，再操凶器便成仙——莫言《十三步》的說話邏輯初探〉，《當代》，52 期，（1990 年），頁 126-137。

33. 張寧〈文學語言的顛覆與價值語言的紊亂——莫言的長篇《十三步》〉，《當代》，50 期，（1990 年），頁 138-148。

34. 張寧〈尋根一族與原鄉主題的變形——莫言、韓少功、劉恆的小說〉，《中外文學》，18 卷 8 期總號 212，（1990 年），頁 155-166。

附錄三：台灣余華、閻連科、張煒、路遙相關研究博碩士論文

一、余華研究

1. 孫毅《論余華小說中的食物書寫》，（國立台灣大學中國文學研究所碩士論文，2014年）。
2. 邱詠涵《余華〈兄弟〉研究》，（佛光大學文學系碩士論文，2014年）。
3. 徐瑪紘《余華長篇小說的承襲與轉向》，（國立台灣師範大學中國文學系研究所碩士論文，2013年）。
4. 鄭茹方《論余華小說中的「毛魘」記憶》，（國立政治大學國文教學碩士在職專班碩士論文，2013年）。
5. 劉怡秀《余華長篇小說中的欲望書寫》，（國立台灣師範大學國文學系在職進修碩士論文，2011年）。
6. 游舒晨《論余華小說的主題與書寫策略》，（淡江大學中國文學系碩士論文，2001年）。
7. 陳雀倩《虛構與終結——蘇童、余華、格非的先鋒敘事研究》，（淡江大學中國文學系碩士論文，1999年）。

二、閻連科研究

1. 張立《閻連科前期小說中「農民／軍人」形象與生命處境》，（國立成功大學中國文學系碩士論文，2011 年）。
2. 張詠宸《閻連科鄉土小說中的國家與權力》，（國立清華大學中國文學系碩士論文，2010 年）。
3. 朱玉芳《黃春明與閻連科苦難書寫之比較》，（國立中央大學中國文學研究所博士論文，2009 年）。
4. 陳孟君《主體、病體與國體：閻連科鄉土小說的精神系譜》，（國立政治大學中國文學研究所碩士論文，2007 年）。
5. 吳雨珊《張煒小說的生命意義研究》，（雲林科技大學漢學資料整理研究所碩士論文，2009 年）。

三、張煒研究

1. 羅琦強《自然風采與人文精神的追尋——張煒小說研究（1976-1996）》，（淡江大學中國文學系碩士論文，2002 年）。

四、路遙研究

1. 黃千芳《路遙小說的城鄉空間書寫》，（佛光大學文學系碩士論文，2010 年）。

第五章　主體比較與發展論

第一節 前言：出入歷史的主體比較

儘管二十世紀兩岸現當代文學有各自的歷史語境，但某種程度上來說，仍然可以視為十九世紀以降世界／國際革命與現代民族國家興起與發展的一個組成部分，或生產出來的一種分支。因此世界文學以及兩岸文學在某些歷史的主體上，與主題學一樣，既有著交集與類同，但在類同中，又因為自身的歷史與社會的特殊性，亦存在著不少幽微的差異。如同俄國文學史上有著所謂的「零餘者」／多餘的人的形象（如屠格涅夫的《羅亭》甚至帕斯捷爾納克《日瓦戈醫生》等作品中的主人公），在「五四」新文學受到俄羅斯文學的影響後，也轉化在「五四」作家的視野與作品裡，是以瞿秋白的〈多餘的人〉及其主體，才可能在這樣外來的「燈」的照耀下被發現，進而跟進被反映。

因此，透過不同國家、區域間的文學作品中的主體比較，一方面讓我們認識到不同國家、地區文學中的某些共同的文化人格／主體，及其發生與生產的類似狀態或條件，二方面也可以讓我們進一步藉此體認在不同的歷史脈絡下，出現差異化的命運、特色及限制的原因。

本章以兩種類型的個案，來舉例論證出入不同的歷史化下的主體比較及發展差異。第二節以台灣日據時期的代表作家龍瑛宗的代表作品〈植有木瓜樹的小鎮〉與大陸作家路遙的〈人生〉相比較，將他們作品中的主體，視為一種第三世界小知識分子敘事的個案來理解與再解讀，以進一步分析與闡釋，在殖民體制下（日據時期的台灣），以及具有主體性下（大陸），陷入生涯與困境的底層小知識分子的主體命運差異。

第三節比較兩岸九〇年中後，在一些具有文人化的主體的作家及作品內，均出現的一種以復古為救贖的主體。如果說，第二節的個案中的主人公陳有三和高加林的主體，共同交集的一種第三世界小知識分子在現實社會上昇的命運困境，在第三節的個案的汪曾祺、陸文夫、張大春的後期作品中，本節想比較與闡釋的則是他們在兩岸後現代社會下的以復古為救贖的文學與精神發展的現象，同時，也是發現這一類的文化人的自我安頓靈性的方式。

第二節　龍瑛宗〈植有木瓜樹的小鎮〉與路遙〈人生〉比較

二〇〇八年，透過當時在臺灣清華大學中文系客座的中國社科院研究員賀照田先生的推薦／介紹，我第一次讀到了大陸內地作家路遙的長篇代表作《平凡的世界》，讀第一遍的時候很驚訝，因為跟我過去所讀到的「右派」世代作家和「知青」作家的作品，有非常不一樣的地方，也跟我讀過的五四時期的代表作很不同——當時主觀上覺得，其作更有一種黃土地的大器與氣魄。爾後，我才開始完整搜集路遙的各式作品與相關評論，並於二〇一〇年的夏天，親自到路遙曾念過的延安大學、延川中學及他的老家延川考察，拜訪了當地的縣誌相關人員，見到了路遙的另一個農民弟弟。然而，當我第一眼看到路遙七歲過繼給伯父後，所生長與居住過的窯洞和周邊環境時，還是深深地感到驚訝，某種不帶價值評價的意義來說，那確實狹窄且貧脊，在二〇一〇年的夏天，附近也依舊是野草蔓生與黃泥路，當然，是很有生命力的那種。從此，我也才真正開始起了想深入理解路遙及其作品的興趣。

第一次讀〈人生〉的時候，我便感覺它其實並不是一個《紅與黑》式的敘事，雖然很多的內地的評論者，包括路遙本人，都直接在〈人生〉及《平凡的世界》中互文地引用《紅與黑》，但事實上，人生中的高加林，本質上跟於連（臺灣的桂冠版《紅與黑》主人公翻譯為朱立安）完全是兩個不同歷史觀和社會體制下的主體。高加林生長在可以說是第三世界的鄉土中國，他的文化性格和行動模式，一方面有著自古以來傳統鄉土中國的歷史基因與文化因襲，二方面更深受新中國建國以降的社會主義文化影響及滲透。當文化大革命結束，體制開始重新允許「具有社會主義特質的資本主義」時，他便力求離開鄉土中國往外發展，這樣的道路跟西方的成長與情感教育的小說模式，雖然在大框架上有相近處，但本質自然是不同的，他日後的成功、受挫與失敗，也只有從他自身的社會與歷史才能尋求更合理的解釋；於連（朱立安）則不同，他的向上層發展之路，從性質上應該更接近的是，一種在資本主義社會中，企圖反抗強勢宗教，亦求個人聞達（含他者、女性、社會甚至教義）欲望的實現。

然而，別有意味的是，在我查閱了相關的〈人生〉評論，嘗試融入過去對高加林這種具有鄉土中國特殊性的主體的分析後，我感覺仍有一些不同的觀點，可以提出來討論。不完全是批判式的，高加林式的人物，無論在中國改革開放初期或當下兩岸，當然有需要被批判的地方，例如曹錦清早在八〇年代初就批評過高加林：

當個人願望與社會分工發生矛盾時，青年應該愉快地服從社會分工，在規定的工作崗位上發揮自己的創造性才能。……但他始終沒有把改造落後農村的任務當作終生的光榮使命。這使他不可能建立與廣大農民的深厚感情，把生活建築在想入非非的幻想之上，造成自己在生活信念方面的軟弱。1

但是也正如雷達的評論：

他有強烈的進取心，有衝破偏僻農村中的封建愚昧殘存、嚮往科學和文明，發展才能和抱負的追求，另一方面，他自身又有脫離群眾、孤芳自賞的嚴重弱點。他雖然是農民之子，但他的土味後來幾乎被沖洗光了，變得輕飄飄的了。他的追求，他的性格和靈魂與客觀環境產生了激烈衝突，而這一悲劇衝突是包含著豐富的政治經濟內容的。2

延伸雷達的觀點，我以為高加林式的衝突和命運，一方面自然是他個人性格與價值觀的限制，但更多的應該還是源於彼時社會、歷史和政治條件的制約。然而，這當中可能需要重新展開的環節，包括：對於鄉土中國，是不是一定全然要從所謂的「封建愚昧」來理解？封建，就一定愚昧嗎？這樣的概念在近百年西化的過程中，似乎已經慣性地聯繫在一起使用，這樣是否遮蔽了一些詮釋視野及細節？在這種假設下來理解人物，是否也會形成另一些偏見？因此，我想提出來重新思考的問題是：為什麼路遙在〈人生〉中（他後來的《平凡的世界》亦然），都有很明顯的作者介入敘述、給出說明或判斷的現象？該如何更合理地解釋這樣的敘事模式，而不簡單地認為「作者介入敘事」就一定不好？它們究竟在作品中發揮了什麼功能？具有怎麼樣的現代性意義？高加林和作者路遙，又用什麼樣的心態，或者說，用什麼樣的感覺結構來回應他的社會？我認為這些提問，對於今日兩岸的社會問題，也仍有一定辯證意義。

一、第三世界小知識分子敘事：陳有三與高加林二元對立姿態的發生及後果

如果首先從抽象的框架上來談，在社會轉型階段、城鄉發展交叉點，文學世界和現實人生裡，像高加林這樣的青年人其實非常普遍，用米蘭・昆德拉的同名小說名《生活在他方》為比喻，他們對既有的生活不滿足，無論在精神和實際行動上，總是努力活在他方，只是高

1 曹錦清〈以「一個孤獨的奮鬥者形象」——談《人生》中的高加林〉（原載 1982 年 10 月 7 日《文匯報》），收入雷達主編《路遙路究資料》（濟南：山東文藝出版社，2006 年），頁 403。

2 雷達〈簡論高加林的悲劇〉（原載 1983 年第 2 期《青年文學》），收入雷達主編《路遙路究資料》（濟南：山東文藝出版社，2006 年），頁 410。

加林是一個特別敏感、狀況特別極端的個案，因此各種矛盾都會體現在他的身上。無獨有偶，臺灣日據時期的代表作家龍瑛宗在〈植有木瓜樹的小鎮〉（1937）也曾塑造出類似的角色：陳有三。我認為他的心態史，或者說感覺結構，其實某部分非常接近高加林（當然因其歷史社會背景，而也有許多的不同，容後再分析）。

陳有三在〈植有木瓜樹的小鎮〉中，是一個剛從學校畢業的有為青年，在日本殖民統治臺灣的期間，他非常幸運地進入一個小鎮中的街役場（即今日之鎮公所）擔任基層的會計助理的工作。由於剛從學校畢業，涉世未深，仍然相信能夠以個人的才能、才華與努力來改善自己與社會的問題，因此在最初工作的時候，他仍然抱持著要向上奮鬥的理想：「他立志在明年之內要考上普通文官考試，十年之內考上律師考試」[3]。但同時，雖然有著這樣那樣實用功利的嚮往，但陳有三並不純粹只是一個追求私利式的個人主義者，跟西方經典現實主義小說如《紅與黑》的主人公或《嘉莉妹妹》中的嘉莉為了個人前途或利益等目的不同，來自第三世界國家的陳有三仍有著想靠著個人式的努力，最終「貢獻於人類福祉」的願望，小說這樣敘述：

> 他在中學時代讀過的書，除了教科書之外，便是修養書，偉人傳，成功立志傳之類。這些書裡所描寫的人物，都是出身貧困、卑賤，經過任何的荊棘之道，才積成巨萬之富，或成為社會的木鐸，貢獻於人類福祉。這些成功的背後，只有滲血般的努力。

這樣的陳有三，活在日本統治臺灣的背景下，在小說剛開始時，他的世界觀中並無階級、殖民及被剝削等的概念與視野，有著的只是高度認份的刻苦與自我要求的意志。然而，為了提早達到他內心的目標，他也跟著身邊的資深同事與朋友一樣，以為凡存在就合理，也輕易地傾倒於日本式的生活與價值觀，對自己腳下的臺灣鄉土社會，抱著持高度的嫌惡感。在陳有三眼裡，臺灣鄉土社會生活，跟日本式的「新」生活，處處充滿二元對立的張力。

例如，小說中出現小鎮上的臺灣人的房子，與日本人的住宅就呈現了這樣的差異：

> 街道污穢而陰暗，亭仔腳（騎廊）的柱子熏得黑黑，被白蟻蛀蝕得即將傾倒。……並排的房子更顯得髒兮兮地，因風雨而剝落的土角牆壁，狹窄地壓迫胸口；小路似乎因為曬不到太陽，濕濕地，孩子們隨處大小便的臭氣，與蒸發的熱氣，混合而升起。[4]
>
> 日人住宅舒暢地並排著，周圍長著很多木瓜樹，穩重的綠色大葉下，結著累累楕圓形的果實，被夕陽的微弱茜草包塗上異彩。[5]

---

3 施淑編《日據時代臺灣小說選．植有木瓜樹的小鎮》（臺北：麥田出版，2007年），頁213。

4 同上註，頁203。

5 同上註，頁208。

臺灣式的鄉土感官聯繫上的是又髒又臭，而日式住房的感覺，卻能飽滿並充滿異彩。這樣嫌棄鄉土臺灣小鎮生活的陳有三，一點都不覺得自己被異化，繼續努力力爭上游，學日文說日文，穿日式和服，帶著虛榮的心，以不同於本島人的優越感的姿態及心態，觀看著其它臺灣同胞，也跟他的同事一樣，默默地期望有一天能住到日本人的住宅裡，甚至娶一個溫順的日本妻子。在他看來，臺灣人、鄉土社會下的臺灣小鎮的生活和習俗的水準都極為低下，令陳有三不恥：

> 吝嗇、無教養、低俗而骯髒的集團，不正是他的同胞嗎？僅為一分錢而破口大罵，怒目相對的纏足老媼們，平生一毛不拔而婚喪喜慶時借錢來大吃大鬧、多詐欺、好訴訟及狡猾的商人，這些人在中等學校畢業的所謂新知識階級的陳有三眼中，像不知長進而蔓延於陰暗生活面的卑屈的醜草。陳有三厭惡於被看成與他們同列的人。6

在這樣的日據時期的背景下，陳有三毫無自覺到個人發展與追求只能是一場悲劇，儘管他的追求中，如上所述也帶有「貢獻於人類福祉」的理想，但社會和歷史，都不可能以他個人主觀意志為轉移。因此，當時間不斷推進，在能動性極有限的職涯與生活裡，陳有三也開始陸陸續續地從各式的身邊同事、朋友的口中，聽來與看到更多實際的「現實」——作為最基層工作者的本島人，待遇遠遠低於日本人，一旦結了婚，有了孩子，經濟狀況只能愈來愈雪上加霜，而鄉下小鎮格局甚小的生活，也使陳有三時常猶豫要不要像他其它的同事朋友一樣，上酒家與女子調笑喝酒以求放鬆。終究，在日積月累的保守及無發展的氛圍裡，他的心態也開始轉變，他甚至想退而求其次找一個清純美麗的本島臺灣女子結婚，希望以獲得一種愛情及個人式的平穩生活，來達到新的精神上的平衡，然而，他還是再一次地被彼時臺灣社會所擊敗，因為他所愛戀的對象，早已經在家庭的安排下，服從資本主義及殖民強權社會階級的邏輯，要嫁一個更有經濟件的富豪，陳有三此時的信念才全然幻滅，他嫌棄本島的臺灣鄉土社會，想學做日本人過上更好的物質生活，最終卻也因為自己終究屬於本島人的一份子而被嫌棄，在經濟和種族／族群上，他都是屬於最下層與弱勢的一方。

相對於陳有三這種活在殖民體制下的小知識青年，高加林其實有其幸運，高加林生活與成長於新中國的鄉土環境下，雖然經濟一樣很困窘，但自四〇年代以降，在毛澤東強勢領導的農工兵文藝論述和社會主義文藝的政治運作與實踐下（估且存而不論其文藝複雜的優劣判斷問題，因為需要依具體的個案來談），「作主人」的主體性／當家意識，始終存在於新中國建國以降的作家作品中，同時有著較強健的聲音——而這一點正是最不同於同樣處於弱勢社經條件，但過於受限於殖民體制下的臺灣作家、作品的條件差異。這種「作主人」的社會主義主體，反映在高加林身上的特質，首先是他非常剛健且強悍的文化人格，而在黃土地上

6 同上註，頁214-215。

的生長與經驗亦更加乘了其力道。然而，他跟陳有三又有相近的地方——他們不滿於當下的生活，高加林的才華、能力和苦幹實幹的特質，都讓他更渴望生活在他方，從當民辦教師、省城的通訊撰稿員，到後來捨棄巧珍跟黃亞蘋在一起，甚至提到連聯合國都想去，他的理想視野開的很大，雖然當中充滿虛妄的特色（容後分析），但實踐起來似乎也頗有氣魄，如果不是有著充份當家作主的社會主義文化土壤，一個極為弱勢的底層的小知識青年，要僅僅憑藉個人特質而生產出這種強悍的文化人格，是難有說服力的。

然而，在我看來，高加林最大的矛盾與困境，也仍然是來自於同一個母體的另一面：社會主義在中國實踐的挫折。反映在具體現實問題上，可能是改革開放初期的中國農村底層，無論就經濟及生活的條件，都離溫飽富足有著不算短的距離（二〇一〇年筆者到延川考察時，當地為副縣長開車的小青年也還跟我們說，電力也僅僅是這二年才開始有），換句話說，儘管中國在毛時期的重工業發展，為日後中國的長期崛起奠定了基礎條件，也有其進步性，但底層農村的貧瘠、基層官僚的難免腐化的現象，以及改革開放後所釋出的新發展的可能性等，都必然召喚出一個新的歷史條件及新的主體的到來。

從小說中來看，路遙並沒有賦予高加林更徹底充份的反思能力——至少，正如前文的分析，高加林出走的力量與文化人格上的張力，其實也仍來自於具有中國特色的社會主義的實踐，所以他才能夠有那麼強悍的奮進性與實踐力，也惟其當時眼光較有限，亦才有蠻幹的勇氣。然而，儘管再怎麼努力，在改革開放初期的社會主義再度轉型的階段，他的發展卻受限於另一種體制（包括不得不以開後門的方式取得機會），也才正彰顯了更多中國社會主義受挫折的問題。尤有甚者，〈人生〉中最讓我們印象深刻的高加林，明明出身鄉土中國，卻對作為一個農民抱持著高度恥辱感，念念不忘的，總是他曾接受過的一定程度的現代化式的中學教育、擔任過民辦教師，而且不只是高加林，就連作為農婦的巧珍，骨子裡也對農民帶有明顯價值高低的判斷。對高加林來說，省城、城市優於農村；對巧珍來說，有文化的知識分子優於農民，這是在小說一剛開始出場就已經設計好的意識傾向，因此高加林看待農村與農民的眼光，除了對他的父母之外，也都充滿著像陳有三般二元對立下的不齒，小說中有多處這方面的心理書寫：

> 他十幾年拚命讀書，就是為了不像他父親一樣一輩子當土地的主人（或者按他的另一種說法是奴隸）。雖然這幾年當民辦教師，但這個職業對他來說還是充滿希望的。幾年以後，通過考試，他或許會轉為正式的國家教師。到那時，他再努力，爭取做他認為更好的工作。[7]

> 他感到自己突然變成一個真正的鄉巴佬了。他覺得公路上前前後後的人都朝他看。

7 路遙《路遙文集・人生》第一卷（西安：陝西人民出版社），頁7。

他，一個曾經是瀟瀟灑灑的教師，現在卻像一個農村老太婆一樣。8

更令人印象深刻的還在於，偶爾為了維持一己尊嚴（或更通俗的說法：面子）的高加林受到刺激時（例如小說寫到高加林在車站，遇到了昔日曾為同學，今日已在縣城有工作的黃亞蘋和克南），他會隱藏自己真實對農村和作為一個農民的恥辱感與態度，轉而以文藝青年又兼有社會主義主體的方式，說出：「不是有一個詩人寫詩說：我們用钁頭在大地上寫下了無數的詩行嗎」9 來自我維護。事實上小說中的高加林，甚至是作者路遙的美學立場與態度，很明顯地仍比較重視人在「現代」社會中的功能與發展，而非現實的「細節」性。這是為什麼高加林要如此投入現實，並在當中，力求跟上所謂現代化的生活的原因，但他的心態發展跟陳有三不同的地方是在於，陳有三自始至終都很內斂，儘管外表可能不太動聲色，但隨著工作、經濟和感情發展的理想性愈來愈空無，陳有三無力扭轉與改善日本殖民體制的制約，內心才開始愈來愈痛苦，甚至產生虛無無力的傾向，正如施淑對龍瑛宗及〈植〉作的評析：「創作經常在自然主義滯重陰鬱的底調上，透露出現代主義文學的無力感及東洋風的纖細厭悒色調。」10

但高加林不是這樣，他畢竟是在具有「主人」特質的中國大陸發展工作與感情，雖然有挫折，但還可以繼續容忍與尋求克服之道。這種克服之道，落實在小說的敘事操作時，就是路遙對全知觀點的掌握及不時的介入評析，甚至到最後，作者路遙的聲音已經大過主人公高加林的聲音，路遙最後安排高加林回到農村，並且讓高加林對過去的虛榮與虛妄的「現代」追求有所反省，無論這一點從高加林的心態發展與立場來說是否合理，重點是作者路遙刻意作了這種安排的意義——路遙顯然認為，那個階段，與其選擇檢討讀書的虛妄，回歸黃土地與黃土地上愛他的親人們，才是較好的選擇。同時，高加林的農村朋友親人們，也未必會坐視他的才華的浪費，小說最後讓巧珍叫馬拴幫忙，讓他去跟高明樓求情，而高明樓本來也就不希望高加林留在農村威脅他的地位與領導，因此暗示了日後高加林仍有機會再離開農村，繼續去追求「現代」式的生活。在這層意義上，路遙（作者）聲音的介入，路遙安排的其它角色對農村主體性的表述（例如馬栓的幽默與務實；克南的真誠、善良、實在與穩重；巧珍在被高加林拋棄後，仍執意好好繼續過自己的生活的勇氣等）跟高加林的關係，可以說都是一種終結——終結小說前半段高加林過於二元對立地觀看農村與城市的意識，還給不同人生追求的多元及平等價值。

8 同上註，頁20。

9 同上註，頁23。

10 施淑編《日據時代臺灣小說選》（臺北：麥田出版，2007年），頁251。

二、他方有退路——高加林與現代教育的關係及出路

無論學習的物件是蘇聯或英美，西方式的現代教育模式取代中國自古以來的私熟教育，也僅僅是近一百年來的事。對於一般人民群眾來說，它最大的價值應該是在於提供了更多相對平等的受教機會，將過去只能在貴族階級的教育權，解放出來讓更多相對弱勢的階級參與。然而，這樣看似「平等」的空間，對於第三世界的大多數基層小知識分子而言，也是許多社會複雜矛盾的來源。

臺灣日據時期的陳有三正是如此，學校所教的高深的理論和複雜的理智思辨，讓他很快地成為一個文藝青年，知識在讓他獲得了新的小小的工作機會後，成了一種新的虛榮，以為能夠繼續以有毅力的讀書、考試等努力之路，脫離臺灣鄉土小鎮、脫離在日本統治下低薪的命運，眼裡開始容不下未能接受過新式西化教育的鄉土人民，小說中曾這樣寫到此主人公跟新式知識間的虛榮共生關係：

> 陳有三唯有擁有新的知識才感覺一種矜持，才能夠俯瞰群眾於他周圍的同族們。要他放棄新知識，簡直就是令他還於被某些人所卑視的同族。要把他撞落於沒有教養而生活水準低得如同泥沼的生活，對他而言，是無法忍受的。[11]

然而，這樣的優越也只能是一種個人式的優越，在日本殖民統治體制下的陳有三，只能從事最基層的工作，工作內容遠遠比自己所想像的要來得單調，儘管他仍然有著小知識分子的優越感，但也敵不過出社會更早的中學同學的現實功利想法的影響，例如，在小說中，陳有三跟他的中學時代的同學廖清炎有一段對話，能充份看出，當社會還沒有全面發展到健康成熟的階段，第三世界過早進入現代教育的小知識分子的不上不下的生活和精神困境：

> 知識把你的生活搞的不幸。你無論如何提高知識，一旦碰到現實，那知識反成為你的幸福的桎梏吧。再說，在這鄉下準備律師考試什麼的，沒用的啦。[12]

僅管陳有三原本也不願意認同社會、小鎮的腐化，他被動的文化人格亦間接地將他往頹廢的方向推，再加上物質（薪水）基礎遠遠不足支撐精神理想，因此在小說中，龍瑛宗曾藉其中一個配角林杏南的兒子發言，提到他也想追求「進步」、甚至想讀《家族、私有財產、國家的起源》、想讀魯迅的〈阿Q正傳〉、高爾基的作品及莫爾根的《古代社會研究》等，都足說明日據時期臺灣的左翼文化背景與資源，但林杏南的兒子也是最下層的臺灣人民，毫無

---

11 施淑編《日據時代臺灣小說選・植有木瓜樹的小鎮》（臺北：麥田出版，2007年），頁233。

12 同上註，頁230。

金錢能力，連上述書籍都沒有錢買，最後只得因身體過於虛弱而死掉。而陳有三，在目睹了「前人」的這些「人生」後，他當然無法生成具有抵抗力的主體，因此最終只能走向虛無與頹廢：

> 拋棄所有的矜持、知識、向上與內省，抓住露骨的本能，徐徐下沉的頹廢之身，恍見一片黃昏的荒野。[13]

然而，在陳有三的參照下，高加林的未來卻並沒有走向頹廢、走向虛無。就接受西化教育的影響的程度下，高加林無疑地比陳有三更為「洋派」，小說中的許多感官書面，都充滿著西化的意象及想像，例如被觀看的現代裸體、聽到的小提琴的樂聲，甚至高加林之所以會喜歡上巧珍，某種程度上，亦是投射了自己所喜歡的蘇聯油畫的形象，而似乎都不是真實的物件本身，下面的片段很讓我印象深刻：

> 他的裸體是很健美的。修長的身材，沒有體力勞動留下的任何印記，但又很壯實，看出他進行過規範的體育鍛練。臉上的皮膚稍有點黑；高鼻樑，大花眼，兩道劍眉特別耐看。頭髮是亂蓬蓬的，但並不是不講究，而是專門講究這個樣子。……高加林活動了一會，便像跳水運動員一般從石崖上一縱身跳了下去，身體在空中劃了一條弧線，

就優美地投入了碧綠的水潭中。他在水裡用各種姿勢游，看來蠻像一回事。……水聲聽起來像是很遠，潺潺地，像小提琴拉出來的聲音一般好聽。[14]

他好像在什麼地方見到過和巧珍一樣的姑娘。他仔細回憶了一下，才想起他是看到過一張類似的畫。好像是幅俄羅斯畫家的油畫。畫面上也是一片綠色的莊稼地，地面的一條小路靈，一個苗條美麗的姑娘一邊走，一邊正向遠方望去，只不過她頭上好像攏著一條鮮紅的頭巾……[15]

同時，這樣的現象也不只出現在高加林身上，路遙筆下的小縣城女知識青年黃亞萍亦如是，她對高加林的感情，建立在一種他方的理想與想像上（將高加林想像成《鋼鐵是怎樣煉成的》裡面保爾·柯察金的插圖肖像；或者更像電影《紅與黑》中的於連·索黑爾），而他們的談話內容，基本上也脫離實際的日常現實，盡是遙遠抽象感覺高尚的小說、繪畫甚至國際問題，當然，並不是說高加林和黃亞萍這樣的年輕人不能討論「他方」、精神或理想之類的

13 同上註，頁249。

14 路遙《路遙文集·人生》第一卷（西安：陝西人民出版社），頁16-17。

15 同上註，頁39。

東西，而是高加林對隨後出現的巧珍談及農村生活的不耐，可以在在看出高加林式的人物，在超前地進入知識與現代世界後，重抽象而輕具體的傾向。

同樣也很有意思的是，跟陳有三不同，高加林儘管深受西式教育，生活在他方，也可以說活的很虛幻、輕飄飄——而這一點乃是過去的論者批評過的，但我們也必需注意到，在〈人生〉中，路遙自己卻也不時地介入他筆下的高加林的思想世界，介入並點出（或早已看清）高加林的虛幻不實，與其說這些是高加林的聲音，不如說是作者的聲音，例如：

> 他受了感動的時候，就立即產生了一種奇異的激情：他的眼前馬上飛動起無數采色的畫面；無數他最喜歡的音樂旋工也在耳邊響起來；而眼前真實的山、水、大地反倒變得虛幻了。16

同時，跟陳有三的日漸頹廢亦不同，整部小說中，高加林其實並沒有因為時間的推進，對現實瞭解的深入後，因生活在他方而導致個人生活理想（自然也包含了他實利的追求）及精神追求的動機與力量的降低，相反的，他每一次遇到了鄉土社會人情官僚所帶給他的挫折，例如小說一開始高明樓為了兒子的工作，換掉了高加林的民辦教師工作、別人為了討好他的叔父讓他走後門參與縣城的通訊員的工作，以至於最後因牽涉到黃亞蘋和克南的愛情而被報復等，他都能快速地恢復對現實的認識與理智，冷靜地面對即將來臨的回到農村的「下場」，這種快速回到「現實」的能力無疑是令人驚訝的，也能間接地說明，或許當高加林在現代教育的影響下，虛幻地愛上巧珍和黃亞蘋（及其投射物或現代象徵）、虛幻地討論遠在他方跟鄉土中國毫無直接關係的一切（例如與黃亞蘋不時討論能源與國際問題），也仍然可以作為他繼續往上向前的動力，務「虛」對他而言也有「實」的作用，至少，可以作為一種追求理想的動力。他畢竟是在自己的母土上接受新一波的「現代」式教育，就小說的脈絡來推論，如果不是因為中途高加林「走後門」的事件被告發，就高加林的鄉土親人鄰人對他的支援，以高加林的能力，他還是完全有機會落實他昨日虛幻的「現代」理想的，未若如陳有三般被不知不覺異化與自抑。

總的來說，儘管〈人生〉中曾藉高加林的父親之口，批評高加林：「硬是書把你看壞了！」但路遙也藉另一個角色德順老漢的聲音，說出：「而今黨的政策也對頭了，現在生活一天天往好變，咱農村往後的前程大著哩，屈不了你的才」。[17]路遙似乎認為，當有母土、有底層的鄉土親人、有不教條的集體資源與有力量的背景條件時，像高加林這樣深受現代化教育影響的青年，雖然有其虛妄處，但只要條件到位，仍能水到渠成，克服其虛妄與挫折，繼續其更大的前程及發展。

16　同上註，頁42。

17　同上註，頁199。

因此，如果我們歸納一下〈人生〉這種或隱或顯的主人公與作者的聲音同時並存的現象，可以這樣理解：在一些西方小說的文藝觀中，認為若作者的聲音介入作品，便會影響整部作品審美的獨立性與效果，其意義多是負面的。然而，這樣的標準究竟適不適用於我們第三世界及兩岸二十世紀以降的文學詮釋，其實仍然要落實到具體的個案分析才有意義。我認為，就〈人生〉來說，作者與主人公聲音並存的現象仍有其明顯的價值，一方面，它是一種解消城鄉二元對立意識的思考方式；二方面，它提供了克服西化教育與現實落差下，對鄉土與集體價值的再肯定與指引。二者的功能都求「載道」。無論當時它給出的結尾：「回歸鄉土」的道理是否有其說服力，它畢竟是作者的一種文學立場與自由選擇，終究要被尊重。而正是在這種雙層的意義上，高加林和作者的聲音並存的雙聲現象，亦是一種具有鄉土中國特色的現當代文學特色的重要組成部分。

第三節　後現代中的復古救贖
——汪曾祺、陸文夫、張大春後期主體的一種比較

二十世紀九〇年代以來，兩岸在政治、經濟、社會都發生了巨大的變化，也高度影響了文學的視野與藝術特質。就大陸當代文學史來說，歷經改革開放後的傷痕、反思、改革、尋根、先峰、新寫實等流變（儘管這是一種非常粗略的概括），又在一九九二年鄧小平南巡，

發展社會主義特質的資本主義的背景下，世俗化大舉滲透，使得九〇年代以降的文學，已不若八〇年代具有高度的社會影響力、清理歷史與反映現實的作用[18]，用王蒙的話是：「文學失卻轟動效應」。而在台灣，自一九八七年解嚴以來，新歷史主義、後現代解構等思潮紛紛興起，同樣深刻地連動、或擴展、或制約了作家創作的傾向，無論就題材、主題、藝術技法，都有高度分化與多元的現象，昔日被視為邊緣、異質、細微、日常的敘事，也因此被納入成為新的主流，或在主流分支的解構思維下模糊了邊界。兩岸文學看似迎來了「眾聲喧嘩」，但在實然上，作家與創作，也日漸走入了一個無所信任與信仰的「小時代」。

然而，在這樣的新歷史的條件下，並非所有作家都願意一路解構下去，尤其在某些作家的晚期，或說後期的創作歷程中，他／她必然要為創作與主體存在的意義找到一種安頓的方式。在我階段性閱讀累積的歸納裡，我注意到汪曾祺（1920-1997）、陸文夫（1928-2005）、張大春（1957-）的晚期／後期的作品中，都有一種明顯的「復古」現象，儘管他

18 洪子誠曾這樣概括上個世紀九〇年代文學的背景：「九〇年代，尤其是一九九三年以後，中國內地的最重要的社會現象，是市場經濟的全面展開。以市場化作為基本取向的『現代化』發展目標，在八〇年代初期就已提出。但在八〇年代，主要表現為對計畫經濟體制的某種實驗性調整。一九九二年以後，市場經濟在國家體制上合法性確立，中國加速融入經濟『一體化』，導致社會結構重組、資本重新分配、新意識形態建立、文化地形圖改寫的『社會轉型』的出現。」參見洪子誠《中國當代文學史》（修訂版）（北京：北京大學出版社，2007年），頁327。

們所復的「古」並不相同，在題材和創作方法上也各有差異，但很顯然地，本文認為這可以視為——兩岸作家在九〇年代以降的後現代的思潮與社會氛圍下，企圖拯救文學／文藝、社會時弊與主體自我救贖的一種實踐。汪曾祺、陸文夫、張大春，復什麼古？如何復古？為何復古？本節將先分述三位作家的復古創作，最後再評述這種復古書寫／現象的時代與文學史意義。

一、文人畫與文人化：汪曾祺晚期《文與畫》

汪曾祺是兩岸文化圈所熟知的作家之一，在台灣亦有不少的讀者。他出生於一九二〇年，江蘇高郵人，在二十世紀三〇年代中後，就讀西南聯大中文系，成為沈從文的學生，學界日後一般將其歸於「京派」，主要也是將汪曾祺與沈從文聯繫起來，照現他在寫作取材上的民間性，氣質或風格上的和諧、平淡、含蓄與抒情等特質。一九五八年，汪曾祺曾經被劃為「右派」，表面上似乎看的很淡，其主體或許很接近他筆下〈寂寞與溫暖〉的主人公沈沅——基本上還是一種低調、含蓄、不爭的形象。然而，文革時期，汪曾祺也曾參與過京劇《沙家浜》的改編，也因此在「四人幫」倒台後受到再檢討。八〇年代起，汪的創作日益豐富，他有自己的步調，很難被歸類在大陸八〇年代的各種文學流變或類型中，但確實愈來愈受到注意與重視——這一點也可以從他一九九七年過逝，《汪曾祺全集》隨即在一九九八年出版可見一般。而台灣則早在上個世紀八〇年代末，快速地由新地出版社出版《寂寞與溫暖》（1987），聯合文學出版《茱萸集》（1988），可見其在兩岸八〇年代末九〇年代愈漸受到欣賞與接受的程度。

汪曾祺最重要的文學淵源，事實上遠不只沈從文。八〇年代中後，開始有學者研究歸有光、晚明小品，以及俄羅斯作家契訶夫對汪曾祺的文學特質的影響[19]，汪曾祺的許多自述也證成這些面向，時至今日，這些觀點基本上也成為學界定論，不用再過多詳述。較值得一提的新研究指標是——晚近羅崗從另外一種角度，在〈「一九四〇」是如何通向「一九八〇」的？——再論汪曾祺的意義〉一文中，討論了汪曾祺的文學語言和世界觀跟延安傳統，以及早年社會主義文藝觀的繼承而非簡單斷裂的關係，認為這才能更深入地理解汪曾祺曾說過的——他要創作「為中國老百姓喜聞樂見的中國作風和中國氣派」的意義[20]。

羅崗的分析相當合理，作為一個經歷整個新中國建國和歷史的作家、作為曾參與過文革社會主義文化建構的創作者，汪曾祺有沈從文式的一面，但確實也有延安傳統的「新中國」的文化特質。但是，他所追求的「為中國老百姓喜聞樂見的中國作風和中國氣派」事實上又

---

19 例如盧軍曾在《汪曾祺小說論》中談到汪深受晚明文學（尤其是歸有光散文）、中國現代抒情小說，以及俄國小說家契訶夫等人的影響，汪曾祺的許多自述也證明這些面向。參見盧軍《汪曾祺小說創作論論》（北京：社會科學文獻出版社，2007年）。

20 羅崗〈「一九四〇」是如何通向「一九八〇」的？——再論汪曾祺的意義〉，《文學評論》，（2011年第3期），頁121。

不僅僅只是現代中國的主體，更多地還有他對中國古典境界的回歸與追求——過去論者多所注意的晚明式的重性靈、才情、趣味的小說及散文，仿中國筆記小說的書寫也自然是一部分。然而，完整的汪曾祺的創作，又不僅只是文字世界，或許是《汪曾祺全集》出版的過早，很少學人注意到他的「全集」其實並不「全」，除了小說、散文等文類外，晚年的汪曾祺，其實更自覺地從事書畫（主要為中國古典的文人畫）創作，在他過世多年後，他的畫作才在二〇〇五年，由汪的後輩，結合汪的一些自傳性散文，和他對中國藝術的評點文字，出版了《汪曾祺：文與畫》一書[21]。我認為這本書（及他的國畫作品）非常重要，可以更深入地說明汪曾祺晚年復古的方式、意識傾向，以及他跟大陸八〇、九〇年代社會與文化間的回應關係。

一般認為，汪曾祺的文格與人格大抵是含蓄、低調、清淡，在生命狀態上很接近晚明文人[22]，汪曾祺有許多自述，也是這般自我「建構」的。文字作為一種可以不斷反復修改、精緻化的媒介，在細心及成熟的作家筆下，達到將焦燥與匠氣磨去，其實並不會太困難。但國畫不同，汪曾祺的中國畫基本上屬於文人畫的類型——相對於專業精細的工筆畫，文人畫更講究的是筆墨之趣、意在筆先、甚至偶然、想像的隨性展現，而且更關鍵的是：文人畫不像寫散文、小說、詩歌一般可以來來回回反覆修改（彩墨可以反覆上色，但基本上構圖、筆法一旦下筆，很難再修改），因此，某種程度上，這種繪畫能更貼切地反映作家當下的文化主體。葉兆言曾說：「印象中的汪曾祺，不僅有名士氣，而且是非分明，感情飽滿。」[23]又以為：「汪骨子裡是個狂生」[24]，此言值得我們注意。

汪曾祺文人畫的復古性，首先體現在取材或主題的古典意象上，他多以梅、蘭、竹、菊，以及荷花、鳥、日常風俗生活為主，有時候也會搭配一些自創的題畫詩。這自然有他心境上的投射、審美和價值上的偏好，例如一九八三年，他畫的一幅菊花[25]，葉子基本上以濃

21 《汪曾祺：文與畫》的性質，根據此書最後汪朝的代跋文指出：汪曾祺生前一直想出版一本書畫集，因此在徐城北先生的提議下，汪的孩子們才開始整理汪的畫稿，最後交由山東畫報出版社出版。此書在形式上主要可分兩大部分，一部分為汪曾祺的散文（由他的散文集中選擇與收錄而來，亦有收入汪的全集），另一部分則為汪曾祺的國畫和題字，其中又以國畫為主。參見《汪曾祺：文與畫》（濟南：山東畫報出版社，2005年）。

22 龔鵬程在《中國文人階層史論‧導論：中國傳統社會中的文人階層》中曾這樣概括晚明文人的特質：「晚明以降，文人，既是文學人，也是文化人。不僅大都進過學、讀過四書、考過科舉、能作括帖，具有儒家經典的基本知識，也能談玄清話，說禪論鬼；兼且博物志怪，游藝多方；習棋書畫，可供肆意；詩酒風流，時賦多情，偶或書劍恩仇……不是某一特定技能及知識上的『專家學者』。他們通過審美的態度與能力，去掌握傳統、體現文化，所以他們也就代表了文化。」（宜蘭：佛光人文社會學院，2002年），頁39。

23 葉兆言〈我所知道的高曉聲與汪曾祺〉，收入段春娟、張秋紅編《你好，汪曾祺》（濟南：山東畫報出版社，2007年，頁124。

24 同上註，頁117。

25 參見汪曾祺《汪曾祺：文與畫》（濟南：山東畫報出版社，2005年），頁7。

墨塊狀呈現，襯托所勾菊花的線條與骨架，菊花不點淡墨（在汪其它的菊花畫中，仍有一些濃淡上的配置，在一般的構圖中，也多如此，因此汪此作顯然有比較刻「意」的追求），上面提字中有：「大亂十年成一夢，與君安坐吃擂茶」，或許可以看作汪在文革之後高潔自許，又明晰自持的淡定姿態。又有一幅朱荷[26]，上面提有：「朱荷不多見，泉州開元寺有之。弘一法師曾住寺中念佛。」在那裡，幾朵朱荷被濃墨的荷葉包圍，但亦有出其外直立及躬身者，在汪的荷花畫中，也是層次性較豐富及特殊的，很明顯地，汪絕對不是只想暗示「出污泥而不染」的愛蓮說常識，或許更接近的，仍是那〈寂寞與溫暖〉的主人公，處在文革的環境和她的命運——政治自然是黑的，但各種人也都有，何況還曾是弘一法師念佛處，道法信念或許自在當中。一九九二年，汪有幅竹子畫也很有意思[27]，彎曲的單根竹子，由下到上一氣完成（從色澤的紋理即可判斷），旁襯以介字型的竹葉，上面提字為「胸無成竹」，明顯意在筆先，一般畫竹多採垂直挺立，汪曾祺在此率性叛逆及淘氣了許多。

汪曾祺畫鳥有二種，一種是長嘴大眼鳥，一種是貓頭鷹。汪朝在〈汪曾祺與書畫（代跋）〉中，曾提到過一種鮮為人知的汪曾祺的形象：「粉碎『四人幫』後，父親由於是樣板戲《沙家浜》的作者受審查，前段時間他先是憤懣、痛苦、委屈，後來逐漸平靜下來，無所事事。……父親畫了一幅畫壓在玻璃板下面，半本書大小的元書紙上畫了一只長嘴大眼鳥，一腳蜷縮，白眼向天，旁邊有八個字：八大山人無此霸悍。」[28]汪朝說這幅畫很可惜沒留下來，此說讓我們再一次感受到，汪曾祺除了一貫「溫柔敦厚」外，還有克服委屈與痛苦的頑強心理。目前留下來的類似畫作，可供參照的為一九八三年汪畫的一幅長嘴大眼鳥[29]，它蹲坐在石頭上，上面襯以大的芭蕉葉，葉子層次的處理多所抖動，旁邊題了一個大字「雨」——似乎它睜著大眼，視線朝外地在避雨。還有一幅貓頭鷹也值得一說[30]，這幅的構圖很像魯迅早年手繪過的貓頭鷹。一般認為，《毛澤東文集》和魯迅的作品，是少數可以在十七年及文革期間自由流動與閱讀的書目，汪曾祺深受五四現代文學傳統影響，對此必然不陌生，他畫的這隻貓頭鷹，雙眼瞪大，用墨層次分明，肚子中間的紋路筆法粗獷，它穩坐在一根樹枝上，仍然精神奕奕，仿佛也是「自在暗中看一切暗」（魯迅〈夜記〉）。[31]

汪曾祺也畫一些日常風俗中的小細節、小趣味，例如一九八六年所畫的一幅松鼠、櫻桃與藍竹瓶[32]，畫內題：「此松鼠乃馴養者」，這隻被養著的松鼠，在墨藍刷色的竹瓶旁，似

---

26 同上註，頁159。

27 同上註，頁117。

28 〈汪曾祺與書畫〉（代跋），收入《汪曾祺：文與畫》（濟南：山東畫報出版社，2005年），頁188。

29 參見汪曾祺《汪曾祺：文與畫》（濟南：山東畫報出版社，2005年），頁11。

30 同上註，頁30。

31 向天淵〈自在暗中看一切暗〉，《紹興文理學院學報》（2005年4月），頁7。

32 參見汪曾祺《汪曾祺：文與畫》（濟南：山東畫報出版社，2005年），頁42。

乎想要偷吃櫻桃，相當頑皮。同年還有一幅荷花與小雞[33]，構圖特殊——一般很少將這兩種元素組合在一起，幾乎可以說難以形成什麼喻意，純粹就是一種隨機且無理而妙的生命與趣味，汪在此畫中題上：「書被催成墨未濃」，言下之意可能是忙於寫書而疏於磨墨／繪畫，頗有自嘲與一點兒無奈。然而，這種作品也不是完全沒有「微言大義」的可能，汪在談風俗畫時就曾經說過：「風俗中保留一個民族的常綠的童心，並對這種童心加以聖化。風俗使一個民族永不衰老。風俗是民族感情的重要的組成部分。……民族感情是抽象的，看不見摸不著，但它確實存在著。民族感情常常體現在風俗中。」[34]也說明，汪曾祺的這一類日常風俗畫，具有召喚一些中國民族精神與感情的功能——尤其在經歷過嚴峻的文革歷史與「破四舊」[35]後，回歸一種傳統文人化與文化人的童心、柔軟與隨性[36]，不能說是容易與價值較低的。

除了文人畫的創作實踐，汪曾祺品畫、評點書畫的一些說法，亦可以看出他「復古」中的主體辯證反思。他相當欣賞齊白石、明代徐渭（徐青藤／徐文長）等人的作品，取材及畫風亦有師法兩人的傾向。但是，汪仍然有自己的主體與主張，例如他多次提及齊白石的創作觀：「太似則媚俗，不似則欺世」，汪雖然認同，但他總也要反求諸己地說：「我畫得不太像，不是有意求其『不似』，實因功夫不到，不能以耳。但我還是希望能似的。」[37]這話說的實事求是。汪曾祺的父親雖然是業餘畫家，汪也算繼承家學，但受限於新中國特殊的社會主義實踐和歷史，早年鮮少機會作畫，文革之後，汪曾祺雖自覺也廣博地閱覽名家大作，但終究並非「專業」畫家，下筆書畫，自娛寄託而已，但他「還是希望能似的」——這就執著有力了，也可看出他年過六十有餘後，仍有著精益求精的意願與生命力[38]。

論徐文長的《書李北海帖》，汪曾祺以為當中所言之的「侵讓」最為精到，他說：「此實是結體布行之要訣。有侵，有讓，互相位置，互相照應。……『侵讓』說可用於一切書法

---

33 同上註，頁46。

34 〈談談風俗畫〉，收入汪曾祺《汪曾祺：文與畫》（濟南：山東畫報出版社，2005年），頁22。

35 「破四舊」，指的是文革時所要破除的「舊思想、舊文化、舊風俗、舊習慣」。

36 除了日常風俗題材的隨性，汪曾祺在國畫用墨上，也相當隨性，有些說法很有意思，在〈七十書懷〉中，汪曾祺說：「我寫字畫畫，不暇研墨，只用墨汁。寫完畫完，也不洗硯盤色碟，連筆也不涮。下次再寫、再畫，加一點墨汁。『宿墨』是紀實。……這幅畫的調子是灰的，一望而知用的是宿墨。用宿墨，只是懶，並非追求一種風格。」收入汪曾祺《汪曾祺：文與畫》，頁64-65。他的女兒汪朝也說到有次汪的國畫顏料沒了：「他竟然用菠菜汁代替綠色，牙膏充當白色，還洋洋得意。多年後，我們整理他的畫稿，一眼就看出哪張是用菠菜汁畫的——綠色已經變成赭石色了。」同前註，頁188-189，亦可見其率性自得。

37 汪曾祺《文與畫》（濟南：山東畫報出版社，2005年），頁3-4。

38 亦可參看汪曾祺在〈只可自怡悅，不堪持贈君〉的說法：「我畫不了大寫意，也不耐煩畫工筆。我最喜歡的畫家是徐青藤、陳白陽。我的畫往好裡說是有逸氣，無常法。近年畫用筆漸趨酣暢，佈色時成鮮濃，說明我還沒有老透，精力還飽滿，是可欣喜也。我的畫也正如我的小說散文一樣，不今不古，不中不西。」出處同上註，頁181。

家，……如字字安分守己，互不干涉，即成算子。如此書家，實是呆鳥。」[39]汪非書法家，此引文的後半部的判斷亦過於主觀，未能觀照各種字帖的典律，概括太過，但是基本上還是能說明——汪曾祺較欣賞的一種有力的個性化的書法類型。

更進一步說，汪曾祺在文人畫的審美上，甚至他晚年的主體性，有一個被高度節制，確實不那麼輕軟柔媚的地帶。他評點畫家潘天壽（1897-1971）的性格和名作《雁蕩山花》甚為到位與有意思，汪說：

> 他的名作《雁蕩山花》用平行構圖，各種山花，排隊似的站著，不敧側取勢；用墨也一律是濃墨勾勒，不以濃淡分遠近，這些都是畫家之大忌。山花莖葉瘦硬，真是「山花」，是在少雨露、多沙礫的惡劣環境的石縫中掙扎出來的。然而這些山花還是火一樣使勁地開著，顯出頑強堅挺的生命力，這樣的山花使一些人得到鼓舞，也使一些人覺得不舒服。[40]
>
> 潘天壽畫鳥有兩個特點。一般畫鳥，鳥的頭大都是朝著畫裡，對嬌艷的花葉流露出欣喜的感激，潘天壽的鳥都是眼朝畫外，似乎憤憤不平，對畫裡的花花世界不屑一顧。[41]

《雁蕩山花》是潘天壽一九六二年的代表作。潘天壽出生農家，自學繪畫直至自成一家。文革期間，潘被打成反動學術權威，在被批鬥過程中病逝。王曉波認為，潘天壽的國畫特質：「追求雄強、豪壯、氣勢和剛陽的力之美。其用筆蒼勁、挺拔、古拙、生辣。」[42]汪曾祺則是從畫作的用墨和筆法的細節出發，進而看出潘晚年的頑強和不同於一般畫花鳥的生命選擇，同時，從這兩則引文來看，也可以間接強化與證明——前述言及汪曾祺喜好以濃墨塊狀、很少突出濃淡層次，來表現菊葉、荷葉等，絕非「亂畫」，他的構圖，也多有托喻——儘管有時放縱隨性，但更多的仍有所寄。值得一提的還有，汪曾祺評潘天壽的這篇文章，發表於一九九七年二月十四日的《南方週末》，同年的五月十六日，汪曾祺即過世，臨終所作，此文卻完全沒有衰老衰敗之感，銳利、實事求是中更見性情，實為不易。汪曾祺本質是溫暖厚道的人，即使在歷經嚴峻的文革歷史後，也努力在立場與修養上維持這一點，但我們因此更不容忽視他晚年企圖恢復的豐富性——恰恰是藉由回歸中國傳統文人化／畫的實踐和批評，體現了他長期在歷史過程中被抑制的——重獨立、高潔、性情、靈氣，甚至是叛逆與頑強的生命力與文化人格。

39 汪曾祺〈徐文長論書畫〉，收入《文與畫》（濟南：山東畫報出版社，2005年），頁140。
40 汪曾祺〈潘天壽的倔脾氣〉，收入《文與畫》，同上註，頁178。
41 同上註。
42 王曉波〈光耀傳統的個性派大師潘天壽〉，http://www.caaia/com/blog/apollo/ArticleShow.Aspx?ID=2374。

二、互助、唯美與文化保存：陸文夫《人之窩》的烏托邦書寫

相對於汪曾祺晚年的文人化／畫的「復古」實踐，陸文夫雖然也有文人及名士氣質，但他追求的「復古」世界，相對於汪曾祺較突出的個人特質與精神主體而言有所不同，陸晚年的意識與價值取向，主要集中體現在他的長篇小說《人之窩》的烏托邦情懷之中。

一九二八年出生於江蘇泰興的陸文夫，早年就是一個革命與文藝青年，四〇年代末到了蘇州以後，深受它的古雅質感與美麗，因此一生的創作幾乎都與蘇州密切相關。一九五七年，在「雙百方針」（百花齊放、百家爭鳴）的氛圍下，陸文夫與高曉聲、方之等人，參與創辦「探求者」文學月刊案，但刊物還沒辦成，就被打成反黨集團成員，進行下放與「改造」，也在「改造」良好的狀況下，於一九五九到一九六四年間仍有創作。改革開放後，他繼續以蘇州為背景，寫出一系列具有蘇州小巷、園林意象及文化性格的作品，在文壇中獨樹一格。而除了創作小說、散文，陸文夫跟汪曾祺一樣，還懂美食，重視文人趣味，晚年甚至主持《蘇州雜誌》，一直到二〇〇五年逝世。

陸文夫也是筆者在《巨流中擺渡：「探求者」的文學道路與創作困境》[43]研究的主要對象之一，但我當年對陸的評價和分析方式，主要是以精細的文本細評，兼以現實主義的標準，來詮釋他們的作品，並試圖思考一些第三世界國家文學的特質與文學困境等相關問題。

但是，在本文中，我試圖重新將他晚期的長篇小說《人之窩》，放回大陸九〇年代文化

圈的後現代的氛圍與條件下來理解，我發現陸文夫晚年在此作的「復古」嘗試，仍有一定程度的特殊性與價值。儘管從文本本身來說，這部小說的價值並不很高，也不若陸文夫八〇年代初、中期最成熟、情感最飽滿、諷刺幽默批評意識最到位的作品（如〈獻身〉、〈美食家〉、〈圍牆〉、〈井〉等作），但仍有一些特殊的意識可以討論。

相對於汪曾祺，陸文夫早年對社會主義的集體事業可說一片積極，一九五六年的《小巷深處》，處理一個知識分子和妓女結合的故事——主人公努力節制知識分子偏好抽象道德的傾向，因此能看出一個妓女在「改造」成功後的善良與美麗，並與之順利結合。這樣的敘事體現了陸文夫當年對中國社會主義實踐真誠的信念，絕非僅是追隨一種政治化的教條。而他在改革開放後的作品的限制，我過去已作過分析，比較重要的概括是：「陸文夫在『文革』之後的小說，知識分子的啟蒙立場／姿態及視角其實更明顯一些，這使得他在創作官僚或教育問題的題材時，均深受『文革』之後的鄧小平時代所隱含『新時期』以降的意識形態所影響，或說牽制，也因此有較強的本質化、重視啟蒙與人道人性的傾向。」[44]換句話說，改革開放後，陸文夫的現實主義小說的抽象理想主義較高，整體上回應現代中國複雜的歷史能力

43 請參見筆者拙著《在巨流中擺渡：「探求者」的文學道路與創作困境》（台北：國立台灣師範大學出版中心，2012年）。

44 同上註，頁163。

較弱，但這也是他晚年仍有意願寫《人之窩》的烏托邦情懷的小說的關鍵原因。

《人之窩》在體例上仿中國古典小說的章回體，上下兩部，上部三十一回，下部二十八回。吳海曾說：「如果把他筆下的小巷文學比作一座文學大廈，那麼《小巷深處》便是下的基石，《美食家》便是豎起的支柱，《人之窩》便是構築的殿堂。」[45]殿堂之說甚確，陸文夫確實是想要再創一個理想的「大觀園」的世界。小說上部以二十世紀四〇年代後期為時間，以蘇州的一個許家大院／園林為背景，在人物上，則以許家大院的少爺許達偉為核心，由他組織了一批「新青年」——有中學生，有大學生，有畫家，也有懂音樂的人，他們在許家大院實驗過著一種集體互助、自由、平等、博愛的生活，一直到一九四九年他們被人出賣——密告是「共產黨」散夥為止。

許達偉是一個天真、善良的地主資本家後代，似乎像晚年的托爾斯泰，對於自己擁有的一切資產和財富，非常不安，對於身為知識分子卻總是遠離人民群眾，也常心懷歉疚。但作為一個中國人，他的互助、自由、平等、博愛的精神的典律來源，仍然是中國性的——在小說中，他總是不時背誦杜甫詩作中的名句：「安得廣廈千萬間，大庇天下寒士俱歡顏」，希望能將自己所擁有的財產貢獻或分享出來，讓身邊的寒士朋友們都能安居樂業、適才適所，所以，他才組織幾位朋友（有意思的是都是男性）一起住進這個「大觀園」的其中一面廂房，甚至想要仿照《紅樓夢》的日常生活模式，在這樣的園林中成立一個海棠詩舍，他們在裡面或談詩、或畫畫、或玩樂器，或清談議論家國大事，儼然自成一個小小烏托邦。不過，更值得注意的是，小說雖然從文人般的古典園林的生活理想和想像出發，但這僅僅是形式的「復古」，更深層的「復古」意涵，主要還是體現在這批主人公們，進入新「大觀園」後，對解放、自由、平等、多元、唯美的價值追求。

落實到內容分析——《人之窩》的上半部，多有著男性「拯救」女性，或者「解放」女性的情節——大少爺許達偉拯救曾為小妾的美女柳梅，延續早年〈小巷深處〉不計出身的社會主義平等意識，最終與她結合；大學生馬海西努力以真情追求美麗的羅莉，儘管羅莉為了過更好的生活，仍投奔了更有世俗資本的男人李少波，但馬海西仍然對羅莉一往情深，羅莉為一介女流，卻也仍有一絲的道義／情義——在「大觀園」中的年輕人即將被密告前警告他們；而來自下層的年輕美麗的童養媳阿妹，被「大觀園」收留下來做飯工作，最後甚至還成了大學生畫家朱品的審美對象與妻子，這些「新青年」們，對待彼此、他者力求自覺平等，讓阿妹煮飯，也僅僅是因為她出身農村，這是農村女性向來最適得其所的任務，就像在「大觀園」中的其它人，會畫畫的為人畫畫，懂音樂的彈奏音樂，願意清談的清談，談戀愛也從美、而非世俗的道德價值及實用功能為理想，因此人物的年輕、青春、俠義的作為及唯美的

45 吳海〈審美視點：對人性深度的探尋與開掘——陸文夫長篇小說《人之窩》散論〉，《江西社會科學》（1997年第12期），頁49

氣息[46]，便貫穿在整個上半部作品，甚至以此對比與抵抗「大觀園」裡愈形衰敗的老一代／封建一代的保守者與世故者。小說當中偶爾也穿插一些惡人和奇人，但惡人在上部發揮的空間不多——陸文夫似乎想暗示，在這個烏托邦的時空裡，自然形成了一種彼此互相保護關愛的品質，因此得以暫時避世與避禍，而偶爾遇到的奇人，例如第二十九回，寫通讀二十四史和百家雜記的王知一，以其通達歷史人事，因此能提供給這批年輕人鑑往知來的建議，甚至指導他們最終的避禍計畫。

上半部最後一回（第三十一回），收在一片唯美的江南水鄉的意象與范蠡的隱喻，原文是這樣寫的：

> 許達偉的小船啟航了，我和陳阿姨都轉過身來，爬到碼頭旁邊的小石橋上，坐在那冰涼的石欄上，看著那烏篷船在水巷中慢慢地搖過去。月光照著河水，一條銀波跟隨著櫓尾。巷中也有兩三臨河的窗戶中亮著燈光，有嬰兒的啼哭，有母親的催眠。烏篷船上微弱的燈光越來越微弱了，等到小船穿過前面的一座石橋時就什麼也看不見了。
>
> 許達偉真的走了。我突然想起了范蠡的故事，許達偉像范蠡載西施泛五湖而去，他要去做一番事業，一番事業……[47]

彷彿只是一個尋常日子的來去，在一片古樸的靜美與嬰孩母者的生命呼應裡，主人公繼承一個江湖中人范蠡的隱喻。一切真實歷史中的國共鬥爭與煙硝均被擱置，但如果不作現實主義的解讀，以「復古」的角度來理解，就可以看出陸文夫企圖以古典唯美與詩意化的方式，來稀釋甚至無視煙硝，有什麼比人到晚年，還願意維持一個唯美且前方仍然有路的幻想，更浪漫的呢？

下部，已是十七年後的文革大革命初期，「我」已經成為一個共產黨的幹部，但在文革

46 這種重視俠義及唯美的狀態，在淵源上，也很接近晚清以降的文化人的精神狀態。可參見龔鵬程在《中國文人階層史論．俠骨與柔情：近代知識分子的生命型態》的闡述：「負荷時代苦難的擔當精神，如體會人生悲苦的宗教意識，本來是有些衝突的。……但這些俠儒們往往只是能知超越之理，卻不能真正超越。無法以澄觀之心，超越地撫平人世的激情。反而，他們太過濃摯的擔當精神，除了荷負時代的苦難之外，也同時要荷負人生的苦難。所以，宗教意識所體味到的人生空虛感，不僅不能解脫他們在現實世界上的激切之情，還倒過來，強化了他們的擔當與負荷。……。現實中的苦難，可以獲得改善，生命中的悲感卻永遠無法逃脫。而他們的激情也永遠不會減淡。甚至於，對這些俠客來說，唯一可以詮釋他們生命的，就是一個『情』字。情之所鍾，正在吾輩。他們幾乎都是唯情論的。」頁460。又說：「唯情的人生觀，本身就具有反傳統的力量，也足以做為說明晚清到五四思潮發展的線索。……晚清有俠客氣質的文人知識分子對於情的態度，卻不是要克制、要超越，而是沉浸執著於其中。這種態度，顯現在理性思維上，當然就會出現為情欲辨護的哲學。」（宜蘭：佛光人文社會學院，2002年），頁473。

47 陸文夫《人之窩》（上海：上海文藝出版社，1995年），頁248。

開始後也受到嚴重批鬥，本著「光棍不吃眼前虧」的智慧，「我」決定再度溜回蘇州的許家大院來避禍。藉由這次的回歸，「我」一方面比較這十七年來這個園林的變化，二方面也再度與當年的各方好友碰面，反省與總結文革對於像蘇州這樣的古城的影響。

主要的視野，首先涉及了文物環境與聲音的變化——許家大院已經變得面目全非，昔日講究的釘著竹片的大門也早已不存在，而改以為工業化形象的大鐵門，內部的各式廳堂打通，裡面似乎用作為五金零件廠，整個空間沒有了門窗，前後也沒有墻，陸文夫以新時期後的「啟蒙」與知識分子的主體，看似清描淡寫的總結這個空間：「一眼可看到底」，表達他對於社會主義革命所帶來的新現實與新價值的暗示與理解，也帶有對這種直接眼光的感嘆和無奈。自古以來，蘇州園林的特色之一，就是小橋流水、前景近景、彎曲轉折、登堂入室、笙管互鳴，但這些在下半部的時空裡，已正式失去。至於聲音的變化，最大的差異，除了收音機裡傳來的樣板戲，還有平凡百姓家吃飯前的毛語錄朗誦，然而，「我」更在乎的無疑是——踏在巷弄裡再也聽不到腳步的回聲，昔日的寧靜已不復存在，令「我」充滿感慨。

而世道人心呢？在上部的唯美書寫裡沒出現過的醜陋，在下部中，陸文夫很不客氣地刻劃了兩個人物——露水夫妻汪永富和陶伶娣，和他們在行為及精神上的猥瑣與惡質——中國社會主義革命的理想，本來是追求全體人民的解放，期望達到一種更平等自由的烏托邦，但在本土化的實踐裡，也仍出現各樣的投機者或機會主義者，如汪永富和陶伶娣一般，企圖在革命中獲得的僅僅是個人的利益。陸文夫對這一類的人物，在形象上即賦予其猥瑣，沒有刻意的矛盾與含糊，以明其正氣與態度。

此外，儘管歷史建築、蘇州園林無法以個人的力量保護，但一些文史古物總有人想方設法留下。小說中寫到，由於蘇州畢竟是文化古城，自古遷客騷人的流連之地，許多古玩、古籍也在所多有，這些文物在文革中常被當成「四舊」清除，然而，陸文夫塑造了一個名為朱益的老頭的角色，打著紅旗反紅旗，自製紅袖章去抄家——但他的目的，是擔心這些文物被無知者破壞，故以先下手為強的方式，把抄來的文物好好保存在倉庫裡。這種權宜的「不擇手段」，荒謬中仍自成尊嚴，就像朱益老頭所說的：「這部宋版書如果被毀，那是對不起後人也對不起祖先。」[48]

下部，小說中也刻意突出與成全底層女性的美，如果說在上部的唯美與浪漫的特質，主要仍以知識分子及小資產階級形象的女性來體現，陸文夫似乎有意在下部，予以「公平」的審美上的平衡，他透過當年的畫家朱品的心理描述，呈現底層女性阿妹的審美價值——這裡的價值已超過一般世俗的外貌標準，而以付出、貢獻、成全對方的善來體現，這種以善為美的傾向，顯然更接近古典中國的品德與仁愛的價值，而不是西方意義上的「美」。陸文夫這樣寫到：

48 同上註，頁313。

朱品在上帝的蘋果園中走了幾圈之後，發現最好的一只蘋果還是阿妹。是的，阿妹沒有文化，談吐也不如那些羅曼蒂克的少女有趣；在人家當保姆，職業也不是高尚的。可是那些高尚有趣的少女卻總是想得到什麼，而阿妹卻總是想貢獻出一切。這種區別說不出來，可是卻很明顯地感覺得出來。[49]

最後，下半部中的「我」如何總結「我們」這些歷經新中國革命與文革的存在意義呢？「我們」到底在幹些什麼？又作了那些貢獻呢？陸文夫點出了一個接近魯迅「中間物」的說法，「我」還是將發言權，交回給當年最有純粹理想、願意將一切房子都分出去的許達偉來發言，他說：

……鋪路，作鋪路的石頭，讓沉重的歷史車輪從我們的身上輾過去。……什麼路都要鋪，鋪正路是貢獻，鋪彎路也是貢獻，如果不鋪下彎路的話，大家也就不知道正路是在那裡，會聽憑別人去說得天花亂墜。推動歷史前進的不僅僅是人的欲望，也包括那種反欲望的冤死、屈辱、盲動、失落和虛度年華在內。

我的後半生還要為廣廈千萬間而奮鬥。[50]

三、「啟蒙」之外的「文化中國」：張大春《戰夏陽》、《春燈公子》與《一葉秋》的藝術性與現實性

無獨有偶，張大春後期[51]的作品，也具有明顯的復古傾向——從形式上來說，主要體現在說書人的立場、中國筆記小說的寫法。他自覺地想超越，或者說克服過去現代小說、甚至後現代小說的書寫模式，企圖實踐一種「真正的中國小說」[52]。當然，這樣的書寫實驗和主體傾向，在《聆聽父親》之前的《城邦暴力團》（第一集一九九九年，第二至四集二〇〇〇年）就已經開始體現，所以，正如陳建忠在討論《城邦暴力團》所曾意識到的，儘管從內容上來說，張大春有著對國民黨官方版本的中國近代歷史的解構意圖（其實從八〇年代末的

49 同上註，頁 332-333。

50 同上註，頁 496。

51 本文對張大春作品的分期假設，參考黃玉玲《在若即若離之間：張大春創作歷程與主體建構》（淡江大學中文系碩士論文，二〇〇五年）的研究，以二〇〇三年的《聆聽父親》為界，將《聆聽父親》之前的作品視為前期，《聆聽父親》之後為後期。

52 張大春早在《小說稗類．隨手出神品》中曾這樣說：「即使『我們寫小說的』所寫的小說被視為『現代中國小說作品』、『當代台灣小說作品』之流，究其實而言之：其實絕大多數祇是用漢字所湊成的西方小說。論體制、論理念、論類型、論結構、論布局、論技術，皆由移植而來。真正的中國小說早已埋骨於說話人的書場和仿說話人而寫定的章回、以及汗牛充棟的筆記之中。」（台北：聯合文學出版社，1998 年），頁 145。

〈將軍碑〉，應該就有此傾向），張也抱持一種中國文化在江湖或民間的信念，然而，張大春這一類的作品，在價值認同或主體選擇上，仍應該是：「不僅不是對中國文化的解構，而更是一種回歸。向廣大的中國民間文化母體回歸」[53]。

《聆聽父親》之後的張大春的作品，大致可分為三類，一類是以中國筆記小說為主要參考視野與形式的《戰夏陽》、《春燈公子》和《一葉秋》，第二類是為了教導孩子認識中國字，兼以談論它們在歷史過程中的演變與創造性延伸的《送給孩子的字》（2007）和《認得幾個字》（2011），第三類就是張大春目前仍然繼續撰寫的《大唐李白》系列（目前已完成第一部《大唐李白・少年遊》和第二部《大唐李白・鳳凰臺》），由於《大唐李白》尚未完成其體系，或許另有其綜合與轉折的複雜性，所以本文對張大春後期「復古」的討論，基本上以第一類為主。

二○○七年的《送給孩子的字》和二○一一年的《認得幾個字》，是以親子之間的日常相處為背景，藉以帶出許多中國字本意和延伸意，在張大春的創意組合下，時常能伸展出知性和無理而妙的趣味，這也跟他一貫給讀者的印象相符：頑童，講求創意與變化，雖然重視經典，但也會努力嘗試用孩子的眼光來理解他們的世界，例如《送給孩子的字》中談「贏」這個字，張跟孩子解釋此字最早的意義不外乎「賺得」、「多出」甚至「不必要」的指涉，似乎想藉此對孩子機會教育一番：「跑步不應該出於求贏的企圖；而競爭是遠遠處於運動之外的另一回事」[54]，換句話說，成人的世界裡，對生命與文化的理想，似乎總要聯繫上某種道德的清高感，但對孩子而言，一切就單純也複雜地多——他的兒女顯然認為，若沒有了「贏」，沒有那些後天的名與鼓勵，「那還有什麼意思？」。

類似這樣的機鋒——既有著一些文化中國的理念執著，但又有台灣目前文學典律對日常和家族書寫的傾向，並兼有將中國文化推廣至普羅的功能，在二十一世紀初期的後現代的語境下，顯然很能被各路讀者所欣賞與接受，一種證明是——兩本「字」書：《認得幾個字》到了二〇一三年已經三十五刷、《送給孩子的字》到了二〇一四年也有七刷，以目前台灣的文化與讀書市場的有限下，實為難得了。

然而，我覺得更能體現張大春後期的「文化中國」信念的豐富內涵者，還是以他的三本筆記小說《春燈公子》、《戰夏陽》以及《一葉知秋》為甚。

《春燈公子》（2005）寫一個不知出身、家世、籍隸、資歷、事功的主人公「春燈公子」，每年，他都會舉辦一個名為春燈宴的活動，受邀者每每覺得榮幸，因為不但能在這個宴會中見到許多重要的江湖高人，而且每每將從與會者中，選出一個人來「立題品」——登台說一個首尾俱全的故事，最終在春燈公子以詩詞將立題品的回應寫下後，對每年立題品的

---

53 陳建忠〈以小說造史：論高陽與張大春小說中的敘事情結與文化想像〉，《淡江中文學報》第 27 期（2012 年 12 月），頁 178。

54 張大春《認得幾個字》（台北：INK 印刻文學生活雜誌出版公司，2013 年），頁 44。

說書人奉上巨額的金錢謝資，同時，一旦宴畢，春燈公子和這個曾經熱鬧風火的聚會地（每年都不同），就又會轉瞬消失，留給眾人無限回憶、神秘與下次的期待。在這樣的框架設計下，《春燈公子》的結構其實非常清楚簡明，除了春燈宴的序之外，還有十九則過去的「立題品」的故事，十九則題品是儒行、藝能、機慎、洞見、俠智、巧慧、運會、奇報、憨福、勇力、義盜、練達、聰明、詭飾、狡詐、薄倖、褊急、頑儒、貪癡等。但是，這些題品可跟小說每篇的內容，沒有絕對必然的關係，換句話說，張大春頑皮地想打破一般人習慣閱讀小說時的「主題」式閱讀法，讓小說就是小說本身，或者說，文學就是文學本身。例如「儒行品」，從一個乾隆時期名為方觀承的「傳奇」講起，但張大春另開新頁——方先生在張大春筆下，從一個賣卜為生的寒士出發，後來被一個也好占卜的鹽商看上，召來作了女婿，但方先生畢竟是中國傳統的讀書人，自有其大丈夫的尊嚴，一次不耐妻子批評，遂離家出走重操舊業，過程中又認識了一個郎中，還有一個廟裡的老僧指點他，後又巧合地因為書法寫的好，有一種「福份屆滿，即無功德」的智慧和現貫發展空間，遂被皇帝賜舉人出身，而他果然也沒有忘了糟糠妻，接了她讓她當上了一品夫人，而此女也深明中國式的分寸，由於自己不能生育，容得下方先生納妾，算得上有高出一般女流的識見了。所以，如果讀者刻意要將「儒行品」跟這篇小說的內容與人物形象進行比附式的閱讀，雖然也不能說完全不行，但確實意義不大，甚至恐怕還會將「儒行」的理解縮小了，而此作的特質正是在中間環節——那些偶然性遭遇的人物和細節上，張大春甚至在這一篇的最末尾，明示提到他筆下的方先生跟歷史上的方觀承，並非同一人，所以，從中國歷史中的某個材料的視野引發，重新再自創一個「想像歷史」的更民間的文化中國的故事和細節，才是張大春在這樣的作品中要強調的視野。

再舉一例，例如第十六的「薄倖品」，寫一個名為潘鼓皮的農家子，長期跟一個名為「忍娘」的有夫之婦交好，但卻在一次跟對方比手劃腳的誤會中，殺了忍娘和他的先生，然而，另有一人——周大厤皮巧合地進入該地，因此被誤認為是殺人者，潘鼓皮得知，卻趕緊向縣衙自首，認為不該攀個不相干的人赴死。這樣出乎意料的轉折，也跟「薄倖」拉開了距離，小說閱讀的意義，自在當中已然飽滿的過程，毋需上綱。此外，此書「春燈公子」回應每一品的題詩，嚴格來說，也跟小說的主題對應沒有必然的關係，似乎是你說你的故事，我寫我的詩，小說中並陳多種聲音，各自表述。

類似的「跑野馬」的敘事方式，到了《戰夏陽》（2006）也仍然繼續，不過敘事者「我」也不隱藏在文本之後，更多地跳出來跟古人直接對話，雙聲依然，不過，跟《春燈公子》的江湖故事相比，《戰夏陽》的文人氣應該再重一些，說書人延伸故事的方式亦依舊，只是環節不只是在人物身上展開，一種紙的起源、一種學問的道理，也都被列入說書人講古虛構的視野裡。例如，在〈小毛公與文曲星——毛晉在亂世中發達的知識產業〉一章中，張大春虛構一個名不見經傳的粗犺漢子跟毛晉討論：為何六經各經皆有書，但「樂」經卻沒有書？他讓粗犺漢子說：

> 樂，就如同鏡子一般，是映照一時風尚者也。一代人做一代事，故一代人有一代之樂；前代之樂，傳之於後代則謬矣。時已易而事又不同，就算是傳了，也不過是個形骸、是個膚廓。所以萬般皆須有經，必以書冊為之，而樂卻不能有經：必欲以前世之聲傳諸後世，反而是膠柱鼓瑟、刻舟求劍而已。[55]

這則敘述和判斷的重點不在真偽（因為無從證明，又是小說，也毋需證明），有意思的其實是張大春虛構出這樣的說法，提出一種文學史解釋的可能性，強調出代變史觀。同時，除了形式上不斷刻意變化的新意外，還展現了張大春對筆記小說某種程度上「載道」傾向的重視——這一點在《戰夏陽》中，比《春燈公子》明顯許多。又例如在〈科名還是要的好——迎合考場價值的傳奇故事〉，張大春藉由延伸一則唐懋功考科舉的歷史故事，直接插入了一大段現代式的教育哲理談，很明顯地，其企圖回應的是台灣目前的教育現象和社會潛在的「遊戲」規則：

> 不論用甚麼方式揀選甄別出「夠資格進一步受教育的人才」或者是「夠資格在國家機器中任官的人才」，都是巧立名目而已。其本質就是「在剝奪了一部分人某一機會的同時，將這機會授予另外的一部分人」，沒甚麼更了不起的道理。這種剝奪和授予既屬本質，就不會因為人處身封建王朝八股取士的時代、還是民主共和自由競爭的時代

而有所差別。考試之所以成立……一個不斷將過剩的人口從得以分配較多社會資源的場域驅逐、淘汰的遊戲。除非我們徹底不要建構一個成天到晚講究發展、進步、競爭力、追求卓越……等夸夸其談之目標的社會，否則根本拋不開、也捨不得拋開那種透過考試而建立的種種生命價值。[56]

張大春說理自有其清明的洞見，而且不只對學術、教育，在《戰夏陽》的體例的設計上，還在每章後，增加了一個「故事之外的故事」的附錄小文，乍看下來，是要說「故事」，但實際上也並非如此，「故事之外的故事」時常並非「故事」本身，更加入了許多載道的話語——對社會、政治、權術、知識分子的文化人格、甚至是女性問題、異端知識，作者都有自己的一套見解，而且這當中的哲理，並非僅僅只是「普世性」的話語，時常也體現了他作為一個外省第二代對台灣的認同焦慮。例如在〈道學無真，黃金無假——兼及曾國藩、李鴻章的師友扞格〉中，說書人便自己跳出了原故事，進一步延伸批評，甚至直接聯繫上台灣政治：

55 張大春《戰夏陽》（台北：INK印刻出版公司，2006年），頁63。

56 同上註，頁73。

政壇是個奇特的場域，拿不出本事，還可以抬舉些門面來應付……。你看今日執政之人偏是如此：技術面上不會執政，就從人情面、道德面上說他比別人都愛台灣，這就是抬舉門面。……我稱這樣的愛台灣為一種「道學論述」。57

在〈薄倖平生唯反覆——從山海關之役看吳三桂〉，批評吳三桂為反覆小人，並對舉陳圓圓一介女流的品格，也都可以視為說書人間接地回應當下現實的方式：

「反覆小人」的特質是只算計眼前最大獲利，這種人沒有耐心思考，所以常便宜行事。這種人沒有專注於長遠價值的追尋能耐，所以總是在依傍既成的最大勢力。而且這種人最容易志得意滿，所以看不起弱者——即使當他成為某種時勢羽翼之下的英雄，也會對奉之為英雄的弱勢者發出一種徹底的輕蔑。「反覆小人」永遠待機而變，是個被「處境」決定的宿命。58

若非身為一介女流，又關係著晚明旦夕之存亡，情感細膩、詩句凝練的陳圓圓在詩史上應該領有一席之地的。可惜的是能夠知道她、重視她、揄揚她的詩人，自己也命途乖舛，遭遇坎坷。59

至於在〈獵得鯤鵬細寫真——洪邁與異端知識的核心價值〉一文中，這個現代的說書人雖然也點到了米歇・傅柯（Michel Foucault），但他顯然不願意使用知識考古的理論來發現邊緣，他用了「異端知識」這樣的詞彙，來抬舉古代某些作品的相對重要性，和這種知識遠離世俗權力的價值，張大春說：

> 如果沒有《夷堅志》將鬼怪神異之說從六朝以至於唐代那個以「志怪」、「博物」、「搜神」為取向的敘事傳統中釋放出來，將異端知識大量融入常民生活現實和社會現實之中，日後會不會出現蒲松齡、紀曉嵐這樣的作家呢？會不會出現《聊齋誌異》、《閱微草堂筆記》這樣的作品呢？……異端知識永遠背負著這樣難解的質疑，在每一個時代備受主流知識社群的歧視和冷落。這樣很好，對異端知識有真正興趣的人永遠遠離實際的權力。[60]

從閱讀的效果來說，我覺得張大春在《戰夏陽》中的哲理上表述，其價值有時大過於說

---

57 同上註，頁139。
58 同上註，頁191。
59 同上註，頁193。
60 同上註，頁216。

書人所要說的故事本身。畢竟，《戰夏陽》中的古代知識和歷史性質比《春燈公子》高，一般讀者不一定需要知道，或感興趣於那麼多的古代的國學知識／常識。有時候，反而是在說書人暫時離開了那些豐富的知識或歷史考古，直接進行載道時，一樣可以保留作家的文學才能和現實意義。載道作為一種書寫特質，本來就普遍存在於中國自古的文學作品中，也是屬於中國文學與小說的重要特質，西方現實主義文學大家的作品也常穿插不少載道的話語，所以，如果我們不用今天過於窄化的「純文學」的標準，來理解所謂的「文學」，張大春《戰夏陽》的書寫，反而可以重新召喚讀者回溫中國文學寬廣的文學視野。

這樣重新挑戰「文學」邊界的張大春，大抵是不會容忍自我複製的。因此，雖然同樣都採用中國筆記小說的形式，取材的出發點亦來自古典的材料或視野，但在二〇一一年的《一葉秋》，張大春仍然繼續在之前的形式與內容上進行變異。《一葉秋》雖然也有「一葉以知秋」的載道暗示，但這主要是體現在此作每篇後面的家族長輩的講古中，就每章的故事而言，比較精采的地方，還是說書人試圖從不同的角度或世界，發現奇人異事的存在，例如首篇的〈吳大刀〉，雖然主人公是吳大刀，但說書人花了一些篇幅來鋪陳它的發生背景顯然更為關鍵，故事發生在今天的西藏／過去的吐蕃，與唐代的一個自行割據一方的藩鎮間，說書人一開始就刻意交待，雖然古史上對西藏／吐蕃的起源，有西羌種等的後代的說法，但在西藏人自己的民族觀中，他們是觀世音菩薩和一個女魔王的後代，有意思的交集恰恰就在這裡——說書人似乎要讓故事開始於兩種特殊、異端或邊緣的主體，在這樣的背景下，才能生產出像吳大刀這樣敢於弄虛作假，但在戰場上也因此能以虛克實，成就一個不戰而勝的傳奇。

或例如第玖章〈老莊觀〉，張大春想像中的「老莊」，跟中國哲學的老莊也沒有任何關係，在說書人的視野裡，它指涉的是某些文人流放者來到寧古塔前的聚落，後來的流放者往往給新的聚落傳播了中原文化，但說書人要說的恰恰是在那些「文化」來到之前的故事。

第拾貳章〈潘一絕〉，寫一個恃寵而驕的太監，因為一己的大牌傲慢的行為，破壞了整個法制制度，就框架來說無甚新奇，就道德寓意來說，說書人也點出：「給了亂法者不配有的顏面；誤了執法者不能彌補的人生」的哲理，但小說的重點其實即不是在框架，也不在於這個哲理，畢竟此結構和哲理已經很常識化，價值與意義不大，張大春刻意為之的，是表現這個案子在大清律例制度下的各式運作方式和幽微的人情世故。小說呈現與展開當中的知性細節，遠遠大過於情性和道德化的意義。

在這些非常具有歷史特殊性交會下的故事後，《一葉秋》每章後還增添家族的講古載道──在這裡，張大春讓他的山東老家的長輩紛紛出場說話，但當中的「道」，主要多是私人或家庭意義上的，並非一般常識與普世性的意義，例如在第一章的「之一」，張大春說《一葉秋》的根骨，是他高祖母常說的一句話：「熟了人情生了官」，同時還建構其解釋，以為這裡面生，不是生長的生，而是「一旦洞澈人事情理，一定會遠離公共事務」[61]。又例如

61　張大春《一葉秋》（台北：INK印刻文學生活雜誌出版公司，2011年），頁32。

「之九」，張大春說他們祖家供奉著的一些野物的意義：「野物有著令人毛骨悚然的法力、而且日進月精，與時俱化。日子一長，同在一個院兒裡生活的人自然會慣於感受到有一種凌駕於自我之上的意志或力量，不斷在監督著自己、提醒著自己。」[62]藉由這些角度，張大春補充了《一葉秋》故事之外並非有機聯繫的超驗意義，《一葉秋》整體上因此明顯地是較強調特殊、邊緣與個人化的價值與境界，儘管從中國的視野與材料出發，最終並非要回到一個本質化的大中國世界。

此外，還值得一提的是，張大春的這三部中國筆記小說，都放了大量的插圖，跟作品本身形成了一定程度的「裝飾」效果——從古典傳統的意象構圖，到具有現代形象的人物圖，豐富、多元，而且很顯然的，這些插圖的功能，也並非有什麼強烈的互相補充、詮釋的功能，圖片本身，完全可以獨立欣賞。

張大春家學淵源，大學和碩士又都專攻中文系，曾師從高陽，蒐集與閱讀中國古典的材料並發掘新意，一向是他的興趣與專長。然而，同樣是「復古」，張大春遠遠比汪曾祺和陸文夫，有著對古典材料更強的占有和想像接續的渴望。在汪曾祺和陸文夫那裡，復古的主要價值或目的之一，是從中國古典的世界中，重新聯繫上許多不同於當下資本主義化的價值，體現出歷史再一次辯證後，對某些精神境界的嚮往與執著——某種意義上來說，這當然是相對比較普世與抽象的理想，也幽微地體現了經歷文革後的「右派」作家，對中國古典與中國現實具體性的某些焦慮。

張大春的特殊性是在於，作為一個外省第二代在台灣的作家，他自然比較不用承擔中國古典文學與文化曾經作為「四舊」的歷史與政治焦慮，而自五四以降的文學「啟蒙」的傳統，及近百年現實中國和新中國在社會主義挫折後的問題和困境，又在台灣戒嚴時期長期禁絕五四左翼文學的條件下，難以找到適合的回應方式——張大春自然不是簡單的「自由」、「民主」的追求者，多年來他和大陸文化圈的作家們也略有往來，應該不難理解現實中國內部的複雜性和不同於西化的主體追求，但無論如何，相對來說，回到一個「文化中國」的世界裡，尋找與想像各式具體的歷史與生命細節，並以一種重視民間、異端、邊緣及特殊性的立場再續說，於張大春而言，在創作上自然是比較能延展的書寫。同時，這種傾向也跟台灣目前的現代文學／文化重視的小敘事、日常性的書寫傾向同構。張大春橫跨兩岸，暫時擱置了「現實」，走向「文化中國」的部分具體性，或許也是一種文學史意義上的特殊轉折典型。

整合觀之，蔡翔在分析中國大陸九〇年代的文學和社會關係的連動時，曾說：

> 在九十年代，集體性的觀念，隨著現實的衝擊以及知識分子的日益分化，而逐漸趨於解體。個人日益退守到自己的經驗，世俗的存在則逐漸顯露出它的重要意義。經驗，

---

62 同上註，頁172。

尤其是個人的日常性經驗，極大地介入到價值的判斷之中。[63]

「資本——利潤」的介入，使得技術主義傾向明顯壓倒了知識分子的人文傳統，所謂的「專業崗位」不再成為知識分子介入社會積極向公眾事物發言的場域，而是變成了一個生產「利潤」的小作坊。[64]

這種朝向個人化、日常化及「專業」主義壓倒人文傳統的傾向，在台灣解嚴後恐怕也很相似，在這種歷史條件下，作家要能長期維持一種創作實踐的動機和尊嚴，本身就極為不易。

此外，從文學史上來說，大陸在改革開放後，文學歷經傷痕、反思、改革、尋根、先鋒、新現實等類型，寫作思維與藝術技巧變化快速，而台灣的文學也在解嚴後迎向另一種多元分化——鄉土、政治、女性、同志，各種路線眾聲喧嘩。然而，在看似「多元」的同時，共同的限制也很鮮明——文學已經成為愈來愈小眾的追求，前述蔡翔所言及的個人與社會的限制，再加上高度講究所謂的藝術與技術的實驗，都直接或接間地影響更深刻與寬廣的人文精神品質的再生。

因此，儘管文學復古並非是一種原創與新鮮的現象，但確實也是作家們的一種回應時弊和主體反省的方式。在中國文學史傳統中的多次的復古實踐，也曾證明了它作為一種辯證推進的價值——唐初，陳子昂感嘆齊梁以來的詩「采麗競繁，而興寄都絕」，於是提倡詩歌應恢復《詩經》傳統、恢復建安風骨；白居易提倡新樂府詩運動，韓愈提倡古文運動——企圖恢復漢魏古文，不平則鳴，以糾正當時過度形式化的困限。到了晚明，又有主張追溯漢魏古詩、盛唐律詩，期以大量閱讀，專習凝領，兼容並蓄。換句話說，歷代諸多復古運動所針對的，都是兩個問題：文壇上的過度形式化，以及人們普遍語言能力素養、或者精神狀態衰頹的現實。

所以，我們最終也可以這樣概括與理解汪、陸、張的「復古」實踐：對於汪曾祺來說，他企圖在九〇年代大陸明顯資本主義興起，以及「文學失卻轟動效應」的後現代背景下，重新挺立一種中國名士派文人高潔、獨立、隨性及頑強的精神；陸文夫則是以杜甫的「安得廣廈千萬間，大庇天下寒士俱歡顏」為起點，渴慕回歸一種古典的俠義、互助與唯美的情感和日常文化；而張大春則是藉由返回中國傳統說書人的立場，以筆記小說的寫法，一方面不斷強調、保留與成全「文學」本身的無目的性、純粹性與文人趣味，二方面也推進了早期過於強調文學遊戲、解構、去歷史化的傾向，從民間、邊緣、異質的角度，聯繫上大量的「文化

63　蔡翔〈奇遇與突圍：九十年代小說和它的想像方式〉，收入蔡翔《神聖回憶——蔡翔選集》（台北：人間出版社，2012年），頁218。

64　同上註，頁298。

中國」的具體視野，也部分地重新上接中國文學的載道傳統及間接的社會介入功能，儘管仍不無介在「文化中國」與現實中國的焦慮。三位作家雖然取材、立場不盡相同，但這既是他們在後現代中，拯救兩岸文學與文化時弊的或隱或顯的主張，也是作家主體自我救贖的一種生命發展方式。

第六章　想像參照與藝術論

第一節　前言：雙重視野的想像參照

自一九八七年台灣解嚴，九〇年代初開放大陸探親與兩岸交流以來，兩岸對彼此的理解，雖然不乏大敘述的掌握[1]，但在台灣文學創作的世界，鮮少有能夠綜合地彰顯各階段新的兩岸關係與意識型態的流變、整體性或其縫隙的關注與想像的作品。因為這不僅需要有對自身高度的認識，更需要有對彼岸、他者的理解興趣與平等的將心比心的胸懷。但是在九〇年代中後台灣的本土論述高漲、以及兩岸社會發展極為複雜、政治權術日益精密、讀者閱讀習慣日亦往影視媒介偏移的時代，要求以文字為媒介的作家還能「整體地」認識、刻畫甚至介入現實，似乎也不太符合新世代的實際狀況。同時，在兩岸現當代文學史上，又曾經出現過不少這種刻意（以某種意念先行的現實書寫）操作下的作品缺失。是以，期望兩岸作家關注時代不斷變化下的新的題材，並以此間接地促進兩岸人民新的理解，解放雙方仍存在的認識偏見，很難說不是一種艱難的書寫與美學工作。

駱以軍《遠方》（二〇〇三年台北麥田出版社出版），是解嚴後極少數同時在一部作品中，涉及新兩岸關係的視野與新理解的代表作。但很奇特地，並未得到一向追蹤駱以軍的學

1　例如大陸有不少台灣研究的單位及學者，而台灣亦有中央研究院和少數學者，近年來研究起冷戰以降大陸狀態。

者與批評家們的精細討論。這裡面帶有什麼樣的知識文化和歷史社會問題的選擇（或不選擇），實在很值得深思，而我認為，《遠方》事實上極難得的有一種在一個作家／作品內部，將他者對象化並且再重新用來反觀自身的品格，即使就同類型的主題內容及藝術實踐的譜系來說，亦有相對的特殊性與推進性。

本章擬以《遠方》為代表個案。首先將疏理與整合分析台灣的「外省」小說家的大陸書寫流變，兼談過去重要學者對此研究的文獻狀況，以說明駱以軍《遠方》一直以來被學界忽視的視角，及可能一直被忽視解讀的面向——底層[2]。其次，闡釋《遠方》聯繫上了部分兩岸底層的視野／書寫的細節，詮釋它們的內涵、文學特質或作用，最後分析《遠方》的後現代觀中的一些新辯證／推進的嘗試，闡釋作家如何透過有自覺的努力，調用彼岸他者為一種想像參照的注視，擴展後現代文學自身的寬度、包容性，實踐文學小說自身的流動與新生命的契機，企圖證成對駱以軍和他的《遠方》來說，他已經超越一般意義上的「文學」的審美意圖，開始有更大格局作家的責任承擔。

第二節　從台灣外省小說家的大陸書寫流變談起

「外省人」在台灣有其特殊的指涉，也有其世代的差異[3]。一般來說，指涉的對象包括以下這些人：其一是一九四五年台灣回歸後，當時的行政長官陳儀，帶來的一小批外省人。

其二是彭孟緝曾帶來鎮壓二二八事件的一支部隊。其三是在魏道明擔任省主席（從他開始改稱省主席），帶領到台灣的一些人[4]。其四則是在一九四九年，跟隨國民黨軍隊從大陸來台定居的大批軍人及眷屬（根據一九五六年戶口普查，非台灣本省籍者約一百二十一萬人[5]）。

這批人當中，有少數後來陸續成為戰後台灣的重要文化人／知識分子，例如朱西甯（1927-1998）、余光中（1928-）、白先勇（1937-）、劉大任（1939-）、王文興（1939-）等。他們出生在大陸，年輕時成長於台灣，後來有些移往美國讀書與工作，由於具有某種「舊時王謝堂前燕」的身份、家學和歷史意識（某些觀點認為，這在台灣社會的上昇發展具

---

2 本文對「底層」的概念，採用的是在《遠方》文本內部的世界中，相對於較強勢經濟與物質條件的另一造。

3 關於『外省人』的概念，胡衍南曾作過這樣的整理，可供參照：「外省人……在不同的歷史時空下分別從『省籍』或『族群』的概念出發。……省籍概念下的『外省人』，可以溯源至一九四〇、一九五〇年代，當時的國民黨政府用它來區隔較早來台的大陸移民，……不過這個用法在『黨外』勢力及民族的崛起過程中被強化了原先的差異性，本省人／外省人的區隔變成為台灣人／中國人的對立。至於族群概念下的『外省人』，出現在李登輝主政下的一九九〇年代台灣……原本二元對立的講法，被外省人、本省福佬人、本省客家人、原住民等『四大族群』之說給取代（或超越）。」胡衍南〈論「外省第二代」作家的父親（家族）書寫〉，《清華中文學林》（第一期），2005年7月，頁110。

4 其一到其三為呂正惠教授在閱讀完本文後，提供的補充意見，謹此註明並致謝。

5 數據參考台灣維基百科。

有一定的先天優勢，也成為日後省籍、族群矛盾問題的起源，然而，他們後續也不乏努力的事實），再逢戰後台灣禁絕五四時期左翼文學與日據時期左翼文學，文學淵源講究以西方取經為高，所以「外省」第一代的作家與作品，如白先勇後續寫出的《台北人》、王文興《家變》等代表作，便以融合了各式存在主義與現代派的思維和技巧，再融合超然的抒情傾向順勢崛起，對台灣的現代文學及文學典律的發展影響深遠。而到了他們的下一代，也就是出生在台灣，父親或母親來自大陸（但仍以父親的原籍為身份為主要界定方式），這些作家較具有代表性的包括：朱天文（1956-）、張大春（1957-）、朱天心（1958-）、駱以軍（1967-）及郝譽翔（1969-）等，即是所謂的「外省第二代」。

無論是外省第一代還是第二代的作家，他們在文學創作初期上的題材與主題，常常都跟中國大陸有一定的關係。相較於台灣本省籍作家，外省作家對中國的感情及認同也較為複雜。第一代外省作家，如白先勇《台北人》（1983），主要刻畫的是兩類人，一類是已經過氣的國民黨上層將領及其眷屬，如〈遊園驚夢〉裡的主角夫人們，另一類是大陸來台的基層軍人、小公務員與商人，如〈一把青〉中的基層空軍軍人、〈花橋榮記〉的國文先生，及〈孤戀花〉中的妓女等。彼時，台灣已進入戒嚴期（一九四九年五月二十日—一九八七年七月十五日），他們也漸漸地明白，不可能短期內再回到大陸，因此，這一類的作品中，主人公常常以回望的姿態，懷想舊時、青春與故國的美好一切，對比與反襯在台灣當下的滄桑淪落、飄零孤寂。如同余光中早期的詩作〈鄉愁〉，第一代的外省小說家的作品，處處充滿著

「鄉愁」的甜美與苦澀。

隨著歷史時間的推進，部分留學美國的台灣外省作家，因深受海外保釣運動，與理想的革命意識的影響，對中國大陸的社會主義改革也有其興趣，所以開始出現了以留美派的知識分子，在中國文化大革命後，親身回到大陸重見親人與故土的小說書寫，早年在美國即選擇專攻中國革命史的小說家劉大任正是重要代表。他的小說〈風景舊曾諳〉（1983）與〈杜鵑啼血〉（1984）即涉及這方面的意識，它們的主要特質是，儘管主人公很有反省意識，自覺到不能、也不應該，以一個留美派的知識菁英的立場與眼光來理解彼時的中國[6]，但還是在作品中難免流露了以西方式的自由、平等、人權等觀念，來認知留在中國大陸的親戚們的命運。因此其主人公的形象刻畫，也就常採用某個被文革或政治運動清洗的主體，聚焦刻畫其抽象性——寡言、病痛、壓抑的情感化形象等，藉此投射敘事者對社會主義或曾有的理想主義的困惑與麻木（非強烈批判）。某種程度上也可以說，這一類較少直接聯繫上中國具體歷史和社會細節的書寫，也可能是一個本來就專攻中國革命史，對中國的社會主義，有其理想

6 例如，劉大任在〈風景舊曾諳〉中，一開始就讓主人公作出這樣的反省：「像我這樣一個人，享受著先進國家各種優厚待遇而只不過有那麼一點專長的研究者，走馬看花一遍，就跳出來指手劃腳，大肆批評一通，顯然是不公平的，因此，我應該識相些，保持沉默才是。」參見劉大任《劉大任集》（台北：前衛出版社，1994年），頁91。

與同情的留美派知識分子[7]，在接觸到某些新的現實後，暫無法較整體理解中國，但又需要維持情感的自我忠誠下的書寫產物。另一方面，王文興在解嚴初期（一九八九—一九九一年間）亦曾回到大陸旅遊三次，後續亦發表了三篇遊記：〈五省印象〉、〈山河掠影〉及〈西北東南〉，根據呂正惠對這三篇的研究，王文興對彼時的大陸，仍「極少發牢騷，或者直接批評」，甚至還能稍以共產主義或社會主義的角度，來理解他所看到的彼時大陸現象[8]。但總的來說，由於其體裁仍屬於遊記的性質，篇幅亦有限，實較難展現更複雜的兩岸視野，及對雙方文化認知差異的歷史反思。

第二代，基本上他們對大陸，已不若父母輩有那種直接且深刻的切膚感情，又在台灣一九四九年後長達三十餘年的戒嚴期間，長期被國民黨的黨國意識（包含一九六七年起國民黨有系統地推動的中華文化復興運動），以及重視中國古典文化的家庭教養薰陶[9]，對中國雖仍有一定的認同，但由於無法面對中國的實存，也只能從抽象文化的立場上，來維持對中國的想像與牽掛。因此，當八〇年代台灣本土勢力的日漸崛起，甚至到正式解嚴（一九八七年七月十五日）以後本土勢力成為新的主流，這些外省第二代作家，也開始陸續產生了某種踩在邊緣的孤絕感，這種情感的層次與意識，梅家玲曾以他們的眷村書寫，作出過這樣分析：

> 眷村書寫的積極意義，與其說是賡續、再現父長輩的戰爭記憶與鄉愁想像，塑形一特定之族群文化，不如說：正是因為這「原鄉」與「現實」間的流離與游移，使眷村作

家們具備了類似薩依德（Edward W. Said）所說的「流亡者」特質，能經由「雙重視角」（double perspective）交互透視，對外界與自我產生更深刻的觀照反思，並見多面向的時代變遷與國家滄桑。[10]

---

7 可再延伸的是：劉大任在近年的新作《遠方有風雷》（2009）中，以自傳性刻畫一個曾投入中國革命史研究的主人公的學習狀態：主人公從大陸到美國念書，結婚時，當時主持人手上還拿著一本《毛澤東文集》，念著〈為人民服務〉。女主人公當年在美國讀書時，主人公還介紹她看許多紅色革命小說，如《山鄉巨變》、《紅岩》、《青春之歌》、《上海的早晨》，甚至柳青的《創業史》等。可參見劉大任《遠方有風雷》（台北：聯合文學出版社，2010年）。

8 可參見呂正惠的會議論文〈王文興的大陸遊記〉，「演繹現代主義：王文興國際研討會」，台灣中央大學人文研究中心主辦，二〇一〇年六月四、五日。根據呂正惠的整理，王文興這三篇遊記發表的狀況如下：〈五省印象〉上、下，《聯合文學》六卷四、五期，一九九〇年二、三月；〈山河掠影〉上、下，《聯合文學》七卷四、五期，一九九一年二、三月；〈西北東南〉上、下，《聯合文學》八卷十一、十二期，一九九二年十、十一月。

9 例如朱西甯在給他的女兒朱天心《未了》作序時，便這樣描述他教養子女學生的方式，充滿中國古典文化傳承意謂：「感激天地厚德，使我從先聖教化，如大雅頌文王的『緝熙敬止』；從先父庭訓，惜時惜物，行健不息；皆修得我於萬人萬事，乃至萬物，莫不以敬應對，這已是自幼養成，行之天然。此於子女或學生，亦莫不如是。」收入見朱天心《未了》（台北：聯合文學出版社，2001年），頁7。

10 梅家玲〈八、九〇年代眷村小說（家）的家國想像與書寫政治〉，陳義芝主編《台灣現代小說史綜論》（台北：聯經出版公司，1998年），頁404。

儘管梅家玲對外省小說家，及眷村書寫抱持著較高的肯定。但不能忽視另一個角度：外省第二代常引起爭議的，也正是他們這種游移的寫作姿態與意識型態（特別在對「台灣」認同上）。在朱天心的〈未了〉（1981）和〈想我眷村的兄弟們〉（1992）裡，對於眷村（也就是早年國民黨來台後，安排外省人集中居住的地方）和眷村人，坦率且外露其強烈的偏好，並以此自覺區隔於眷村外的台灣本省人，帶有一定程度的優越感[11]。這種態度常常被貼上大中國認同的標籤，但他們對中國的認知與感覺，在實際上又早已不同於父輩。對於自己的家在台灣竟「無墳可上」，骨子裡實有極大的悲淒。這樣的文化心理，小從眷村的空間政治，大到黨國認同，均有其緊張、不同於第一代的反思，反映在〈想我的眷村的弟兄們〉，下面的敘述很有代表性：

正如妳無法接受被稱做是既得利益階級一樣，妳也無法接受只因為妳父親是外省人，妳就等同於國民黨這樣的血統論，與其說妳們是喝國民黨稀薄奶水長大的，妳更覺得其實妳和這個黨的關係彷彿一對早該離婚的怨偶，妳往往恨起它來遠勝過妳丈夫對它的，因為其中還多了被辜負、被背棄之感，儘管終其一生妳並未入黨，但妳一聽到別人毫無負擔、淋漓痛快的抨擊它時，妳總克制不了的認真挑出對方言詞間的一些破綻為它辯護，而同時打心底好羨慕他們可以如此沒有包袱的罵個過癮。[12]

儘管作者對寫作的態度與情懷是真誠的，但由於台灣八〇年代中後黨外（即國民黨之外）民主勢力的再崛起，並在長期台灣的國民兩黨均採用反共論述的文化影響下，朱天心對中國的感情也仍然非常的去歷史化。甚至比起前輩劉大任或王文興，朱天心對具體現實中國的興趣更弱，姿態更抒情、懷舊，過去對於她而言似乎永遠是最好的時光，大陸書寫的意義之於她，只是作為一種文化的符號義。而與朱天心同樣也是具有代表性的外省小說家張大春，早年以〈將軍碑〉（1986）崛起，深受馬奎斯魔幻寫實主義，及台灣解嚴前後的解構氛圍影響，他對父輩的黨國歷史，早年就已經帶有明顯的懷疑與解構的傾向。儘管到了《聆聽父親》（2003），張大春開始以一個同樣也作上父親的同理心，自覺地為他的父親追溯大陸時期的家族史。然而，這樣的大陸書寫，可以說也是集中在清理過去，而不是面對當下甚至未來。無獨有偶的還有郝譽翔的《逆旅》（2000），以更高度抒情及跳接的技法，來處理父輩自大陸到台灣的流離經驗。跟上述其它小說的差異是在於，郝譽翔更關心的主題是愛情。因此雖然《逆旅》的歷史時空，更接近至二〇〇〇年，但與其說郝譽翔是在重構父輩的離散

---

11 趙剛曾分析與批評過朱天心：「〈未了〉裡膨脹的國民黨化的大中國意識，與自戀的眷村外省人對本省人的優越感」。參見趙剛〈朱天心的前世今生——談朱天心的兩篇「眷村小說」裡的族群、性別與階級」，收入趙剛《四海困窮》（台北：唐山出版社，2005年），頁112。

12 朱天心〈想我眷村的兄弟們〉，收入蘇偉貞主編《台灣眷村小說選》（台北：二魚文化，2004 年），頁55-56。

史跟中國命運的關係，不如說，展現出來的視野，也僅僅是父輩的一種私人的愛情，和離散下的自我救贖安頓史。因此，總的來說，外省第二代作家中的朱天心、郝譽翔和張大春，在使用中國／大陸作為題材時，其書寫的個人意義，實大於文學史及社會解放的功能。

然而，同樣也身為外省第二代的駱以軍（1967-），在大陸書寫和兩岸意識上，已跟他的前輩們有明顯的不同。早期的駱以軍，曾以張大春的學生的姿態出現在台灣文壇。初期的作品，也被視為具有張大春的影子——具有解嚴後的明顯的解構與後現代的特質。然而，筆者更注意到的是，他跟前面幾位外省小說家的差異。就自傳背景來說，駱以軍雖然父親是外省人（南京），母親是本省台灣人（據駱的說法，是一個養女），妻子亦是本省台灣人（澎湖），目前已育有兩子。駱自小住的地方不是眷村，而是永和（近台北市，整個規畫接近小鎮的規模），大學時就讀的是台灣的中國文化大學中文系，研究所改念戲劇。年輕時偏好往來頹廢有才的文藝人士，其趣味跟古典書卷味甚強的朱天心、郝譽翔、張大春相較，某種程度上可說更相對接近「底層」。他筆下的感情常常跟荒謬、猥瑣、混亂、不堪、暴躁及憂鬱並行。他詭奇的想像世界、生命和歷史的方式，引起了包括黃錦樹、李奭學、王德威等重要批評家的關注。

但有意思的是，以黃錦樹的論述為例，黃錦樹一路以來是極認真地追蹤駱以軍作品的研究者，從他早期的作品開始，到最新的近作《西夏旅館》均有涉及，相關的重要論文包括：〈隔壁房間的裂縫——論駱以軍的抒情轉折〉、〈故事和小說——評駱以軍《第三個舞者》〉、〈小說與故事的隔壁關係——二評駱以軍《第三個舞者》〉及〈家庭劇場：流離與破碎——評駱以軍《月球性氏》等。〈遊魂：亡兄、孤兒、廢人〉雖非專論駱以軍，但也有些涉及。然而，在這樣豐富的文學史式的討論中，惟獨對《遠方》簡單帶過，僅僅言之為：「斷裂錯謬的祖國之夢《遠方》」[13]。如何選擇、詮釋／批評作家與作品，每個批評家自然有其一定的思想預設和感興趣的傾向，《遠方》也確實有很多部分是以「夢」來呈現，但內涵應遠遠不僅於此。

另一方面，王德威的〈父親的病——駱以軍與《遠方》〉有相關精采的論點，王德威首先將駱以軍的《遠方》，跟魯迅的散文〈我們現在怎樣做父親〉（1919）聯繫在一起，注意到作了父親以後的駱以軍，看著自己的兒子，也終於不禁要問出跟魯迅一樣的話：「我們現在怎樣做父親？」[14]，在魯迅那裡，這個命題帶有一定的啟蒙視野，重點在於解放傳統的倫理價值觀：「自己背著因襲的重擔，肩住了黑暗的閘門，放他們到寬闊光明的地方去；此後幸福的度日，合理的做人」，裡面有一種清理過去面向未來的意識。對駱以軍來說，這是不是代表，從開始寫作即不斷以後現代、荒謬和斷裂為高的作者，也終於想要面向現實與未

---

13 黃錦樹〈遊魂：亡兄、孤兒、廢人〉，收入黃錦樹《文與魂與體：現代中國性》（台北：麥田出版，2006年），頁343。

14 見王德威〈父親的病——駱以軍與《遠方》〉，收入王德威《後遺民寫作》（台北：麥田出版，2007年），頁296。

來，有一些非完全以審美為終極目的，重新處理實在與社會呢？但王德威對《遠方》的詮釋，至少在此書的大陸書寫部分，似乎比較保留。他採用跟駱這部小說中的章節並比，以審美距離說為分析的後設原則，認為：「比較小說其他章節那樣的繁複曲折，駱以軍的大陸紀行還是顯得平板。而我以為癥結在於他和他的敘事場景——中國／大陸——距離太遠，又和他的敘事對象——父親的病——距離太近。」[15]不過，王德威仍補充肯定：「即便如此，《遠方》是近期少見的野心之作。」[16]

筆者認為，其實《遠方》無論就放在前述的外省小說家的書寫流變，或駱以軍的創作史來觀察，它最特殊及有價值之處，正是在於此書已難能可貴地，涉及到新世紀以降的兩岸關係的某些底層視野。並在此過程中，以其在場的直覺與細節掌握，部分地將兩岸人民間的誤解、矛盾、第三世界國家的被剝削等重要問題，具體情感化與形象化。而讀者若也願意細細品味，不難注意到駱以軍對兩岸底層的感覺與反思，進而可能解消兩造對雙方的某些偏見。因此，它並非只能看作一部家族史（在《遠方》之前的駱以軍的另一本書《月球姓氏》比較更適合看作作家族史書寫）。也不只是駱以軍以前作品中常出現的死亡、棄的主題的簡單變奏，應自有其主體性與特殊性。需要在「斷裂錯謬的祖國之夢」，與一般「大陸紀行」等前人學者的詮釋下，再行深入分析。

第三節 不只是審美的意圖：《遠方》的兩岸底層書寫

《遠方》初版於二〇〇三年六月，在體裁上屬於自傳性長篇小說，小說取材自二〇〇一年夏天，駱以軍的父親在一趟大陸江西的旅遊過程的中風事件。得知消息後的主人公駱以軍和他的母親，立刻從台灣趕往大陸協助救援。在這樣的行動過程裡，他不得不節制他習慣的內向性，面對與處理「父親的病」所衍生的一系列社會人際關係與事件，也由此見識、反省了兩岸底層的一些問題。

就大結構／框架來說，這篇小說並不難懂，甚至跟駱以軍過去習慣性的跳接、無邏輯式的寫法相較，《遠方》不但未刻意求奇，甚至可說更有那麼一些返樸歸真的氣象。小說結構初始以自己跟孩子、妻子（本省籍：台灣澎湖）的關係為起點，中間為父親在大陸江西的中風及拯救的經驗及過程，最後又回到主人公跟孩子和妻子的關係。從族群關係的概括來看其結構，則是在處理：外省第二代與本省妻兒、外省父親和他的大陸家族故事，再回到外省第二代與妻兒（外省第三代）的關係。這樣的框架形式，也因此可以被理解為：小說家／主人公駱以軍，企圖藉由清理父輩的大陸生命史、參與父輩的晚年生病之猥瑣史、父親的外省兒

---

15 同上註，頁299。

16 同上註，頁299。

子及其在中國的被鬥爭命運史，及與共赴大陸處理事務的本省母親的再理解與和解。因此可以說，《遠方》完成的亦不只是「救父」，而是在後現代式的在場行動裡，不斷地互動與注視身邊的人們（僅管主人公並非完全心甘情願），進而生產反省、同情及理解。所以最終的結構，拉回自身和妻子、孩子的關係，便能詮釋成一種，明明是生與長在台灣，卻被本土化運動排擠成不鳥不獸如蝙蝠般的外省第二代，開始展開以更新後相對開闊的兩岸視野，修復與發展新的生命。

從結構／框架開始深入到內裡，看似仍以家族史為敘事目的的《遠方》，其內在的層次又並非僅僅是家族史。事實上，在《遠方》之前的《月球姓氏》（2000），駱以軍已經相當豐富地處理包括他父輩的外省家世，母親養女的身份及其本省文化人格，甚至他澎湖籍的本省妻子及她的家族遷徙流變。在那裡，駱以軍時常以一個旁觀者的眼光，後現代式的立場，以高度審美化的姿態來觀看與理解親人／他者的生活。逃難、悲傷，甚至歷史，也都常被當成夢與遊戲來處理與表意，儘管那當中存在著各式各樣難以承受之輕的靈光與亮點，以許多幽微的不堪、細緻的轉折與喃喃自語，在想像的世界裡，對抗想像中的現實，甚至互文式地安慰過去的死者（如《遺悲懷》互文邱妙津的《蒙馬特遺書》），虛寫性十足。但《遠方》的內裡，恰恰轉出了不完全是那麼純審美功能的書寫，這裡反而更多的是，終究想逃也逃不了，雖然不得已，仍不失真誠下的現實書寫（但就整部作品來說，又並非現實主義式的）。例如，在開篇不久，主人公以私小說的姿態，說出他的獨白：

這正是一個奔赴死亡現場的途中。父親正在一個陌生遙遠的小城破醫院裡孤獨地、逐漸地死去。而我們卻無法如噩夢中總是一個場景跳接到下一個場景。我們無法省略那疲憊漫長、手續繁複的中間過程。[17]

我在那次的旅程裡，像遊魂般置身在交通中、旅店裡，醫院乃至於大街上，皆因一種過度專注於自己的無從奔走的零丁處境，而蹙眉蜷縮（甚至帶著一種自衛的神經質）不及細細暇賞身邊人物的悠然靜美、滑稽與暴亂。[18]

第一個引文，用了兩次「無法」，成長於解嚴與大秩序解體後，一向叛逆與理直氣壯地用審美的態度來面對人生與生活的作家，終於也有了不得不直面的時候。筆者覺得，這正是解讀《遠方》的不新但有效的入口，過去的論者所曾提及的那些駱以軍小說的常見元素，如死亡、慾望、棄與被棄等（黃錦樹語），在《遠方》中雖仍不時現身，但它們的功能／效果，在此作中已非最大的特色，「底層」書寫乃是新亮點。

17 駱以軍《遠方》（台北：麥田出版，2003年），頁31。

18 同上註，頁51。

一、觀看台灣

先看其書寫到台灣底層問題的部分，值得討論的有幾處重要細節。之一，在小說開篇處：主人公駱以軍，準備帶著兒子去台北的某家醫院，探訪癱瘓已久的父親，在前往的過程中，他注視到他所生長的台北近郊小鎮的老舊不堪，而這次，他沒有以審美的姿態，將細節無限延伸成台北惡之華，僅僅是寓意素樸，誠實地接近當前大台北地區的週邊（如作者家所在的永和）的許多實況：

> 沒想到那個小鎮，像我睜大眼看著這個世界，以為我的身體也會那樣一直長大……不料它長到一個階段（一個神祕時刻），就停滯在一個輪廓裡不再更新發展了。它反而像從自己的體內分裂出一種造成整體衰老壞朽的髒細胞，吞噬並侵襲著有限整體的各個細微部分。[19]

這樣成長到一個階段，就似乎不再往前更新的小鎮，儼然是台灣現實發展的某種不堪的隱喻。在某些現代或後現代作家的視野裡，這樣的意識和表意方式，或許還能被視為以醜為美或解消醜美認知的齊物智慧。同時在詮釋策略上，還可以把它們視為相對於中產階級審美觀下的革命的「進步」實踐。但在這裡，更合理的意義恐怕並非如此。因為父親確實的衰敗及照顧責任就在當下，主人公不耐但也無奈，如同直面千禧年初的台北近郊市鎮的衰老發展，因此節制了對箇中細節的審美追求。接下來，主人公才能教他兒子一些搞笑的方式取悅病人，在略帶荒謬哄誘的人情與唱笑後，他看似毫無邏輯與無因果必然地，第一次沒有拒絕他兒子的提議，帶著兒子到醫院附近的公園玩，但卻還是不得不直擊了，台灣邁入高齡化社會的衰敗與底層遊民的生存現象：

那個公園的存留，似乎只是為了展演「活生生的衰老」，某種層次繁複的裝置藝術或小劇場之類的表演區。那些住院的老人，一輛一輛金屬骨架輪椅由印尼女傭推出，排列得像某種古代巨大海底甲殼類生物那樣靜坐著曬太陽。在他們對面的石凳上，舊報紙蓋面一身尿騷酸臭仰睡著的，是附近的老遊民們。這個社區公園裡，從塞爆的垃圾桶周圍，涼亭裡的石桌石凳，鋪開的小鵝卵石腳底按摩小徑，到孩童們遊樂的磨石水泥大象溜滑梯和蹺蹺板……，到處都積結著一種黏糊糊的，讓人從心底產生憎惡情緒的黑垢。[20]

19 同上註，頁8。

20 同上註，頁15。

不是漫遊者天堂、也不是拾荒老人可供閱讀的過於喧囂的孤獨世界，作為一個父親，讓下一代的小孩在這種地方遊玩，不能不昇起實在且油然的嫌惡。小說家主人公難得稍微火大的動到情感，雖然日常性，但畢竟還是有力的，而不是企圖完成一種事不關己的僅作為無目的審美，因此實在地見證與反映出台灣當下社會的新老齡問題。

其二，駱以軍在書寫到主人公進入大陸「救父」的細節間，有好幾處見識台灣人跟大陸人的互動。他對台灣國民文化人格有一定的反省。作品中一方面反映出，台灣的日常生活與人民，充滿著對他者的人情味與善意。但二方面也由於長期深受反共教育，及資本主義西化思維滲透，對中國和其它東南亞地區第三世界國家的「感覺」，和想像結構其實仍非常狹窄（甚至帶有一定程度的偏見），其氣度也鮮少能超出本文前述所提到的劉大任和王文興的反省邏輯。同時，在解嚴後台灣主體意識高度上昇的新歷史條件下，「愛台灣」更成為一種新的台灣全民意識「形態」運動。知識分子幾乎不太敢於直面與批評台灣人自身的「國民性」或文化人格的問題。在《遠方》中，駱以軍卻敢於直書這方面的細節。例如，有一幕，他寫到由於轉機的關係，主人公和其母親很晚才抵達大陸（先在海南島轉機），故在台籍導遊的安排下，先在海口市的餐廳用餐，台籍導遊對大陸的司機、餐廳員工的態度均非常粗暴，甚至會當面叫罵，在這種狀態下，主人公也「審美」不起來了，他難得了動了怒氣，這樣敘述：

我被他這種莫名擺排場來糟蹋對方的氣勢弄得躁鬱不已。這個在台灣的機場大廳，無論如何看去都得顯得平凡木訥的中年男人，是什麼力量讓他換個場景就把自己變得如此巨大？他說：「我被大陸人騙過好多次……」但那時我已沒在聽他說話了。[21]

此種批評姿態，在台灣其實很容易陷入族群鬥爭——認為是外省人駱以軍刻意醜化台灣人。但更深入來看，筆者認為，駱以軍跟前述談到的許多外省第二代的作家，最大的差異正是在這裡。這個寫作原點從「夜闇酒館」（駱以軍早期小說《我們自夜闇的酒館離開》，1993）出來跑江湖的小說家，雖然也是擁有碩士學位的知識分子和文化人。但他看待社會和歷史的眼光，相較於朱天心、張大春、郝譽翔等菁英立場，與愛回望、愛懷舊的姿態，駱以軍對更新的現實其實更加關注，對同樣身處躁動且相對弱勢的他者，其感應程度也較平等。同時，他對自己的外省身份也格外敏感小心，從《月球姓氏》到《遠方》，不時都可以發現主人公，努力學台語、努力理解台籍妻子的家族與性格，時常提醒自己是不是不自覺地傷害了他們[22]。也因此，《遠方》才能更進一步的意識到，在兩岸關係上，台灣其實存在著一

21　同上註，頁 34。

22　其實在《月球姓氏》和《遠方》中，作者就不時對能否好好理解「台灣」作出很多反省。例如《遠方》中有一段，對台籍妻子的家族的一段心理獨白，頁 271：「事實上我完全不知道曾經發生過什麼事？不論是這個家族或眼前這片籠罩著一層薄霧乃至無法看到更遠處的這片田野。我甚至不知道大姊

種，以很幽微地的方式，運作群族矛盾以遮蔽兩岸階級矛盾的現象。例如，他將解嚴初期外省老兵的金錢返鄉熱，跟後來更多的本土台商對大陸的剝削聯繫起來對比：

我父親那一整批離鄉半世紀的老榮民們，他們帶著大量的金戒指金項鍊和外匯券（那全是他們的退休金加上半輩子的積蓄），像久旱後下的第一場雷雨，那些生離死別的傳奇、跪母靈修祖墳白髮夫妻涕淚重逢的場景，全在一陣蓬煙之後被偌大的中國土地收殺揮發了。接著是台商……，那些製鞋五金廠成衣廠低階電子零件廠，他們據點成鎮，改變著廠區周邊鄉鎮的勞動人口的流向，這些螞蟻雄兵帶來了資金，以及從前日本人或美國人帶進他們童年家鄉那些第三世界的童貞最初被跨國工廠進據玷污的悲慘圖景：酒廊、卡拉ＯＫ、工廠、廉價勞力剝削與廉價買賣的女人身體、預知死亡紀事卻利用對方的貪婪與無知而重頭演出的土地污染……。[23]

在這個細節裡，主人公雖有為他父親這類的外省人辯護之意——早年國民黨，為了安頓外省軍人的在台生活，提供了眷屬補助和終身俸等制度，形成了早年在台灣的外省人經濟及發展上的相對優勢。這種制度的存在，也在民進黨及台灣主體意識崛起後，成了製造族群矛盾的根本原因之一。但另一個層次，敘事者也讓我們看到，自解嚴後到大陸設廠且爆富的台商，更多的是台灣本省人[24]，而且其剝削他者的手法與姿態，也極少被正視與揭露。換句話說，就是將兩岸的階級剝削問題，幽微地轉化與移轉成島內的族群矛盾。讓許多基層的在台外省軍人，來承擔族群矛盾的原罪，而後來台灣本省工業（本土中小企業或大廠），對大陸的底層剝削及連帶生產出的國民偏見，就巧妙地隱藏在成就對方「先富起來」的事功裡。從小說敘述的深層意識來看，也不難讀出作者對這樣的資本主義剝削和污染行為不能認同。

二、觀看大陸

另一方面，《遠方》對大陸底層的視野，主要透過人物為重心來展開。文本的時空條件為千禧初年的江西。相對於更大的城市或省份，江西的現代化發展也才開始，主人公的父親所待的九江地區的醫院，醫療資源有限，為了讓父親能夠得到比較好的照顧，主人公和他的母親，親自待在九江長達一個月，而在整個照顧父親並處理轉運回台的過程裡，為了請求較

曾經嫁過人。……我有沒有曾因為無知，在大姊面前說過那些犯忌諱的話？我又曾經在不知情狀況下，傷害過這個我懵懂其身世的家族裡的其他人？」

23 駱以軍《遠方》，頁61。

24 陳映真曾在一篇訪談〈《人間雜誌》——臺灣左翼知識分子的追求和理想〉中指出，台灣的前五大資本家，其實只有第五名遠東紡織是外省人的，其它四名都是本省人。可參見網路版的陳映真此文，收入《人文與社會》：http://wen.org.cn/modules/article/view.article.php?a3313。雖然歷史條件一直不斷變異，但台灣經濟模式實主要為中小企業，而早年追隨國民黨的軍人多從事軍公教工作，真正對兩岸經濟能起重要勢力影響者，恐怕應仍以本省人（尤其是日後能移轉土地的本省地主）為主導勢力。

高的醫療品質，主人公也不時地以高價物品及金錢等，交付這場醫病關係中的彼方，換個說法就是向醫生賄賂。但有意思的是，他筆下的主人公和收賄者，對此都常呈現一種荒謬感，似乎都覺得不潔，但又不得不這樣做。於是展現在此獨白細節的特質便是，主人公一直在反省自己能否理解這種狀況的「合理性」？他這樣描述他的主人公內心的聲音：

我對他們瞭解多少？一開始病房的鄰床親屬忠告我們不要在醫院待至天黑，他們說九江人夜後吸毒的人多。……我可曾理解我賄賂的那兩個醫生？[25]

也因此，駱以軍沒有很教條地，或說很理想地賦予賄賂罪惡化，也沒有簡單地否定九江的醫生的道德問題，因為他還在揣摩：那些醫生的真實的內心又是如何呢？這裡還連接了一個與「救父」較無關但非常重要的歧路／小插曲——主人公注意到父親鄰床的病人出院了，他知道那一定是沒錢醫療的必然結果，順口問了同樣的主治醫生，沒想到醫生竟然也極誠實地說：「是啊，他們沒錢了。」主人公回應到：「那就是帶回去等死了？」接下來對方醫生回應他的情感敘述相當有心理層次：

萬主任這次真的抬頭直視著我，以一種我不知是譴責或是自責的悲傷眼神對我說：是啊，就是帶回去等死了。[26]

如果這樣的敘述是由朱天心或郝譽翔來寫，或寫在《古都》或《逆旅》那樣的抒情作品中，就不能稱之為難得的特質。然而，這卻是由一個一直以來玩世不恭、插科打諢、解構再解構的駱以軍來呈現在《遠方》中，便足以體現了，當現實／真實感強過於後現代信念的效果——兩人都共同意識到命運的殘忍與真誠的感情，即便是在後現代的語境裡，它不會也不該被消融。同時，這一刻，主人公、他者和讀者，亦因其塑造的瞬間難得的真誠，完成了一種文學上的感同身受的慚愧與感染的可能。

另一方面，駱以軍又以自身的家族經驗中的人物為書寫重心，來表現對大陸底層的理解——他的父親在一九四九年到台灣之前，就已經在大陸結過婚，也生了好幾個兒子，但兒子的母親，因為不堪先生遠去台灣，很快就改嫁。這些辛苦自立更生長大的哥哥們，到了二千年也均已年過半百，聞病訊亦急忙來醫院協助照料。儘管小說中提到一些因為當時物質基礎的差異，導致主人公和他的哥哥們，「關照」父親方式的不同。但駱以軍對哥哥們的歷史和感情，始終流露著高度想理解的真誠與尊重，在文中，他曾先後敘述到：

> 一歲不到就成為孤兒（因為父親丟下他們母子跑到台灣），上半生且莫名其妙背負著

---

25 駱以軍《遠方》，頁 115。

26 同上註，頁 220。

一個「國特父親」、「海外分子父親」的污印，而在一次一次清算鬥爭集會中被帶上台撇清、自我批判的「黑五類」、「反右分子」的，以明大哥。27

我想他內心一定委屈極了。他一出生就是孤兒。四九年我父親前腳才跑，我大媽後腳便改嫁了。好不容易盼了半生憑空掉下個父親，不想最後是這樣兇險淒涼的場景。28

在台灣文學的書寫中，這樣的角度是極少出現的，那些在一九四九年歷史的必然與偶然性所造成分隔的大陸後輩，不但沒有受到長輩親人應有的成長照顧，反而還承擔了他們所不該承擔的歷史責任與後果。雖然不完全是主人公父親的責任。爾後，在醫院裡，這些兄長們還是又回來分擔照顧的責任，這裡面有著怎麼樣不變的中國倫理觀呢？這當然不是駱以軍感興趣的大主題，他的興趣還是存在性的，從細微處注視著這些哥哥的行為，甚至從中也看出，中國在社會主義發展的過程中，仍遺留在老一輩身上的某些正義感等特質。例如有一段，主人公和哥哥們，推著父親的病床去另一間房作檢查，從事檢查的都盡是一些小青年，主人公首先注意到他們對農民老人的歧視：

這裡的青年一穿上制服，不論是層級如何低的，便對那些說話夾纏不清的農民老人，有一種刻意擺出來的蔑視和提防，似乎在一個外人不知道的歲月裡，曾喫過許多這類老人的虧似的。[29]

接著，敘事者描述了一段，他穿著毛裝的大陸農民三哥非常生動的回罵對方的背景及細節：

有個音樂喇叭掛在這間空蕩蕩的房間上方，他們播放著音量極大的中國搖滾。那些農村苦力出身的老人對他們竟在這樣古怪科幻的未來場景裡，如此粗暴地以年輕小子的墮落流行樂轟炸一位垂危的老人異常憤怒。沒有任何預警地，我那位穿著毛裝一頭白髮的三哥，忽然走到控制室之前，用力拍打那扇壓克力玻璃窗，咒罵著：「共產黨完蛋了……你們這個操你媽音樂這樣搞法……病人都被搞死了……」[30]

駱以軍對這個三哥非常有好感，這並不是說駱以軍對共產黨完全沒有偏見，而是作者長於站在對方的立場，來公平地揣摩他人的思維方式與感情的主體性。因此在形象化下，才能有這麼生動有力的效果。

---

27 同上註，頁41。
28 同上註，頁159。
29 同上註，頁69。
30 同上註，頁70。

其三，《遠方》處理大陸底層的場景／背景敘述，雖然看似有那麼點自然主義的靜態，或事不關己的超然，但如果我們注意他在寫類似片段的前後文，會讀出完全不同的意思，例如像這樣描寫九江，其實跟前後文的主人公和同行的本省母親的心結，彼此間有互文的關係：

我們已經擱淺在這個混亂的異鄉城市，擱淺在父親團噎阻塞住的無意識時刻裡，我們進退不得。每日匆匆從旅店出門，招計程車到達那破陋的醫院場景；再從醫院招車躲回這座旅店，這座城市裡那些貧窮，兩眼空洞無神，那些無玻璃櫥窗只是一間間白灰糊牆的水泥房小框格商店，裡頭零落展售著衛浴器材、美術燈，貼牆木架上的國產可樂和飲料……那些街景在車窗外倥傯閃過。

我們擱淺在這動彈不得。

我從不知道這麼多年來，我母親心中的恨意如此堅硬浮沉。[31]

他的母親在這趟辛苦的旅程中，終於開始怪主人公在台灣時不夠照顧父親，開始數落那些往昔日常裡的虧欠，這讓性格敏感的主人公極為受傷。但嫁給外省人的台籍母親跟父親的關係，一生又如何呢？主人公其實也意識到，強勢的父親導致母親長期壓抑。甚至解嚴後仍不斷包容，讓先生將不多的儲蓄一次次帶回大陸，以彌補當年先生拋下大陸孩子的虧欠。主人公明白母親的內心也累積了很多寂寞與痛苦。在不斷地隱忍下，爆發出來的傷人的話自然也有歷史合理性，但就情感來說，母子兩造仍然都是受害者，大陸的哥哥們／父親原生的孩子們也一樣無辜。是在這樣的背景下，作者才接續寫了這段九江環境的場景，因此這段場景就不是純粹的客觀書寫，而是同時投射與互文了主人公跟母親之間的關係。前述引文中的擱淺、空洞的空間感，便有了某種兩岸分隔下，所造成的情感空茫的同構性，並非只是「旁觀他人的痛苦」的虛無。

相關的還有以下這一段風景書寫。主人公仍然將對九江的觀看，聯繫上台灣的某些場景，營造出某種「我跟妳們是一夥的」（主人公語）的溫情感，這無論在駱以軍的書寫，或台灣文學史中，也是相當難得的：

> 行道樹的老楓，挨擠著那樹株間的隔距，是一盞盞小攤販的黃燈泡，是賣哪些東西的小販呢？車行速度過快，使我只能在一種前抑後抑的身體擺晃中，眼花撩亂地瞥過那些灰撲撲色調蓋住的擁塞街景：那些突然如此貼近的茫然而骯髒的老臉，那些艱難拉著長板車，上頭承載著無啥稀罕的當地節令的各色水果；街邊小玻璃櫃裡頭塞滿了只有童年五彩糖果盒可能勾起同樣旖旎慾念的各種顏色和名稱的長條盒香菸；街上混雜

---

31 同上註，頁97。

走動著各種不可能在我原先能想像的任一座城市時空裡同時登場的人物打扮。……那很像是將六〇年代台北中華商場靠鐵道那一樣，七〇年代的苗栗火車站附近，加上萬大路果菜市場靠近環河快速道路集散處，或是極久遠年代想像中的艋舺碼頭市集的幾種恍惚印象疊合擠壓之虛擬布景，他們是可以將貧窮的零工、苦力、遊民、下班的公務員、穿制服的中學生、穿印花布合身剪裁洋裝（何其美麗）的少婦、混混，穿廉價銀色系小可愛及皮短褲的辣妹……全那麼互不嫌對方礙眼地擠在那樹影間小黃燈泡光暈烘出的夢幻街景中。[32]

駱以軍的書寫姿態，基本上是比較不帶有啟蒙的。因此當他觀看到某種從菁英的角度視為的「落後」的現象，其思維的座標也不時會引入自己台灣的狀況。從這一點上來說，比起台灣小鎮現今某種程度上的衰敗及難以再成長，那些在九江觀看到的初始發展的少婦，其青春之美，以及那些還沒被資本主義利益分化所仍存有的無分別心，恐怕更令小說家傾慕。

第四節　後現代以後怎麼辦？——《遠方》的藝術觀推進

王德威在論及過去駱以軍作品的特色時，曾概括強調與突出他的作品中的後現代特性：

駱書寫詭異夢境，鑽研生命的曖昧時刻，暴露欲望的狂縱衝動，了無禁忌。他的敘事迷離流淌，卻每有不由自主的厥攣與震顫。而他筆下的千言萬語都指向一個不可言說的核心。那核心可是欲望迷魅的所在，時間歸零的空地？或更可能的，死亡的變裝秀場？[33]

這當中其實涉及了好幾個層面：包括敘事／意義的結構／本質、書寫的方式、態度甚至風格等，駱以軍的大部分作品，確實是不同於傳統現實主義小說——相對較重大敘事（社會與歷史）、重秩序感、整體性，或強調明確的意義指涉等。然而，這種後現代的解構特質，也是崛起於後解嚴時期的許多台灣小說共同相近的特質。在走過一個威權或文化權力宰制過於集中的時期後，作家以後現代、解構的立場書寫作品，自然也有歷史合理及必要性，而其最大的價值，正是對於過往時代的再顛覆與再辯證，其功能，接近於王岳川在《後現代主義文化研究》對後現代話語的概括：

後現代話語交往的目的，並不在於追求共識，而在於追求「謬誤推理」。提倡以更深

---

32 同上註，頁 102-103。

33 王德威〈我華麗的淫猥與悲傷——駱以軍的死亡敘事〉，收入駱以軍《遣悲懷》（台北：麥田出版，2001 年），頁 8。

廣的氣度寬容不一致的標準，以一種多元式的有限元話語，創立後現代知識法則：追求創造者的謬誤推理或矛盾論，提導一種異質標準（incommensurability）。[34]

然而，在解嚴後已經過了十餘年，這樣的「異質標準」，在實際的現實或作品實踐裡，也不能一概而論其佳，否則也會倒向另一種抽象或理想化，畢竟如果我們定位小說的存在意義之一，是要達成某種程度上的理智與感情的擴展，甚至進一步的社會解放，它們不該完全是一種作者與讀者的個人化遊戲。不然，小說的書寫意義，最終永遠推向一個不可言說的核心，是不是弔詭地，其「不可言說的核心」久了、累積多了，也又成為了一種新的教條？其「不可言說」是否也要再被解構，才是新的一種康健的後現代的實踐？筆者認為，駱以軍《遠方》中，他其實是有意識到這種後現代自身的矛盾的。所以，《遠方》雖然也有王德威、黃錦樹論述中所提到的那些後現代特質，但駱以軍仍然在後現代的脈絡下，企圖透過再辯證反思的方式，讓小說藝術觀的可能性再往前推進，這樣的辯證不能簡單地看成是現實主義方法的回歸，而是在後現代內部自行回應或調整自身困境的嘗試。具體來說，他主要採用了後設小說的方法（主要就是在小說敘事中，檢討小說的真實與虛構的關係、小說能聯繫上的對象的可能性及小說對現實的解放技術等），來辯證、推進後現代小說也日益僵化的限制，落實在《遠方》，有下面的一些觀點的生產：

首先是對「典型」的再反省：《遠方》中好幾處寫到，主人公在大陸被問及兩岸的統獨問題，其中一次是被一個解放軍軍人詢問。主人公畢竟有其社會化的一面，也不想在旅程中橫生枝節，所以就表面上回應：「反正大家不都說：中國這次真的要站起來了，到那時候，統一或獨立不是都不重要？」[35]主人公雖然這樣說，但內心的獨白卻是響起了他的父親或岳父的聲音，想起了如果是他的父親和岳父聽到這種詢問，若是父親，一定會立刻起身大罵共產黨罪行，或如果是岳父（本省人），一定會冷笑對方懂台灣人的悲哀嗎？（意思可能是幾百年來的被殖民，影響了台灣人今日的文化性格）。但無論是那一種，到了主人公的世代，其實都已經不足以解釋及回應目前日亦複雜的兩岸關係。但主人公自己呢？他用跑江湖，避免麻煩的簡單邏輯來回應這個解放軍（基本上，《遠方》中主人公對解放軍有一定的真實好感），其實也是不足的。作者又深深自覺這一點，但或許是他目前也無能完整回應這個命題，所以主人公提出了一種，在細節上否定辯證的技術，一方面加入這樣的獨白來自嘲自己的犬儒，但自嘲完，二方面，他仍然選擇要做一個「不典型」的人：

> 這樣的話語像走江湖在幫人明哲保身的切口或祕訣。……像是鍵入一個對的關鍵字便可以進入一整台你原先以為更複雜隱晦的電腦程式。如此簡單。如此典型。像我父

34 王岳川《後現代主義文化研究》（台北：淑馨出版社，1998年），頁14。

35 駱以軍《遠方》，頁62。

親。或是我岳父。那麼容易便到痛處或搔到癢處。而我卻不知不覺間變成一群人在談天，最後一個將臉自暗處抬起的那個人，那樣不典型的人。36

引文的「典型」，其指涉的內涵大致是，台灣島內老一輩的、無論本省人或外省人的一種固有的大陸想像，兩造在歷史過程中，雖然有群族矛盾，但在「反共」這一點，恐怕還有是有其一致性的。主人公明白這是極為簡化的邏輯或回應問題的方式，因而相對來說，到了他的世代，他寧願當一個「不典型」的人，來中和這樣那樣的教條。然而，筆者以為要注意的是，駱以軍這邊的「不典型」，對應其小說的功能意義，應該還包括兩個方面：一是對傳統典型觀，也就是對傳統教條化的大敘事現實內涵的解構，這一段本身也帶有這樣的涵義——無論是其父親或岳父的觀點。其二，「不典型」對駱以軍在《遠方》中的追求，其實是建立出更多的兩岸具體現實聯繫，或說存在性的細節與感情，包含那些荒謬的、不堪的，例如本文的詮釋面向：底層。作者雖然無意給出另一種菁英式的路線、信仰、方向，不作任何一種過去現實主義（無論是批判的或社會主義式的現實主義）的理想目的預設，與上對下的啟蒙。但其最終，也並非是現今已被教條化浸蝕的後現代的「無意義」。在《遠方》中，意義仍然是有的，只是碎片式的散落各地，仍需讀者去自行揀拾、完成。從這個角度上來說，駱以軍的「非典型」追求，還不至於會讓他導向完全虛無的困境。（事實上，小說家近年亦常出現在台灣的一些文化與社會運動中，對文化政治是有其理想的追求，其意識並非完全以審美為終極）。

其次，對語言及對話者的再後設反省：《遠方》整部小說除了主人公的聲音，也讓其它的人物聲音並存，獨白、對話亦穿插，具備一般後現代作品中，相當普遍被認知的眾聲喧嘩的特質。然而，筆者發現一個比較有意思的新聯繫是，在成全了這種「眾聲喧嘩」後，主人公在與大陸醫生、親人的互動時，仍不時意識到一種溝通上的困境：儘管大家都能自由講話了，同時明明每個人都說的是夾雜各自方言語調特色的普通話，但對方仍常常聽不懂自己想表達的意思。可見問題並非能以「眾聲喧嘩」為終極出口，不知道究竟是語言的問題，還是對話者兩造所屬的社會立場、文化脈絡的差異，駱以軍這樣敘述到：

我至今仍未弄懂，為何這位穿了一身醫師白袍的江西年輕人，聽得懂我大哥那夾纏蘇北腔南京腔的土話，卻聽不懂我說的？[37]

我一定是在一開始的時候，便選錯了進入那個秩序的方法，我說錯了話，走錯了門道，沒能理解他們理解事情的方法……。[38]

36 同上註，頁63。

37 同上註，頁85。

38 同上註，頁86。

主人公沒有企圖用自己想法去概括他者的想法，而是一直在檢討自己為什麼「沒能理解他們理解事情的方法」，進而努力地想尋找在「眾聲喧嘩」的世界中，雙方能溝通與理解的新門道。本來，如果就純抽象的後現代邏輯，既然是「異質標準」，理解終究只能是不可能的任務，甚至人與人之間永遠在「各自表述」，也無所謂溝通、交集，畢竟從結果來說，每個人一定都有其自己的一套邏輯，能自圓其說就好。但落實到「現實」上，主人公卻意識到問題還要再推進一層，現實問題才能被處理。就《遠方》的實踐為例，主人公在大陸的其中一個大哥，曾任農村的基層幹部，主人公便特別留意他村社幹部式的溝通方式，這裡的意義對台灣作家或讀者來說，自然不是他能否能夠精確地理解其溝通內涵，而是「村社幹部」這種語言向度，長期以來一直不在台灣的視野內，駱以軍卻意識到了它的重要性。而保存了這些「村社幹部」的聲音，進一步日後就有機會思考這類聲音的社會條件，這讓《遠方》的語言觀，就功能上來說，也是在後現代中推進了一點新的建構性。

其三，互文／引用作為價值的再建構策略：李奭學曾在〈夢話幽黯國度——評駱以軍著《遠方》〉中，難能可貴地注意到《遠方》跟駱以軍以前的作品的一種最大的特質差異：

> 《遠方》中一個特殊的技巧，前此駱以軍所作罕見：從小說開始到結束，他時常提到自己耽讀的一些外國作家，彷彿在透露自家筆法之所從。……「奈波爾」之名赫然出現。奈氏名重西方，本人卻是印度後裔。名作《幽暗國度》裡，次大陸的腐敗與髒

> 亂……《遠方》裡的駱以軍也是如此看待中國，進而敘寫之。不過深富意義的是，對印度這個父祖之國，奈波爾責之切，只因他向來愛之深。這一點人所共知，而依我個人的淺見，這似乎也是小說中駱以軍對父親的國度真正的感受。[39]

李奭學所發現的這種互文／引用現象，其實在《遠方》還有很多處，以往，在解嚴後的台灣文學開始興起這種「歧路花園」或「百科全書」式的後現代小說寫法時，主要的功能，是藉由引進其它文學經典的世界，來讓創作者的小說呈現不斷分岔、分流，或接近網路世界的超連結的性質，意義在這種方法的導向下，也就只能不斷地外擴，不可能有趨於或歸於中心的結果，其本質亦對應於台灣解嚴後追求去中心與變異化的思潮。然而，正如李奭學所言，就駱以軍《遠方》來說，其引用奈波爾的功能的深層意義，應是共有了「愛之深」的意識。筆者認為還有一處，也具有其在後現代藝術脈絡下的再建構推進性，那就是駱以軍引用了大江健三郎《小說的方法》中第九節〈荒誕現實主義的意象體系〉中再引述《卡拉馬助夫兄弟們》惡魔伊凡，對著聖子般的阿萊莎說的話：

---

39 李奭學曾在〈夢話幽黯國度——評駱以軍著《遠方》〉，收入《書話台灣》（台北：九歌出版社，2004年），頁185-186。

……如果孩子們在這個世上和大人一樣喫苦，那一定是因為父親。他是在代替嘗了智能之果的父親受罰。……你聽著，即使所有的人為了贖回永遠的和諧而必須痛苦，為什麼偏要孩子承擔呢？……為什麼孩子也要靠痛苦去贖回和諧呢？拯救者常常是以一個孩子的形式出現在神話裡。[40]

駱以軍以前的小說中的主人公，常常都是長不大的小孩，他們流連在星座算命、電玩、酒館、把妹的世界……。而後慢慢長大成人，卻仍然內向地帶著孩子式的眼光與執著，本性保守而良善，正如本文前面提到過的，儘管無奈但也終究不得不回應這個混亂的世界與人生，主人公只能在後現代的世界裡學習去承擔，運用孩子式的眼光，反而能擴大成人世界中過於功利化面對社會與歷史的法則。然後，才能生產出新的聯繫與細節。是以，包括救父、包括那些父輩本來應該卻沒能好好善盡的責任，主人公才能概括承受，認份但也得帶著一種電玩的闖關心情和腳步，看似輕巧實則能讓步履走的更長。這樣帶有自我救贖與贖他意味的文學書寫，可以說是再一次對終極無意義的後現代的推進，但他的方式自然不是像郝譽翔那般的以抒情、愛情的救贖路線，也一樣不可能是嚴肅的大敘事現實的，觀看世界的技術已經太精進了，追求整體性反而是另一種不現實，駱以軍其實更理性也更感性，只能執意地不斷地占有各式各樣陰暗／隙縫裡的一束光線、線索與細節，但又沒有完全耽溺於它們。在這層意義上，《遠方》的駱以軍絕對不是一個教條式的後現代主義作家。

第四，反省私小說「為藝術而藝術」的限度：小說雖然本質上為虛構的產物，但私小說由於使用到太多跟自身相關的材料，難免會衍生出小說倫理學上的問題。一方面，正是前面已經提過的，作家在創作的過程中，會將觀看到的對象、社會、甚至相關的材料都審美化，如果徹底使用的話，人生的所有正反面經驗，都因其去除了實用性／功能性而能讓作品／作家獲得了意識上最大的自由。然而，這種虛無的立場，也會傷害到創作者真實的生命——如果我們基本上同意，人生不可能完全自由的話。長期以後現代書寫為尊的駱以軍，自然也陷入了這樣的寫作焦慮。自離開了張大春的影響後，他在台灣文壇所奠定的特色，就是後現代的世界觀加私小說的技術，而長期活在特殊的異時空中，創作者跟現實的關係也日漸疏離，創作也變成了生命中最重要的任務、身邊的對象，時常也都變成只是為達其創作目的的題材、細節，惟獨現實感與細節迎面而來的《遠方》中，駱以軍得以抑制了他完全後現代式的世界觀，且能對藝術家的「以藝術而藝術」的危機，作出了不完全以小說／藝術家的立場，而是包容了他者立場的反省，其更新來源，仍然主要也是跟他父親的關係：

> 父親晚年幾度囁嚅搭訕想和我交心，但總被我不耐煩打斷或像哄小孩般敷衍，而將他

40 轉引自駱以軍《遠方》，頁21。

的話語導入他那個密遮不見光，被各種往事腐敗枯葉層層蓋住的死巷。那樣的害羞、敏感，充滿悵悔與孤寂。我想為了他後來竟變成這樣憤世嫉俗、這樣硬心腸而向他道歉；我想為我這一生對他和母親造成的許多傷害而懺悔——當然我還傷害了許多其他的人包括我自己——但我怕他會冷峻拒絕，我怕他會說：「那麼，接下來你要用我們裡面的哪一個來當作題材？」[41]

把身邊的家人拿來當題材，本來追求的是自由的藝術，但從他者的立場，卻有了被牽連進去的利用與工具感，這時候，即使是私小說有其為藝術而藝術的自由，但建立在旁觀他者痛苦上的書寫，無寧也讓作家對藝術的本質與危險，真誠地感到了不安。這種懺悔與渴望自我救贖的吶喊，也為他的後現代書寫，注入了再一種自我否定再更新的希望。

總的來說，駱以軍是一個長於以審美的眼光，來看待內外世界並發現「風景」的作家，但《遠方》的價值更多的是來自於其抑制了「旁觀他人的痛苦」的審美偏好的傾向。只有當細節不僅僅是「風景」，人仍該老的老、後輩該痛的痛，時間重新流動，人們重新在場。無論自覺與否，駱以軍《遠方》，其實已為後現代以後的文學，辯證出了一些新的契機，實具有台灣現代文學史上轉折的特殊性，亦值得大陸當代文學參照。

41 駱以軍《遠方》，頁 293-294。

第七章　結論：不只是「風景」的視野

柄谷行人在《日本現代文學的起源》中說：「只有在對周圍外部的東西沒有關心的『內在的人』（inner man）那裡，風景才能得以發現。風景乃是被無視『外部』的人發現的。」[1]柄谷所言自然有他的語境，但仍能給我們啟發與警醒。因此在論述完本書的「後革命時代」的兩岸現當代文學比較下的種種類型與可能性的代表個案後，本書將各章小結如下，以為綜合的階段性結論：

在「後革命時代」清醒地節制過於實用主義與目的論傾向的文學解讀方式，以及對二十世紀「革命」理想與歷史退隱／退燒現象／現場的焦慮，本書認為，首先，在主題影響與衍義論上，陳映真接受了一些魯迅的國民性思想、啟蒙與觀察人民的角度及敘事結構，一方面，陳映真在〈死者〉和〈蘋果樹〉裡，他採用「重返者」的角度，透過一種啟蒙視野，揭示並批判了台灣鄉土也存在的麻木、庸俗的眾人和看客的問題，並以「病」的隱喻貫穿當中；二方面，在〈那麼衰老的眼淚〉、〈將軍族〉那裡，則是藉由書寫底層台灣女性的命運，讓敘事者／作者以啟蒙式的姿態，意識到她們文化人格上的限制後，仍成全她們順從宿命、隱忍中的和諧與尊嚴的選擇，因此不同於魯迅在「五四」新文化運動下，所開展出來的更強烈的諷刺與批判的國民性主題，陳映真的國民性思考更貼近台灣早年的鄉土文化特性：有沈悶、腐朽的那一面，但更多的是對台灣人民的一種感性和溫情的立場與態度。

1　柄谷行人《日本現代文學的起源》（北京：三聯書店，2003年），頁15。

在思潮淵源與關係論上，在二十世紀下半葉的兩岸現當代較具有左翼視野的作家與文學中，「社會主義」思潮的淵源，是影響了部分兩岸作家在創作與視野的重要思想與歷史感性資源。然而，他們對「社會主義」的認識與理解，事實上並非來自於較完整的知識系統，而更多時候來自於作家早年的生命經歷，一些個人的、私人的、甚至神秘的幽微情感起點，才是日後發生或形成某些作家、作品中更具有公共價值與審美特殊性的關鍵。對王安憶來說，從一九八三年跟陳映真相識後，王安憶將他的影響，轉化成一種對中國現實問題和創作上的反省與辯證力量。〈烏托邦詩篇〉的纏繞與一再自我否定，從精神的追求，到最終接近黃土地、離開、再觀照它們，即是她的一種實踐結果。對陳若曦而言，儘管作為一個有著美國式「自由主義」傾向的知識分子，但在思潮及個人感性上的「社會主義」的接受下，陳若曦早期的「文革」小說，其實不乏對投身「革命」的理想主義者及大陸「社會主義」革命下的工人主體性的細膩理解，因此也能相對豐富地保留它們的歷史細節。

在接受視野與典律論上，本書認為上個世紀九〇年代以來，本土／鄉土與後現代兩大社會與文學思潮，均跟莫言及其作品在台灣的接受有連動意義。一方面，在創作姿態上，能發現莫言早期的「人民」觀，過渡到後期的「老百姓」的鄉土與普世立場。二方面，在主題或題材的多面向、小說的解構情節、非典型、邊緣、特殊性的主人公的設定、非線性的敘事、多聲部的語言、陽剛的抒情特質等的創造力及密度上，他的作品既跟台灣的後現代文學思潮與實踐相輔相成，同時在某些深層裡具有一定的陌生性（strangeness），對台灣後現代文學的內容及形式有繼續豐富化的參照作用。因此，莫言作為一位在台灣文化圈已廣為人知，且有影響力的中國大陸的代表作家，作為一位不只是「文學」實踐的創作者，他在台灣的接受史及其意義，事實上也反映了台灣文學主體性及其建構過程中的一個重要組成部分。

在主體比較與發展論上，比較過龍瑛宗〈植有木瓜樹的小鎮〉與路遙〈人生〉後，本書認為，路遙〈人生〉的主人公高加林與龍瑛宗〈植有木瓜樹的小鎮〉的陳有三雖然有著相似的現代化嚮往與追求的起點，但與陳有三在殖民體制下的主體日漸發展成頹廢明顯不同，整部小說中，高加林並沒有因為時間的推進，對現實瞭解的深入後，因生活在他方而導致他個人生活理想（包含實利的追求）及精神追求的動機與力量的降低，相反的，他每一次遇到了鄉土社會人情官僚所帶給他的挫折，還是能快速地恢復對現實的認識與理智，也能間接地說明，當高加林在現代教育的影響下，虛幻地愛上巧珍和黃亞蘋（及其投射物或現代象徵），虛幻地討論遠在他方跟鄉土中國毫無直接關係的一切（例如與黃亞蘋不時討論能源與國際問題），也仍然可以作為他繼續往上向前的動力，務「虛」對他而言也有「實」的作用。同時，就〈人生〉來說，作者與主人公聲音並存的現象仍有其明顯的價值，一方面，它是一種解消城鄉二元對立意識的思考方式；二方面，它提供了克服西化教育與現實落差下，對鄉土與集體價值的再肯定與指引。二者的功能都求「載道」。無論當時它給出的結尾：「回歸鄉土」的道理是否完全有其說服力，它畢竟是作者的一種文學立場的自由選擇，這終究要被尊重。而正是在這種雙層的意義上，高加林和作者的聲音並存的雙聲現象，亦是一種具有鄉土中國特性的現當代文學特色。

而在另一組汪曾祺、陸文夫與張大春的主體比較與發展的個案分析中，對於汪曾祺來說，他企圖在九〇年代大陸明顯資本主義興起，以及「文學失卻轟動效應」的後現代背景下，重新挺立一種中國名士派文人高潔、獨立、隨性及頑強的精神；陸文夫則是以杜甫的「安得廣廈千萬間，大庇天下寒士俱歡顏」為起點，渴慕回歸一種古典的俠義、互助與唯美的情感和日常文化；而張大春則是藉由返回中國傳統說書人的立場，以筆記小說的形式，一方面不斷強調、保留與成全「文學」本身的無目的性、純粹性與文人趣味，二方面也推進了早期過於強調文學遊戲、解構、去歷史化的傾向，從民間、邊緣、異質的角度，聯繫上大量的「文化中國」的具體視野，也部分地重新上接中國文學的載道傳統及間接的社會介入功能，儘管仍不無介在「文化中國」與現實中國的焦慮。三位作家雖然取材、立場不盡相同，但這既是他們在後現代中，拯救兩岸文學與文化時弊的或隱或顯的主張，也是作家主體自我救贖的一種生命實踐。

在想像參照與藝術上，駱以軍在《遠方》同時觀看大陸與台灣，在不時觀看他者的同時，他時常能自覺到存在於自己身上的台灣式的「菁英」偏見，因此不時亦引入台灣的許多實際狀況來加以平視之。進一步，他在小說透過跟彼岸人民具體相處的過程中，亦慢慢地產生出來一些克服後現代藝術困境的理念與實踐，努力地想在「眾聲喧嘩」的世界中，尋找與摸索雙方能溝通與理解的新門道。本來，駱以軍是一個極長於出入內外世界、「旁觀他人的痛苦」及發現「風景」的人，但《遠方》的價值，更多的是來自於他抑制了無視外部的「內在的人」的審美偏好。因此，當細節不僅僅是「風景」，人仍該老的老、後輩該痛的痛，時間重新流動，人們重新在場，無論自覺與否，駱以軍《遠方》已為兩岸後現代的文學，辯證出了一些新的契機，值得我們重視與再跟進。

總的來說，本書的論述——在兩岸互為他者的凝望下，證成彼此的文字可以不只是對方眼中的「風景」。至於日後是否能繼續朝向更深廣的介入的視野與實踐邁進？仍有賴新世紀真正的知識分子與作家更清醒地自覺與承擔。

代後記：一些小事

我從來沒有想過寫一篇回顧自己在台灣社會成長的文章，不是因為謙虛，而是確實覺得，相對於中國大陸，活在台灣的我輩世代，生命經驗貧乏。印象裡，台灣解嚴（一九八七年）後，有幾年兩大報（中國時報、聯合報）的文學獎首獎，最後時常被中國大陸的人民拿下，台北文化圈也語重心長地感慨，就說大陸同胞畢竟歷練多、故事多，賦到滄桑句便工吧。

我出生在一九七七年的台北夏天。小時候，父親常微笑地張開他厚實的雙手掌，對我說：「姐姐抱回家的時候才那麼大」。在歷史上，七〇年代末是中華人民共和國與美國重新建交，並與中華民國／台灣斷交的年份，也是台灣的「鄉土文學論戰」興起的時代，那是一場不只回應台灣現實社會與文學的論爭，更是對戰後歷史中的台灣政治、經濟、社會的綜合反省的新里程。當然，這些歷史，都是我再長大一些，甚至很慚愧地說，是到進入博士班（二〇〇五年九月以後）的階段，才慢慢從書堆中一點一滴拼湊回的現實認識。

台灣的小學念六年，我不太確定當年讀書時的氛圍與條件，是否跟解嚴後密切相關，但我的童年／少年的經驗，確實十分自由、甜美甚至充滿靈光。五、六年級時，我因緣際會進了全校的音樂／樂隊班，導師是基督徒，每天一大早不到七點，全班就要到校練習演奏，七點半到八點，背頌三字經與弟子規，接著全校升旗典禮，然後上課，日復一日。班上教室位子的排法永遠都是分組狀態，據說這是老師的實驗，希望讓我們養成討論與啟發的人格特質，全校只有我們一班是如此。而校園圖書館也就在我們班教室的另一側，導師時常上課到一半，就讓全班到圖書館自己找書看。這個階段我印象最深的二本書，一本是日本作家黑柳徹子的《愛的故事》（後來台版改譯名為《窗邊的小豆豆》），另一本是法國作家聖修伯裡的《小王子》，一直到成年，有時候我仍會想像，活在綠色森林的深處或宇宙的異時空裡，在那裡，每個人都不會只看到帽子，狐狸和玫瑰也永遠都有溫度。那時候，我還每天寫日記，導師會逐字圈點。那個年代純情執著，偶爾覺得本日無事、天下太平，我就偷懶地寫上：「今天我很快樂」，導師亦回評：「那裡快樂？發生了什麼？」令我頓時臉紅，再也不敢用一句話敷衍。當年課外活動也很多，從小學三年級開始，每年學校都有遠足（用徒步的方式，到附近景點的小旅行），我的父親似乎也支持讓他的大女兒到處亂跑，因此我還曾多次參加過校園組織的野生露營，學會過自己搭帳蓬、用木炭升火煮飯、熬綠豆湯。夜深，還時常跟同學一起看星星唱歌，曲子之一，也是五、六年級導師每天早晨都會帶我們唱的聖歌：「愛是恒久忍耐，又有恩慈，愛是不嫉妒。愛是不自誇，不張狂，不作害羞的事。不求自己的益處，不輕易發怒，不計算人的惡，不喜歡不義，只喜歡真理。凡事包容，凡事相信，凡事盼望，凡事忍耐。愛是永不止息。」

念初中是九〇年代初，台灣黨外野百合社運的高峰期，大學生都跑到台北中正紀念堂

（現在的「自由廣場」）靜坐抗議國民黨和萬年國會，彼時還小，我也未能躬逢其盛，但校園內的各式制度和氛圍，應該也有受到影響，至少在北台灣可能更明顯——我們初一時即開始在每週的班會中推動「民主」議事，無論是班級項目、全校性活動，都採用集體討論與形式表決，那時候我們覺得凡事表決、少數服從多數，就是所謂的「民主」，但私下靠情誼拉票，也是事實，連全校模範生，都是用投票選的。但同時，校園內也仍在繼續落實著國民黨大力推動的「中華文化復興運動」（我輩大概是最後受此影響的一代），國文課本所收錄的文章百分之九十以上都是文言文，還外加每學期一冊的《中華文化基本教材》（即《論語》、《孟子》選讀等），在學校一定得講普通話，若講台灣方言／台語，常常要被罰一句話五元。校園內各式演講、朗讀等提升語言能力的專案也很多，但每每講到最後，一定要以「拯救大陸苦難同胞於水深火熱中……」作結。那個年代，那種時光，也不覺得有多教條，甚至還覺得相當神聖。父親是一九四九年跟隨著國民黨來台的「外省人」，母親是台灣台中人，家中主要使用普通話，所以我常被老師們認為發音正確、咬字清晰，特別佔便宜，從小就參加過各式語言競賽，不無虛榮。再加上性格似乎比較活潑，常常被選出來當幹部，初中的學區外省小孩居多，打架、溜課也常有，當幹部的得要有點江湖義氣才能平衡得了各方局面。多年後，當我終於讀到了朱天心的《想我眷村的兄弟們》，覺得頗為親切，但既不是因為我曾住過眷村（我們家在一般本省人與客家人的社區），也不是因為她那些日後頗有社會地位、成就與光芒的眷村兄弟，更非認同那種「天還是以前的藍」的懷舊姿態，我純粹只是覺得，那種外省小孩生命中的強勢、躁動、不安、緊張與流離，我不陌生，我們或許都共同承擔了部分國共歷史鬥爭下，最後的外省第二代茫然困惑的精神結構。

母親的家族主要集中在台中大雅，附近有清泉崗國際機場——當年曾是台灣中部支援美國空軍的重要基地。我的一個三姨（母親的妹妹），後來就早早跟美軍戀愛結婚，八〇年代中即移民美國，晚年再離婚改嫁香港人。而母親的弟弟，家族中唯一的男孩，也早早就被洗腦，只有多學習英文與外語，才是正途，也確實很順利在七〇、八〇年代台灣經濟快速起飛時上升，迅速從農轉商——在台灣有數間家庭式的代工廠（即在整棟的房子中，一、二樓作工廠，三、四、五樓當住家），在國外也有很多聯絡點。那時大陸可能才剛改革開放，歐美的國際貿易市場及機會仍多掌握在台商的手中，因此我這個舅舅，就順理成章地成為家族眼中的「成功」典範，而資本的力量確實強大，爾後只靠轉投資各國房地產，他一生就愈來愈「成功」。但如果要問我從中看到／學習到了什麼，我至今仍覺得，主要是以一種更有身體感的方式，認識了台灣鄉土與經濟發展史的一種微小的縮影。或許，也一點都不重要。

我一生看過最多閒書和電影的階段，大概也就是在頹廢的高中時期。學校的功課隨意應付，回了家就盡看雜書（佛洛依德、榮格、佛洛姆和阿德勒等，都是這個階段讀的），和電影（那時候多是錄影帶，VCD也才剛有）——台灣解嚴後的九〇年代，引進了非常多的經典老片、有些實驗性格的歐洲藝術片，通俗片當然也有。當年從錄影帶店被我一片片搬回家日以繼夜觀看的，例如：《教父》、《印度支那》、《阿拉伯的勞倫斯》、《純真年代》、

《似曾相似》、《遠離非洲》、《法國中尉的女人》、《瑪莉雪萊之科學怪人》、《費城》……等等。雖然台灣八〇年代後已經興起了很多的一些本土及所謂新電影浪潮的重要作品，但無論是侯孝賢、楊德昌還是李安的片子，對我來說，都是在日後念碩博士的治學階段，為了加強文藝史的常識才去補看的。國高中整個階段就是崇洋。三十多歲以後，當我終於補看了楊德昌的《牯嶺街少年殺人事件》（1991），也已然明白它可能太過於菁英視野、台北感覺、中產階級或小資產階級情調，但那種內在聲音被視作不切實際、學業成績不符合長輩期望，成天只剩下聽聽英文歌，亂讀課外書，耽緬於友朋之間纖細的情感往來，還是令我明白自己原來並不孤獨，有好多人跟我們一樣——不能適應某種體制，如此焦慮又如此溫柔。

當然我仍然算得上世俗意義上的幸運者。那些我從各式文學、心理雜書和藝術電影吸收而來的直覺，使我或許不自覺地學會——如何最低地應付成人世界的期待，貌合神離也時常有。我的一個高中女同學就不然，她成績差到被老師們頻頻盯上，後來校方發現，她其實是因為家庭經濟與家暴的壓力，晚上不得不到酒店打工，根本無心念書。她的美麗在女校中也沒什麼資本交換的空間。但世俗的世界又真的能給她更多的自由嗎？當年我不能明白師長們的態度與處理方式，先生們終究也只會、只能在講臺上不斷歎氣，表示個人的無奈與社會的殘酷，再不然頂多做做家訪掌握狀況，卻不能真正給予她實際的幫助？既無法伸手扶持，又有什麼資格以校規及道德為名批評？我對從小到大的教育意義的懷疑更為強烈。女同學後來休了學，真正去「上班」了，教室的座位空下了一個，像落了一顆門牙，但很快地也有轉學生填補，我也依然仍繼續安靜地混日子、讀雜書和看電影。

父母親在九〇年初的「異」見也變多。那時伴隨著解嚴而來的，是台灣本土意識的高漲興起。長期在各種社經地位覺得受到壓抑的本省人，已然成為新的強勢族群。如果你家的背景是上層外省人（例如白先勇），往往被視為特權階級，如果是基層外省人，則會被暗示且嘲笑為新的下層階級，而判斷這種成份的基礎，通常採用的是父輩的條件。同時無論那一種血統，都會被認為總之「外省人」就是占了「台灣人」很多優勢與便宜。這麼露骨、簡化且教條的唯物主張，在九〇年代一直到二十一世紀初的台灣，恐怕都不在少數，當然或許這也是早年「外省人」曾教條地壓迫過本省人的一種歷史辯證，不完全沒有合理性，但結果是，「外省人」成了新的原罪。

我不確定是否因為時代氛圍如此，當父親在解嚴後屢次爭取要回到大陸探親，母親總是持非常激烈且反對的態度，而且開始認為她當年小嫁了父親，甚為委屈。台灣市民社會裡也普遍傳說，來台的「外省人」多在家鄉已有妻兒，要慎防男人回了大陸就不要台灣的妻小。父親確實在回過廣東老家後，曾跟母親暗示希望接某個親戚來台，對方賢淑且懂得各式家務，能為母親分擔辛勞，母親無法接受，父親也就更少開口。但兩人間的耿耿於懷，也影響了父親晚年的生活品質。九〇年代中，父親即因長期的慢性病抑鬱而逝，只活了六十餘歲。人死是否為大？家家是否有本難念的經？人的幸福，是否只有一種固定的模式？每當想起父親，想起他早年零丁在台的處境被忽視，想起他中年晚婚，成家後的逢年過節，仍總是親自接那些仍孤身在台的軍隊戰友到家中吃飯，想起他一生相信家國的忠誠被輕看，連最後效忠的國民黨也終究跟共產黨握手言和，想起他的兒女們，為了爭脫紀律一個比一個更反叛……，歷史無情，也有情吧。日後，當我日漸慢慢從治學的史料過程中明白——共產黨的崛起比國民黨更有合理性與說服力，我一方面深深為中國人民感到慶幸與祝福，同時亦終於明白一生教我要有所信仰，做人要有所信念的父親，或許只是錯信了一個黨，在歷史的十字路口的一瞬間往右，卻再也無法回頭，一生就是他的代價。

當然，我並不是在這種崇高的歷史感的召喚下，日後走上了研究中國現當代文學的道路。從大學、碩士到博士班初期，我應該更接近的仍只是一個耽於審美的普通文青。雖然我開始念大學時，時序已經進入二千年，但受限於國民黨來台後禁絕五四左翼文藝，也同時禁絕日據時期左翼文學的歷史條件，我們國高中讀到的所謂「文學」，在學校內，更多的就是講究去歷史社會化的生命修養的文人文言文；而在現代文學的部分，也多是個人式的、小抒情小知性的散文，琦君和梁實秋都受到高度重視。儘管我一路念的都是私立大學，但仍深受正統中文系的典律影響——古典文學仍占極高的比例，現代文學一定是選修，而且開的老師極少。一個喜好現代文藝的學生，如果僅僅只是靠學校的教學和材料，毫無大量且自發性地閱讀古今中外文學，要走出具有主體性甚至創造性的道路，幾乎是不可能的。當然有時候也可能有例外，我不確定自己是不是正在往這個方向走去。

大學／本科的階段，我先後受教於沈謙和王潤華教授。沈謙是台灣當代著名的文學批評家，早年研究《文心雕龍》，同時特別關注於文學批評的現當代通變與實踐。我先後修過他開的「文學概論」、「修辭學」及「文學批評」等課程。沈先生上課跟一般傳統中文系的先生很不同，雖然他是師大系統出身，對古典甚為重視，但無論就上課教材及授課方式，沈謙也不忽略西方文學的各式淵源與視野。他對晚輩也很關心與提攜，我後來念了碩士，雖然論文並非由沈謙老師指導，但也常跟著他的研究生一起到他台北的家中談書論藝，沈老師總是在煙霧彌漫的狀態裡，逐字逐句評點學生的文章，即使不是他直接指導的，他亦鼓勵你拿文章給他看，寫的還可以，老師總是建議我們修改了一些後，幫忙推薦發表。

王潤華則是當年剛從新加坡國立大學退休，第二度來台客座（第一度是一九八三年在清華大學）。那時他大概不太清楚台灣的現代文學淵源和程度，給我們上課的材料和方式，每一次都像給研究生作講座。我在選修他的「現代文學」、「文學批評」的過程裡，第一次大量地閱讀了魯迅、老舍和沈從文的小說和相關批評史料。他雖然特別欣賞英美詩人T. S. 艾略特（Thomas Stearns Eliot），也很自覺地應用艾略特的「詩人型批評家」的理論——這種理論將文學批評視為創作的副產品，帶有較強的主觀及細緻的文化品格，但王先生也並不忽視大量閱讀、歷史社會語境和比較文學（例如他曾將老舍的《駱駝祥子》和康拉德的《黑暗的心》聯繫起來）的分析，這可能跟他早年在美國念碩博士時，跟隨的是五四運動史的大家周策縱教授有關。我後來買書藏書愈來愈往非「文學」的歷史、社會擴展，大概也跟大學／本科階段的間接影響不無關係。

時代已經來到二十一世紀初，自二十世紀九〇年代的後現代思潮與虛無的感覺，時常彌漫在四周——年輕人們談戀愛、吃美食、逛大街當漫遊者，就是不太讀書。偶爾往來一些所謂的文青，算菁英嗎？交談仍多重抽象哲理、溫柔敦厚、人性教化，跟外面混亂的台灣社會一比，總覺得那兒又不太協調。遂想起二〇〇〇年台灣第一次政黨輪替時，我恐怕跟許多青年知識分子一樣激動，即使父親曾是國民黨系統，我卻也將票投給了另一方，為此連本省人的母親也不能諒解！那時候，我已經從報章、新聞、雜書和不斷的電視文化宣傳裡，膚淺地補上了「黨外」、「野百合運動」和部分的台灣戰後歷史，也陸續地自習閱讀了許多日據時期左翼傾向的各式文學作品，內心對當時台灣的反對黨，或許投射了一種浪漫的希望，但也很快地在不久即發生的貪腐的新現象裡，覺得被擺了一道！沈謙先生那時剛好鼓勵我繼續深造，他時常如父親一般地對我說：「會被啟發的，讀什麼東西都會被啟發」。而人的生命的本質和命運，又是否如同種子，若未曾存有，連發芽都不可能？經不起那時候沈謙先生每隔一段時間的鼓勵，也困惑於台灣歷史社會和未來將往何處去，我才終於有了好好再讀書的意願。

我的碩士、博士論文都是研究大陸現當代文學。碩士論文寫的是莫言，博士論文寫的是一九五七年被打成「右派」的「探求者」作家群及其文學困境的發生與形成，進而想要長期思考的是第三世界國家文學困境的相關問題。我在碩士階段雖然是沈謙先生引薦入門，但他很快地便明示我應該轉益多師，所以我遂跟隨鄭明娳先生作碩論。台灣早年女性批評家極少，鄭先生就是其中極具代表性的一位，她本來研究古典小說，畢業後改研究現代散文，無論從現代散文理論的建樹，到批評的實踐，鄭老師在台灣的文學批評圈都有一定的地位。她的閱讀和興趣也相當廣泛，她開的「散文研討」和「小說研討」時，雖然主要教我們使用的仍是台灣七〇年代，由台大顏元叔所推動下的「新批評」的方法，但她往往能提出非常精密、細緻且具有創意性的詮釋，並在一種相似主題學或藝術論的比較／參照下，補強了「新批評」的局限。寫莫言的論文的階段，我對大陸當代文學的參照作品／閱讀仍很有限（現在也是），雖然亦企圖採用較精細的「新批評」式的分析，但品評的結果大概也很一般，後來由台北文史哲出版社成書出版，很少再敢拿出來再見人，實在是羞於少作。但碩士階段這樣對審美與纖細的追求，在某種意義上，或許也是讓我能暫時回避，或者說逃避兩岸歷史社會更複雜的困境與問題的一種方式。日後，當我閱讀到大陸批評家蔡翔先生的《何謂文學本身》，深感「純文學」背後所擱置與逃避的視野，跟我們台灣文青當年所耽溺的有多麼相近似的結構。這又是為什麼？

我帶著更多的困惑進入了博士班，同時因緣際會成了呂正惠和施淑先生的學生，博士論文最後亦由呂正惠先生指導。呂先生早年研究的是古典詩，後來受到了盧卡契的影響，八〇年代中以後，開始以文學社會學的方法，評點過許多台灣現代文學的作家和代表作（收入他的《小說與社會》）。他以融會社會和歷史的視野，對台灣戰後的文學生產作出的分析（如《戰後台灣文學經驗》），對我輩也起了一定的影響。解嚴後，呂先生也是最早重新關注日據時期台灣的左翼視野，和大陸現當代文學進入台灣的重要批評家。八〇年代末，台北新地出版社曾引進過一批大陸當代文學，作者包括「右派」／歸來作家的汪曾祺、王蒙、陸文夫、高曉聲、張賢亮、叢維熙，及「知青」世代的王安憶、史鐵生、張承志、阿城等，當然還有二〇一二年榮獲諾貝爾文學獎的莫言，呂先生對他們也不陌生，甚至為「右派」世代的作家撰有一篇短序，收入新地版的這套大陸當代文學叢書。施淑先生則是在台灣保守的中文系學院中，敢於最早開設「文學社會學」與「大陸當代文學」課程的教授，我應該算是她最後一屆的學生，在她的引導下，囫圇吞棗地讀過一遍西方馬克思主義／代表的文學批評家著作，除了盧卡契，還包括呂西安．戈德曼、馬舍雷、本雅明、阿多諾等等。此外，博士班後期階段，我還在機緣偶然性下，旁聽過諸多大陸大家學者的現當代文學、思想與歷史整合的課程與講座——包括洪子誠、錢理群、孫歌、王中忱、王曉明、蔡翔、薛毅、倪偉、賀照田、張志強等先生們，他們對我一生日後在讀書、人格與理想上的啟發與感染，可能不下台灣對我的滋養。

二十一世紀第一個十年後，大陸以大國的姿態崛起，似乎已成定局。兩岸的政治、經濟、社會、文化局勢，也進入重新的盤整階段。對台灣而言，有愈來愈多的台商，在這新一波的現實中從大陸市場撤回，只剩某些接近規模經濟的大廠及其上下游，才能在已日漸成熟的大陸內地市場保有利潤並維持擴充。台灣島內也由於長期高度擴充高等教育，工作及發展機會有限，造成高失業率、青年人貧窮等新的社會危機；同時，一些新的移民（如大陸、越南新娘、新郎）和移工（如菲律賓、泰國）在台的平等與權益問題，也日漸浮上檯面；而許多仍具有理想主義性格的台灣知識分子，也有一些人自願回歸台灣鄉土／農村，實踐一種非資本主義邏輯的自結自足的生活想像；在文化圈內，菁英與所謂的「文學」、「藝術」視野雖然仍是主流，但民間與青年人、中生代的網路（如臉書）論壇，也累積了愈來愈差異化且多元的聲音——對弱勢族群的再關注與抗爭、對後冷戰時期亞洲現實的再反思，甚至對中國大陸和共產黨實事求是的再理解，似乎已經慢慢開始形成條件和氣候。

二〇一〇年二月，我正式拿到博士學位，開始進入學院工作，也更頻繁地往返兩岸，爭取參與更多的學術與文化公共事務，但即使人已經來到中年，我仍然不免會受到早年生命經驗的影響，以一種非常個人與情感化的方式進行現實判斷，以致於有時仍無法中性地面對任務與處理現實問題。然而，當我偶爾受邀到中國大陸參與相關會議或工作坊，結交天下各路英豪友朋，我時常驚訝於大陸的前輩、同儕，甚至更年輕的一代，對社會、歷史、真理的追求與執著。他們兢兢業業地清理歷史中有價值的命題，逐步積累地開發與實踐一己的社會責任，不拘於短期現實效益而有著更長遠的人類抱負，都令我時常慚愧於自己長年的任性與虛無，讓我充份意識到作為一個台灣知識分子在文化人格上的限制。但我們確實也來到了新的世界轉折與兩岸歷史的交叉口，許多新舊現實仍是我們共同交集的問題。我們是否能一起聯手工作？我們是否能互為他者，彼此信任甚至創造緊張以為進步？我們能為未來做些什麼？

儘管前方仍亮起紅燈，儘管我們不確定未來可能有理想國。

二〇一七年七月

主要參考及引用文獻

一、文學與非虛構作品

王得后、錢理群、王富仁選編《魯迅精要讀本》（台北：人間出版社，2010 年）。
王安憶《小說家的 13 堂課》（台北：INK 印刻出版公司，2002 年）。
王安憶《酒徒》（南京：江蘇文藝出版社，20003 年）。
王安憶《米尼》（台北：INK 印刻出版公司，2003 年）。
王安憶編，茹志鵑《她從那條路上來》（上海：上海文藝出版社，2005 年）。
王安憶編《茹志鵑日記》（1947-1965）（鄭州：大象出版社，2006 年）。
王安憶《冷土》（台北：INK 印刻出版公司，2006 年）。
王安憶《叔叔的故事》（北京：人民文學出版社，2006 年）。
王安憶《情感的生命》（北京：中國文聯出版社，2008 年）。
朱天心《未了》（台北：聯合文學出版社，2001 年）。
汪曾祺《汪曾祺全集》（全八卷）（北京：北京師範大學出版社，1998 年）。
汪曾祺《汪曾祺：文與畫》（濟南：山東畫報出版社，2005 年）。
施淑編《日據時代臺灣小說選》（臺北：麥田出版，2007 年）。
段春娟、張秋紅編《你好，汪曾祺》（濟南：山東畫報出版社，2007 年）。
茹志鵑《不帶槍的戰士》（劇本）（上海：文化生活出版社，1955 年）。

茹志鵑《高高的白楊樹》（上海：上海文藝出版社，1959 年）。
茹志鵑等《她們的心願》（電影劇本）（上海：上海文藝出版社，1960 年）。
茹志鵑《靜靜的產院》（北京：中國青年出版社，1963 年）。
茹志鵑《惜花人已去》（散文）（上海：新華書店，1982 年）。
茹志鵑《草原上的小路》（天津：百花文藝出版社，1982 年）。
茹志鵑《她從那條路上來》（上海：上海文藝出版社，1983 年）。
茹志鵑《漫談我的創作經歷》（長沙：湖南人民出版社，1983 年）。
茹志鵑《茹志鵑小說選》（成都：四川人民出版社，1983 年）。
茹志鵑《百合花》（北京：人民文學出版社，1984 年）。
茹志鵑、王安憶《母女漫遊美利堅》（上海：上海文藝出版社，1986 年）。
茹志鵑《茹志鵑小說選》（南昌：百花洲文藝出版社，1996 年）。
茹志鵑《兒女情》（上海：文匯出版社，1997 年）。
茹志鵑《殘雲小箚》（上海：新華書店，1998 年）。
茹志鵑《茹志鵑小說選》（南京：江蘇文藝出版社，2009 年）
張大春《小說裨類》（台北：聯合文學出版社，1998 年）。
張大春《戰夏陽》（台北：INK 印刻出版公司，2006 年）。
張大春《一葉秋》（台北：INK 印刻文學公司，2011 年）。
張大春《認得幾個字》（台北：INK 印刻出版公司，2013 年）。
莫言《透明的紅蘿蔔》（台北：新地出版，1986 年）。
莫言《紅高粱家族》（台北：洪範書店，1988 年）。

莫言《莫言卷：透明的紅蘿蔔》（台北：林白出版社，1989 年）。
莫言《天堂蒜薹之歌》（台北：洪範書店，1989 年）。
莫言《十三步》（台北：洪範書店，1990 年）。
莫言《酒國》（台北：洪範書店，1992 年）。
莫言《懷抱鮮花的女人》（台北：洪範書店，1993 年）。
莫言《夢境與雜種》（台北：洪範書店，1994 年）。
莫言《豐乳肥臀》（台北：洪範書店，1996 年）。
莫言《傳奇莫言》（台北：聯合文學出版，1998 年）。
莫言《食草家族》（台北：麥田出版，2000 年）。
莫言《紅耳朵》（台北：麥田出版，1998 年）。
莫言《會唱歌的牆》（台北：麥田出版，2000 年）。
莫言《檀香刑》（台北：麥田出版，2001 年）。
莫言《白棉花》（台北：麥田出版，2001 年）。
莫言《冰雪美人》（台北：麥田出版，2002 年）。
莫言《天堂蒜薹之歌》（台北：洪範書店，2002 年）。
莫言《紅高粱的孩子》（台北：時報文化，2002 年）。
莫言《紅耳朵》（台北：麥田出版，2002 年）。
莫言《四十一炮》（台北：洪範書店，2003 年）。
莫言等《歲月風景：文學中的人生百態／莫言》（台北：未來書城出版，2003 年）。
莫言《小說在寫我：莫言演講集》（台北：麥田出版，2004 年）。

莫言《老槍・寶刀》（台北：麥田出版，2005 年）。
莫言《初戀・神嫖》（台北：麥田出版，2005 年）。
莫言《生死疲勞》（台北：麥田出版，2006 年）。
莫言《美女・倒立》（台北：麥田出版，2006 年）。
莫言，王堯《說吧！莫言》（台北：麥田出版，2007 年）。
莫言《檀香刑》（台北：麥田出版，2007 年）。
莫言《透明的紅蘿蔔》（台北：麥田出版，2008 年）。
莫言《蛙》（台北：麥田出版，2009 年）。
莫言《藏寶圖》（台北：麥田出版，2009 年）。
莫言《盛典：諾貝爾文學獎之旅》（台北：遠見天下文化公司，2013 年）。
莫言《我們的荊軻》（台北：麥田出版，2013 年）。
陳映真《陳映真小說集 1》（台北：洪範書店，2001 年）。
陳映真《陳映真小說集 2》（台北：洪範書店，2004 年）。
陳映真《陳映真小說集 3》（台北：洪範書店，2004 年）。
陳映真《陳映真小說集 4》（台北：洪範書店，2001 年）。
陳映真《陳映真散文集》（1976-2004）（台北：洪範書店，2004 年）。
陳若曦《尹縣長》（台北：遠景出版社，1976 年）。
陳若曦《陳若曦自選集》（台北：聯經出版事業公司，1976 年）。
陳若曦《老人》（台北：聯經出版事業公司，1978 年）。
陳若曦《歸》（台北：聯經出版事業公司，1979 年）。

陳若曦《文革雜憶》（台北：洪範書店，1980 年）。
陳若曦《堅持・無悔：陳若曦七十自述》（台北：九歌出版公司，2008 年）。
陸文夫《人之窩》（上海：上海文藝出版社，1995 年）。
楊牧《右外野的浪漫主義者》（台北：洪範書店，1977 年）。
路遙《早晨從中午開始》（北京：北京十月文藝出版社，2012 年）。
路遙《路遙文集》（全五卷）（西安：陝西人民出版社，1993 年）。
劉大任《遠方有風雷》（台北：聯合文學出版社，2010 年）。
劉大任《劉大任集》（台北：前衛出版社，1994 年）。
魯迅《魯迅全集》（第一卷—第六卷）（北京：人民文學出版社，2005 年）。
錢理群編《魯迅入門讀本（上、下）》（台北：唐山出版社，2009 年）。
駱以軍《遠方》（台北：麥田出版，2003 年）。
聶華苓《三輩子》（台北：聯經出版事業股份有限公司，2011 年）。
蘇偉貞主編《台灣眷村小說選》（台北：二魚文化，2004 年）。

二、理論與論著專書

Raymond Williams, Marxist and Literature, (New York: Oxford University Press, 1977).
F.R. 利維斯（F.R. Leavis）原著，袁偉譯《偉大的傳統》（北京：生活・讀書・新知三聯書店，2009 年）。
T.S. 艾略特（T.S. Eliot）原著，卞之琳、李賦寧等譯《傳統與個人才能》（上海：上海譯文出版社，2012 年）。

以賽亞・伯林（Isaiah Berlin）原著，呂梁等譯《浪漫主義的根源》（南京：譯林出版社，2008 年）。

以賽亞・伯林（Isaiah Berlin）原著，哈代編，潘永強、劉北成譯《蘇聯的心靈》（南京：譯林出版社，2010 年）。

以賽亞・伯林（Isaiah Berlin）原著，彭淮棟譯《俄國思想家》（南京：譯林出版社，2011 年）。

以賽亞・伯林（Isaiah Berlin）原著，潘榮榮等譯《現實感：觀念及其歷史研究》（南京：譯林出版社，2011 年）。

中島利郎編《台灣新文學與魯迅》（台北：前衛出版社，2000 年）。

王岳川《後現代主義文化研究》（台北：淑馨出版社，1998 年）。

王德威《從劉鶚到王禎和：中國現代寫實小說散論》（台北：時報文化出版，1986 年）。

王德威《眾聲喧嘩：三〇與八〇年代的中國小說》（台北：遠流出版公司，1988 年）。

王德威《閱讀當代小說：台灣、大陸、香港、海外》（台北：遠流出版公司，1991 年）。

王德威《小說中國》（台北：麥田出版公司，1993 年）。

王德威《如何現代，怎樣文學？十九、二十世紀中文小說新論》（台北：麥田出版公司，1998 年）。

王德威《眾聲喧嘩以後：點評當代中文小說》（台北：麥田出版公司，2001 年）。

王德威《跨世紀風華當代小說 20 家》（台北：麥田出版公司，2002 年）。

王德威《後遺民寫作》（台北：麥田出版公司，2007 年）。

王德威《茅盾、老舍、沈從文：寫實主義與現代中國小說》（台北：麥田出版公司，2009 年）。

呂正惠《小說與社會》（台北：聯經出版公司，1988 年）。

呂正惠《文學經典與文化認同》（台北：九歌出版社，1995 年）。

呂正惠《戰後台灣文學經驗》（台北：新地出版社，1995 年）。

呂正惠《台灣文學研究自省錄》（台北：台灣學生書局，2014 年）。
林毓生《思想與人物》（台北：聯經出版社，1993 年）。
哈洛・卜倫（Harold Bloom）原著《千禧之兆：天使，夢境，復活，靈知》（台北：立緒文化，2000 年）。
哈羅德・布魯姆（Harold Bloom）原著，江寧康譯《西方正典》（The Western Conon）（南京：譯林出版社，2011 年）。
哈羅德・布魯姆（Harold Bloom）原著，黃燦然譯《如何讀，為什麼讀》（南京：譯林出版社，2015 年）。
哈羅德・布魯姆（Harold Bloom）原著，金雯譯《影響的剖析：文學作為生活方式》（南京：譯林出版社，2016 年）。
金理《青春夢與文學記憶》（北京：北京大學出版社，2014 年）。
房偉《風景的誘惑》（北京：北京大學出版社，2013 年）。
厚夫《路遙傳》（北京：人民文學出版社，2014 年）。
施淑《兩岸文學論集》（台北：新地出版社，1997 年）。
施淑《理想主義者的剪影》（台北：新地出版社，1990 年）。
施淑《文學星圖：兩岸文學論集（一）》（台北：人間出版社，2012 年）。
施淑《歷史與現實：兩岸文學論集（二）》（台北：人間出版社，2012 年）。
柄谷行人《日本現代文學的起源》（北京：三聯書店，2003 年）。
查建英《八十年代訪談錄》（香港：牛津大學出版社，2006 年）。
洪子誠《中國當代文學史》（修訂版）（北京：北京大學出版社，2007 年）。

韋勒克、華倫（René Wellek & Austin Warren）原著，王夢鷗譯《文學論》（台北：志文出版社，2000年）。

孫露茜、王鳳伯編《茹志鵑研究專集》（杭州：浙江人民出版社，1982年）。

袁良駿《袁良駿學術隨筆自選集》（福州：福建教育出版社，2000年）。

特里・尹格爾頓（Terry Eagleton）原著，華明譯《後現代主義的幻象》（北京：商務印書館，2014年）。

張旭東、莫言《我們時代的寫作》（香港：牛津大學出版社，2012年）。

曹錦清《如何研究中國》（上海：上海人民出版社，2010年）。

賀照田《當代中國的知識感覺與觀念感覺》（桂林：廣西師範大學出版社，2006年）

賀照田《當社會主義遭遇危機》（台北：人間出版社，2016年）。

唐小兵編《再解讀》（香港：牛津大學出版社，1993年）。

陳思和《中國當代文學關鍵詞十講》（上海：復旦大學出版社，2002年）。

陳思和《腳步集》（上海：復旦大學出版社，2010年）。

陳映真《鳶山》（台北：人間出版社，1988年）。

陳順馨《社會主義現實主義理論在中國的接受與轉化》（合肥：安徽教育出版社，2000年）。

陳義芝主編《台灣現代小說史綜論》（台北：聯經出版公司，1998年）。

傅柯（Michel Foucault）》原著，王德威譯《知識的考掘》（台北：麥田出版公司，1993年）。

程光煒《文學史二十講》（上海：東方出版中心，2016年）。

黃子平《革命・歷史・小說》（香港：牛津大學出版社，1996年）。

黃子平《邊緣閱讀》（香港：牛津大學出版社，1997年）。

黃子平《害怕寫作》（南京：江蘇教育出版社，2006年）。

黃平、金理、楊慶祥《以文學為志業：「80後學人」三人談》（桂林：廣西師範大學出版社，2016年）。
黃平《大時代與小時代》（北京：北京大學出版社，2014年）。
黃文倩《莫言〈豐乳肥臀〉論》（台北：文史哲出版社，2005年）。
黃文倩《在巨流中擺渡：「探求者」的文學道路與創作困境》（台北：國立台灣師範大學出版中心，2012年）。
黃英哲主編《許壽裳臺灣時代文集》（台北：國立臺灣大學出版中心，2010年）。
黃錦樹《文與魂與體：現代中國性》（台北：麥田出版，2006年）。
雷蒙・威廉斯（Raymond Williams）原著，王爾勃、周莉譯《馬克思主義與文學》（開封：河南大學出版社，2008年）。
趙剛《求索：陳映真的文學之路》（台北：聯經出版事業公司，2011年）。
趙剛《四海困窮》（台北：唐山出版社，2005年）。
蔡翔《神聖回憶》（台北：人間出版社，2012年）。
盧軍《汪曾祺小說創作論》（北京：社會科學文獻出版社，2007年）。
謝靜國《論莫言小說（1983-1999）的幾個母題和敘述意識》（台北：秀威資訊科技公司，2006年）。
鍾怡雯《莫言小說：「歷史」的重構》（台北：文史哲出版社，1997年）。
楊慶祥《分裂的想像》（北京：北京大學出版社，2013年）。
羅崗《英雄與丑角》（台北：人間出版社，2015年）。
饒翔《重回文學本身》（北京：作家出版社，2014年）。
龔鵬程《中國文人階層史論》（宜蘭：佛光人文社會學院，2002年）。

三、期刊論文

王晴飛〈陳映真對魯迅的接受與偏離〉，《社會科學》（2011 年第 2 期）。

向天淵〈自在暗中看一切暗〉，《紹興文理學院學報》（2005 年 4 月）。

吳海〈審美視點：對人性深度的探尋與開掘——陸文夫長篇小說《人之窩》散論〉，《江西社會科學》（1997 年第 12 期）。

施淑〈陳映真對台灣現代主義的省思〉，《鄭州大學學報》（2010 年 01 期）。

胡衍南〈論「外省第二代」作家的父親（家族）書寫〉，《清華中文學林》（第 1 期）（2005 年 7 月）。

陳光興〈補課：回應錢理群的「魯迅左翼」傳統〉，收入《台灣社會研究》第 77 期（2010 年 3 月）。

陳建忠〈歷史創傷、精神危機、自我救贖／放逐：論朱天心與王安憶的都市書寫〉，《清華中文學林》第 1 期，清華大學中文系（2005 年 07 月）。

陳建忠〈國共鬥爭與歷史再現：姜貴《旋風》與楊沫《青春之歌》的比較研究〉，《台灣文學研究學報》第 1 期，國家台灣文學館（2005 年 10 月）。

陳建忠〈鄉野傳奇與道德理想主義：黃春明與張煒的鄉土小說比較研究〉，《台灣文學研究集刊》第 1 期，台灣大學台文所（2006 年 02 月）。

陳建忠〈歷史敘事與想像（不）共同體：論兩岸新歷史小說的敘事策略與批判話語〉，《台灣文學與跨文化流動：東亞現代中文文學國際學報》第 3 期（台灣號）（2007 年 4 月）。

陳建忠〈血寫的歷史：莫言文學中的酷刑與國族〉，《聯合文學》337 期（2012 年 11 月）。

陳建忠〈「美新處」（USIS）與台灣文學史重寫：以美援文藝體制下的台、港雜誌出版為考察中心〉，《師大國文學報第五十二期》（2012 年 12 月）。

陳建忠〈以小說造史：論高陽與張大春小說中的敘事情結與文化想像〉，《淡江中文學報》第27期（2012年12月）。
陳映真〈想起王安憶〉，《讀書》（1985年04期）。
曾健民〈談「魯迅在台灣」：以1946年兩岸共同的魯迅熱潮為中心〉，《台灣社會研究》季刊，第77輯（2010年）。
黃英哲〈黃榮燦與戰後台灣的魯迅傳播（1945-1952）〉，《台灣文學學報》第二期（2001年2月）。
黃惠禎〈楊逵與日本警察入田春彥——兼及入田春彥仲介魯迅文學的相關問題〉，《台灣文學評論》（1994年10月）。
楊澤〈在台灣讀魯迅的國族文學〉，《中外文學》（1994年11月）。
趙剛〈重建左翼：重見魯迅、重見陳映真〉，《台灣社會研究》第77期（2010年3月）。
劉乃慈〈九〇年代台灣小說的再分層〉，《台灣文學研究學報》第9期（國立台灣文學館，2009年10月）。
劉再復、劉劍梅〈高行健莫言風格比較論〉，《新地文學》第23期（2013年3月）。
錢理群〈陳映真和「魯迅左翼」傳統〉，《現代中文學刊》（2010年第1期）。
羅崗〈「一九四〇」是如何通向「一九八〇」的？——再論汪曾祺的意義〉，《文學評論》（2011年第3期）。

四、專書論文

中島利郎著，葉笛譯〈日治時期的台灣新文學與魯迅——其接受的概觀〉，收入中島利郎《台灣新文學與魯迅》（台北：前衛出版社，2000年）。

王德威〈我華麗的淫猥與悲傷——駱以軍的死亡敘事〉，收入駱以軍《遣悲懷》（台北：麥田出版，2001 年）。

李奭學〈夢話幽黯國度——評駱以軍著《遠方》〉，收入《書話台灣》（台北：九歌出版社，2004 年）。

林瑞明〈魯迅與賴和〉，收入中島利郎主編《台灣新文學與魯迅》（台北：前衛出版社，2000 年）。

柏楊〈中國大陸作家文學大系總序〉，收入莫言《莫言卷：透明的紅蘿蔔》（台北：林白出版社，1989 年）。

茅盾〈《茅盾選集》自序〉（1951 年），收入謝冕、洪子誠主編《中國當代文學史料選》（1949-1975）（北京：北京大學出版社，1995 年）。

夏濟安〈魯迅作品的黑暗面〉收入樂黛云編《國外魯迅研究論集》（1960-1981）（北京：北京大學出版社，1981 年）。

張良澤〈鍾理和文學與魯迅——連遺書都相同之歷程〉，收入《台灣文學、語文論集》（彰化市：彰化縣立文化中心，1996 年）。

張清文《鍾理和文學裡的魯迅》（國立政治大學中國文學研究所博士論文，2006 年）。

曹錦清〈以「一個孤獨的奮鬥者形象」——談《人生》中的高加林〉（原載 1982 年 10 月 7 日《文匯報》），收入雷達主編《路遙路究資料》（濟南：山東文藝出版社，2006 年）。

陳芳明〈台灣與東亞文學中的魯迅〉，收入王德威、陳思和、許子東主編《1949 以後》（香港：牛津出版社，2000 年）。

陳芳明〈魯迅在台灣〉，收入《台灣新文學與魯迅》（台北：前衛出版社，2000 年）。

陳映真〈關於中共文藝自由化的隨想〉（原載於 1985 年 2 月《中華雜誌》259 期），收入陳映真《鳶山》（台北：人間出版社，1988 年）。

陳映真〈關於中國文藝自由問題的幾些隨想〉（原載於 1982 年 2 月《中華雜誌》223 期），收入陳映真《鳶山》（台北：人間出版社，1988 年）。

葉石濤〈台灣新文學與魯迅〉序，收入中島利郎編《台灣新文學與魯迅》（台北：前衛出版社，2000 年）。

雷達〈簡論高加林的悲劇〉（原載 1983 年第 2 期《青年文學》），收入雷達主編《路遙路究資料》（濟南：山東文藝出版社，2006 年）。

劉亮雅〈後現代與後殖民——論解嚴以來的臺灣小說〉，收入陳建忠等《臺灣小說史論》（台北：麥田出版公司，2007 年）。

澤井律之著，葉蓁蓁譯〈兩個《故鄉》——關於魯迅對鍾理和的影響〉，收入中島利郎主編《台灣新文學與魯迅》（台北：前衛出版社，2000 年）。

五、會議論文及其它

王安憶〈英特納雄耐爾〉，聯合報（2003 年 12 月 22 日）。

王德威〈台灣文壇說莫言／魔幻寫實 狂言妄語即文章〉，聯合報（2012 年 10 月 12 日）。

王曉波〈光耀傳統的個性派大師潘天壽〉，http://www.caaia.com/blog/apollo/ArticleShow.Aspx?ID=2374。

吳明宗〈典律下的愛情／愛情的典律：以兩岸當代戰爭文學為觀察對象（1950s-1960s）〉「第二屆兩岸學子論壇（廈門大學）」（2015 年）。

吳明宗〈啟蒙與女性——論巴金與呂赫若筆下的封建家庭〉「第十二屆巴金國際學術研討會（河北師範大學）」（2016 年）。

呂正惠〈陳映真與魯迅〉，《陳映真思想與文學學術會議論文集》，台灣交通大學亞太／文化研究室、社會與文化研究所，世新大學台灣社會研究國際中心主辦（2009 年 11 月 21-22 日）。
呂正惠〈王文興的大陸遊記〉，「演繹現代主義：王文興國際研討會」，台灣中央大學人文研究中心主辦（2010 年 6 月 4、5 日）。
李雲雷〈陳映真與大陸作家〉，《李雲雷的 BLOG》，http://blog.sina.com.cn/s/blog_4be5e0cd0100079o.html。
徐秀慧〈郭松棻的〈雪盲〉與魯迅文本的之互文性考察〉，《從近現代到後冷戰——亞洲的政治記憶與歷史敘事國際學術研討會論文集》（2009 年 11 月 28、29 日）。
陳建忠〈私語敘事與性／別政治：陳雪與陳染的「私小說」比較研究〉，「2005 台中學研討會：文采風流」論文，中興大學中文系主辦（2005 年 9 月 23-24 日）。
陳思和〈試論新文學傳統與陳映真的創作〉，《陳映真思想與文學學會議論文集》，台灣交通大學（2009 年 11 月 21-22 日）。
〈台灣如何看莫言獲諾貝爾文學獎〉美國之音（2012 年 10 月 12 日）。http://www.voacantonese.com/content/taiwan-reaction-to-mo-yan-win-20121012/1525353.html。
〈學者意外：毛澤東好孩子獲獎〉，自由時報（2012 年 10 月 12 日）。
〈龍應台讚：最泥土是最國際〉，自由時報（2012 年 10 月 12 日）。
「典律」（canon）參見台師大的辭條資料庫：http://hep.ccic.ntnu.edu.tw/browse2.php?s=10。

國家圖書館出版品預行編目資料

不只是「風景」的視野：
後革命時代兩岸現當代文學比較論

黃文倩著. – 初版. – 臺北市：臺灣學生，2017.08
面；公分

ISBN 978-957-15-1740-7 (平裝)

1. 中國當代文學 2. 比較文學 3. 文學評論

820.908　　106014890

不只是「風景」的視野：
後革命時代兩岸現當代文學比較論

著作者：黃文倩
文字編輯：李冠緯、張宥勝、陳奕辰、黃文倩
封面設計：仲雅筠
出版者：臺灣學生書局有限公司
發行人：楊雲龍
發行所：臺灣學生書局有限公司
地址：臺北市和平東路一段七十五巷十一號
郵政劃撥帳號：00024668
電話：(02)23928185
傳眞：(02)23928105
E-mail：student.book@msa.hinet.net
http：//www.studentbook.com.tw
本書局登記證字號：行政院新聞局局版北市業字第玖捌壹號
定價：新臺幣三八〇元
二〇一七年八月初版

82050

ISBN 978-957-15-1740-7 (平裝)